KB119331

고도일보
송가을인데요

고도일보
송가을인데요

송경화
장편소설

한겨레출판

차례

본 소설에 등장하는 인물 및 사건 등은
작가가 취재 경험을 바탕으로 만들어낸
허구임을 밝힙니다.

1부
경찰팀

고도일보

1.
아이 한복을 훔친 엄마

철창문 안쪽에서는 냄새가 났다. 경찰서 1층에 위치한 형사과에서는 늘 어떤 냄새가 나곤 하지만, 강북 가원서 형사과의 냄새는 어딘가 좀 달랐다. 짭짜름한 땀 냄새와 언젠가 장례식장에서 맡은 적 있는 향냄새, 경찰서가 산 인근에 있어서 밴 듯한 어느 정도 청량한 나무 냄새가 뒤섞여 특유의 냄새를 만들어냈다. 저녁 시간대 이 냄새는 더 눅진하게 느껴졌다.

철창문을 밀고 형사과 안으로 들어갔다. 당직 형사가 전자담배를 쪽쪽 빨고 있었다.

"형님, 고도일보 송가을 왔습니다. 오늘 뭐 먹을 거 좀 없습니까? 요즘 사건이 없어도 너무 없어요."

형사에게 형님이라고 부르라는 신문사 지침은 내게 큰 만족감을 주었다. 대개 5, 60대 남성인 취재원들 앞에서 20대 여성이자 초짜 기자인 내가 주눅 들 필요 없다는 근거를 부여해주기 때문이다. 베테랑인 선배 기자들은 형사과에 들어설 때면 특유의 건들거리는 자세로 걸어 다니곤 했는데 나는 그게 죽어도 안 됐다. 베테랑 기자들의 모습은 꼭 치타 같았다. 빠르게 달릴 수 있지만 굳이 속력을 내지 않고 느리게 걸을 때의 치타. '형님'이란 말을 뱉으면 나도 그런 치타, 아니 치타 새끼 정도는 된 듯했다.

'형님' 지침은 내가 속한 고도일보만의 것은 아니었다. 모든 언론사 초짜 기자들은 경찰서를 빨빨거리고 돌아다니며 저마다 형님 소리를 여기저기 뱉어댔다. 나 같은 사회부 경찰팀 소속 막내들이었다. 개중엔 볼에 여드름이 잔뜩 난 애도 있었고, 아마도 새로 샀을 양복이 어색한지 연신 어깻죽지를 위아래로 삐죽거리는 친구도 있었다.

그중 입사 연도 동기인 민주일보 김홍철은 그냥 '형님'이 아니라 '형니이이임' 하며 꼭 끝을 길게 빼곤 했는데 그 모습은 매우 느끼했고 어찌 보면 기이하기까지 했다. 김홍철은 그걸 프로처럼 여유 부리는 모습으로 여기는 듯했다.

'잔망스러운 놈……'

나보다 기껏해야 세 살 많은 김홍철의 그 꼴을 볼 때마다 나는 속으로 이렇게 읊조렸다.

사실 김홍철은 매사 그런 식이었다. 예컨대 1, 2년 차 기자들은 언제 어디로든 튀어 나갈 수 있게 노트북과 세면도구, 여권이 담긴 백팩을 들쳐 메고 다녔는데 김홍철은 형사과에 갈 때면 문 밖에 백팩을 내려놓고 들어갔다. 초짜 티를 내고 싶지 않다는 것이다. 동기들은 각자의 백팩과 혼연일체가 되어 거북이처럼 걸어 다니는데 혼자만 치타인 양 굴었다. 건들거리는 척하지만 누가 봐도 바짝 쫀 얼굴로 형사과를 쏘다니는 그 녀석을 볼 때면 웃음이 나오면서도 한편으론 긴장이 되었다. '쟤 저러다가 소 뒷걸음질로 단독거리라도 하나 무는 건 아니겠지?' 신문사 선배 중에는 이렇게 경찰서를 돌다 타사 기자와 눈이 맞아 사귀거나 심지어 결혼한 이들도 적잖은데 나는 도통 이해가 가지 않았다. 어떻게 저런 놈과 사랑에 빠진단 말인가!

그러나 '형님'의 효능은 오래가지 못했다. 아버지뻘 형사에게 형님이라고 불렀다가 핀잔을 들은 뒤론 나의 형님 소리에서 아우라가 사라져버렸다.

"아니, 여보쇼. 송 기자. 나한테 당신 또래 딸이 있소. 그런데 형님은 무슨 형님이오? 말 같은 소릴 해야지. 참내."

그 뒤에도 나는 형사를 형님이라고 불러야 했지만 그 소리에는 힘이 하나도 없었다. 말라붙은 지렁이나 마지막에 나오는 가는 똥 같았다. 이날도 그랬다.

"송 기자가 직접 함 봐봐. 먹을 만한 게 있는지 없는지."

힘없는 '형님' 소리가 불쌍하게 들렸는지 당직 형사는 웬일로 내게 사건 대장을 내밀었다. 사건 대장은 나 같은 피라미 기자에게 성경보다 귀한 존재다. 관할 구역에서 하루 동안 일어난 사건들이 육하원칙에 따라 그곳에 모두 적혀 있다. 운이 좋을 때는 살인 사건이나 특이한 변사를 바로 포착할 수 있다. 철창문 앞에 앉은 당직 형사는 그걸 기자에게 보여줄지 말지 결정하는 절대 권력자다. 그가 앉은 의자와 사건 대장이 놓인 책상은 1미터가 족히 될 만한 단상 위에 놓여 있었는데, 그 높이가 어찌나 높은지 나를 비롯한 피라미 기자들은 당직 형사에게 사건 한 줄을 구걸하면서 아기 새처럼 연신 고개를 치켜들고 때론 까치발마저 해야 했다.

당직 형사는 빨간 스웨터를 입고 있었다. 스웨터에서는 좀약 냄새가 났다. 쿰쿰한 좀약 냄새는 전자담배의 찐내를

뚫고 올라왔다. 사건 대장의 회색 갱지에서도 좀약 냄새가
날 법했지만 아무런 냄새가 나지 않았다. 갈겨쓴 글씨 주위
로 볼펜 똥이 무심하게 붙어 있을 뿐이었다.

*

박선하. 28세. 미은동 한복 가게. 14:51. 아이 한복(태그 가격 6만
2000원. 20% 세일) 훔치다 걸려 주인이 신고.

한 줄에 불과했지만 사건 대장이 내게 준 정보는 확실
했다. 젊은 여성이 아이 한복을 훔치다 입건됐다는 것이었
다. '아이 한복'이란 단어에서 '얘기가 된다'는 감이 왔다.
겨우 2년 차 경력의 감은 여전히 불안한 것이었지만 이날만
큼은 확실했다. 사건 대장에서 휴대전화 번호를 엿보았다.
개인정보는 보호돼야 마땅하지만 당직 형사들은 눈치껏 봐
주곤 했다. 전화번호를 입으로 되뇌며 철창문 밖으로 나왔
다. 경찰서 로비에 서서 주위를 살폈다. 김홍철은 보이지 않
았다. 다른 피라미 기자들도 다행히 없었다. 서둘러 휴대전
화를 꺼내 들었다.
　"공일공 구육사삼에……."

전화를 걸었다. 가슴이 뛰었다. 벨이 세 번 채 울리기 전에 저쪽에서 목소리가 들려왔다.

"여보세요."

"아, 안녕하세요. 갑자기 전화드려 놀라셨죠. 죄송하지만, 아, 저는 고도일보 송가을 기자인데요. 이번에 경찰서에 입건되신 일을 잠깐 여쭈려고요."

경찰서 로비에는 전신 거울이 놓여 있었다. 하단에 '가원 로터리클럽'이 금색으로 적혀 있는 거울이었다. 글씨 밑으로는 봉황 날개 같은 것이 양쪽으로 그려져 있었다. 이걸 볼 때마다 '경찰서에 들어가는 범죄자에게 거울을 보고 자신을 돌아보라는 메시지를 주기 위한 것 아닌가' 하는 생각이 들었다. 이름을 붙인다면 '속죄의 거울'이 적당할 것이다. 이날 속죄의 거울에 비친 나는 허리를 30도 숙인 채 전화기 너머 상대에게 머리를 조아리고 있었다. 죄송하다고 말하는 얼굴에는 금방 울음이 번질 것 같았다. 실제로 정말 죄송했다. 좋지 않은 일로 경찰에 입건됐는데 기자 전화까지 받는 일은 유쾌하지 않을 게 확실했다. 대부분의 피의자들은 "됐다"며 전화를 확 끊어버리곤 했다. 쌍욕이나 듣지 않으면 다행이었다.

'이제 전화가 끊기겠구나' 싶었는데, 아니었다.

박선하는 여느 피의자들과는 달랐다.

"무슨 말씀이세요. 기자님이 죄송하실 건 없고요. 죄송한 거로 치면 제가 더 죄송하죠. 근데 어디 기자라고 하셨죠?"

다행히 박선하는 고도일보에 대해 나쁘지 않은 인상을 갖고 있는 듯했다. 재빨리 백팩에서 수첩을 꺼냈다. 사정을 찬찬히 물었다.

20대 여성 박선하는 서울에서 홀로 아기를 키우고 있었다. 아들이었다. 아르바이트로 생활비를 열심히 벌었지만 충분할 리 없었다. 남편은 연락이 끊긴 지 오래라고 했다. 지방의 어촌 현장에서 돈을 벌어 오겠다고 나간 뒤 그리됐다. 집을 떠날 때 남편은 남긴 게 거의 없다고 했다. 임대 아파트 월세는 한 달째 밀려 있었다. 박선하에게는 기댈 친정도, 시댁도 없었다. 의지할 형제자매도 없었다. 그야말로 혈혈단신이었다.

박선하는 아기가 잠든 사이 편의점에 가기 위해 나섰다가 한 한복 가게 앞에서 발길을 멈췄다. 쇼윈도에 남아용 한복이 걸려 있었다. 하늘색과 초록색이 어우러진 예쁜 옷이었다. 저고리의 색동이 특히 귀여웠다. 바지 주름은 칼 같았다. 다가오는 일요일은 아들의 돌이었다. 박선하는 홀린 듯 매장에 들어갔다. 그리고 옷걸이에 걸린 그 한복을 만지작거리다 그냥 들고나오는 잘못을 저질러버렸다. 박선하는 분명 "저질러버렸다"고 말했다. 물론 바로 붙잡혔다. 파출소에서 경찰이 4분 만에 출동했다. 따라가 조사를 받았다. 한복 가게 주인은 처벌까진 원하지 않았다. 박선하의 딱한 사정을 말하지 않아도 아는 듯했다. 아이 한복은 다시 제자리에 놓였다. 바지 주름도 망가지지 않았다. 박선하가 난생처음 저지른 범죄였다.

"저도 제가 왜 그랬는지 모르겠어요. 인생에 한 번밖에 없는 돌인데, 저 예쁜 옷을 딱 한 번만 입혀보면 얼마나 좋을까 싶어서……. 어쩌면 입혀만 보고 돌려줘야겠다는 생각이었는지도 모르겠어요. 어차피 돌잔치는 못 하니까요. 한다고 해도 올 사람도 없고요. 부모님은 재작년에 돌아가셨고, 남편은 연락 안 된다고 아까 말씀드렸죠?"

박선하의 아들은 한복을 입어보지 못했고 엄마가 경찰서에서 조사를 받을 때 옆집에 맡겨져야 했다. 이 모든 이야기를 받아 적는 동안 가슴이 꽉 막힌 듯 조여오면서도 한편으로 은근한 성취감 같은 게 느껴졌다. 타사 동료 기자들을 누르고 단독 보도를 할 수 있다는 예감이 성취감의 근원이었다. 특히 김홍철의 얼굴이 떠올랐다. 가슴 아픈 사연에 웃음 따위는 도무지 비집고 들어올 자리가 없는 상황인데도 왠지 모르게 작은 미소가 막 삐져나오려고 했다. 가원서 속죄의 거울은 이 모든 것을 지켜보고 있었다.

*

"한번 써봐. 5매 안으로."

사회부장 김성혁은 한마디만 뱉고 전화를 끊어버렸다. 김성혁은 17년 차 베테랑 기자다. 그중 13년을 사회부에서 갈고 닦았다. 경찰팀과 법조팀을 두루 거쳤다. 김성혁이 경찰서 입구에 모습을 드러내기만 해도 건물 전체에 비상령이 떨어진다는 얘길 한 젊은 형님으로부터 들은 적이 있다. 그만큼 사건 냄새를 잘 맡는다는 것이다. 그 형님은 경찰대를 졸업한 뒤 일선 경찰서에 온 지 얼마 되지 않았는데, 자신이 김성혁을 안다는 사실을 자랑스럽게 여기는 듯했다.

김성혁은 경찰에게는 물론 후배 기자들에게도 두려운 존재였다. 그는 늘 일에 몰입해 있었다. 웃는 모습을 거의 본 적이 없다. 그의 지시는 늘 명확했고, 감은 정확했다. 그에게는 개겨봤자 뼈도 못 추리기 일쑤였다. 그는 다른 부장들처럼 후배를 술자리에 불러 회포를 푸는 시간 따윈 갖지 않았다. 동료들은 "사회부장은 너무 빡빡하고 인간미가 없다"고 불평했지만 나는 일로만 승부를 보는 그의 깔끔함이 마음에 들었다. 물론 지시를 하면서 그가 한번씩 소리를 지를 때면 그런 생각이 싹 사라지곤 했지만.

이날 김성혁의 목소리는 무뚝뚝했지만 '써봐'라는 말엔 힘이 실려 있었다. 베테랑인 그가 보기에도 얘기가 된다는 신호였다. 신문사 입사 뒤 이처럼 힘이 들어간 '써봐'는 대여섯 번밖에 들어보지 못한 것이었다.

기사를 쓰러 신문사에 들어갔다. 그곳에선 아무런 냄새가 나지 않았다. 진공상태처럼 무미건조한 편집국에서 부장들은 연신 전화를 돌려댔고, 피라미 기자들이 보낸 기사 초안을 보며 눈알을 굴렸다. 나는 여느 때처럼 구석 자리를 찾았다. 저쪽 구석에 또 다른 피라미 한 마리가 보였다. 기사를 올리고 데스킹이 완료되길 기다리고 있는 모양이었다. 불안하고 초조해 보였다. 부장의 불호령이 예상될 때 꼭 저런 표정이 나온다. 기사가 엉망인 건 쓴 사람이 제일 잘 안다.

'몇 시간 뒤 내가 저 꼴로 앉아 있겠구나……'

구석에 조용히 처박혀 박선하의 사연을 기사로 정리했다. 200자 원고지 4.8매에 꾹꾹 눌러 담았다. 김성혁의 지시대로 5매를 넘기지 않기 위해 부사와 형용사는 모조리 뺐다.

기사 입력은 컴퓨터로 하는데 왜 늘 지시는 200자 원고지를 기준으로 하는 걸까. 예전엔 실제 200자 원고지에 펜으로 기사를 써서 신문사로 들고 오거나 팩스를 넣었다는 선배들의 설명에도 '5매' '8매'식의 지시는 어색하기 짝이 없었다. 초등학교 이후로 원고지 자체를 만져본 적이 없지 않은가. 피라미 기자인 나에게 신문사에는 도무지 이해되지 않는 관행이 많았다. '야마(기사 주제)' '나와바리(맡은 영역)' 등 평소 대화에서 일본어 표현을 쓰는 것도 그중 하나였다.

걱정과 달리 김성혁은 별말 없이 기사 입력기의 '승인' 버튼을 눌러주었다. 종합 8면 하단에 손바닥만 하게 기사가 인쇄됐다.

「서울 가원경찰서는 23일 서울 가원구 미은동의 한복 가게에서 남아용 한복(6만 2000원 상당) 한 벌을 들고나오다 주인에게 붙잡힌 박 아무개(28) 씨를 절도 혐의로 불구속 입건했다고 밝혔다. 박 씨는 경찰 조사에서 "아이 돌을 앞

두고 예쁜 한복을 한 번만 입혀보고 싶어" 범행을 저질렀다
고 진술했다…….」

마지막에 바이라인으로 내 이름이 적혔다.
송가을 기자.
왠지 바이라인이 볼드체로 굵게 적힌 것처럼 보였다.
갑자기 김홍철의 얼굴이 떠올랐다. 나에게 물을 먹었으니
입이 삐죽 나와 있을 것이다. 그 녀석의 우울한 얼굴을 직
접 봐야 하는데!

생각보다 파장이 컸다. 다음 날 신문사로 독자 전화가
30통이 넘게 들어왔다. 하나같이 박선하를 돕고 싶다는 전
화였다. 애를 키우거나 손자를 둔 입장에서 박선하의 사연
이 너무 안타깝다는 것이었다. 박선하네 집으로 분유를 보
내고 싶다는 엄마가 있었고, 쌀 한 포대를 보내겠다는 70대
남성도 있었다. 장난감 회사에서는 자사 제품을 신문사로
보내겠다고 했다. 계좌번호를 묻는 이들도 있었다. 제보 전
화를 받는 아르바이트생은 기자 지망생이었는데 30통이 넘
는 통화 내용을 일일이 내게 전하며 "이런 날은 알바 시작
하고 석 달 동안 처음"이라고 했다.

"선배, 어찌해야 할까요?"

내 질문에 김성혁은 귀찮은 듯 "네가 알아서 해"라고 했다. 난감했다.

나보다 1년 선배인 같은 팀 장민수는 이런 문제에 늘 적절한 답을 내놓곤 했다. 그게 1년의 경험 차이에서 오는 것인지 아니면 본래 장민수가 훌륭하기 때문인지는 정확히 알 수 없었다. 그저 그가 신문방송학과를 나와 언론 이론에 빠삭하다는 얘기를 누군가가 해줬을 뿐이었다. 사정을 들은 뒤 장민수는 "우리가 자선단체 역할까지 굳이 할 필요는 없지만 독자의 성의는 전해드리는 게 맞는 것 같다"고 말했다.

"전적으로 독자 서비스 차원에서 말이야. 기사에 반응하고 어떤 액션을 취하고 싶어 하시는데 막을 필요는 없잖아. 일종의 기사 피드백이라고 생각해보면 어때?"

사실 내가 듣고 싶었던 말이었다. 물론 장민수와 이유는 좀 달랐다. 박선하에게 당신은 혼자가 아니며, 마음을 나누려는 사람들이 서른 명은 족히 된다는 소식을 마구마구 전하고 싶었다. 조심스레 전화를 걸었다.

"어머님, 괜찮으시다면 신문사로 온 물건들을 댁에 가져다드려도 될까요? 그리고 실례가 될지 모르겠지만 어머님 계좌번호를 묻는 분들도 계시는데……."

박선하의 자존심을 상하게 하는 건 아닐까 걱정이 되었다. 다행히 그의 침묵은 길지 않았다.

"네. 받겠습니다. 저는 엄마니까요. 우리 아이를 생각해야죠. 불러드릴게요. 제 계좌번호."

신문사에 온 물품은 차례로 그의 집 앞에 옮겨졌다. 20킬로그램짜리 쌀 두 포대와 분유 열 통, 장난감들이었다. 옷 꾸러미도 있었다. 하늘색 우주복, 초록색 악어가 그려진 쫄바지 뒤로 한복도 한 벌 담겨 있었다. 아이용 색동 한복이었다. 혹여나 그가 민망할까 봐 "물품들을 집 앞에 놨다"는 전화는 아파트 단지를 떠나며 걸었다. 계좌로 성금을 보낸 이들은 스무 명을 넘어섰다.

*

박선하로부터 전화가 온 것은 그로부터 2주가 지난 뒤였다.

"송 기자님! 정말 감사합니다. 덕분에 밀린 월세를 냈고요. 아이 먹을 것도 넉넉히 살 수 있었어요. 뭐라 감사의 인사를 드려야 할지 모르겠어요. 기자님 덕분에 저, 정말 행복해요."

밝은 목소리였다. 옆에서 아기 목소리가 간간이 들려왔다. 잘 알아들을 순 없었지만 경쾌한 소리인 건 분명했다. 전화기 너머에서 왠지 분유 냄새가 나는 듯했다. 사실 분유 냄새가 어떤 것인지 잘 떠오르진 않았다. 그저 몽글몽글하고 달큼한 냄새를 상상할 뿐이었다. 갑자기 빨간 스웨터를 입은 당직 형님이 보고 싶어졌다. 그를 업고 가원서를 한 바퀴 돌고 싶었다. 씽씽 한 바퀴 돌고 나면 그의 스웨터에서 좀약 냄새를 털어낼 수 있을 것 같았다. 좋은 일을 했다는 기분이 들었다. 좋은 기자가 된 기분이 들었다. 드디어.

2년 전 고도일보에 원서를 낼 때 목표를 적는 칸이 있었다. 고심 끝에 적은 말은 이거였다.

'죄송한 게 너무 많은 세상에서 좀 덜 죄송하고 싶다. 누군가에게 도움이 되는 기사를 쓰겠다.'

제출 직전에 보니 신입 기자의 포부치고 예스러운 것 같았다. 그래서 다시 생각해낸 게 '최연소 편집국장이 되겠다'였다. '최초 여성 편집국장'을 쓰려 했는데 찾아보니 여성이 이미 있어서 최연소로 틀었다. 입사 후 그 칸을 그런 식으로 채운 게 두고두고 마음에 걸렸다. 비단 장민수의 "어이, 송 국장 후보님!" 하는 비아냥거림이 마음에 들지 않아서만은 아니다. 그런 수준의 목표로는 결코 좋은 기자가 될 수 없다는 걸 알고 있었기 때문이다. 그런데 이날 마음의 짐을 조금 덜어낸 것 같았다. 박선하 넉분이었다.

"다행입니다. 어머님, 저도 너무 좋네요. 연락 주셔서 감사합니다. 자주 소식 들려주시고요. 저도 또 연락드릴게요. 계속 힘내세요. 진심으로 응원하겠습니다."

*

휴대전화 화면에 다시 '박선하 어머님'이 뜬 건 그로부터 석 달이 지난 뒤였다. 처음엔 '누구였더라' 했다. 그사이에 많은 사건 사고가 스쳐 지나갔다. 강원도에 큰 산불이 나 이틀간 1만 헥타르를 태워버렸고 충청도에서 발생한 초등학생 실종 사건으로 나와 장민수는 2주간 집에 들어가도 못했다.

"아, 어머님! 아이쿠. 진짜 오랜만이네요. 잘 지내시죠?"

내 딴엔 잊지 않았다는 걸 강조하고 싶었다. 그 탓에 목소리가 살짝 떨려버렸다. 떨림을 감추기 위해 말끝에 약간의 웃음을 추가해야 했다. 스스로도 어색하게 느껴졌다.

"기자님…… 기자님……."

갑자기 울먹임이 들려왔다. 박선하는 쉬이 말을 잇지 못했다.

"괜찮으세요, 어머님? 무슨 일이세요. 찬찬히 말씀해보세요."

사정이 더 나빠졌다고 했다. 남편은 여전히 돌아오지 않았다. 기댈 친정이나 시댁이 새로 생길 리 만무했다. 일시적 후원으로는 어려움이 다 해결될 수 없었다. 사회보장제도는 그의 고통을 온전히 소화해내지 못했다. 월세는 다시 밀리기 시작했다. 전화기 너머로 간간이 아기 목소리가 들려왔다. 그 소리는 아직 경쾌했다. 달큼한 분유 냄새도 희미하게 밀려오는 것 같았다.

"그때요. 기자님. 참 많은 분이 도와주셨는데요. 그때 감사했거든요. 좋은 분들이 너무 많으셔서요. 그때, 정말 좋았거든요……."

한 번의 도움이 박선하에게 강렬한 인상을 남긴 듯했다. 다시 도움을 받고 싶은 듯했다.

'내가 그때 괜한 짓을 했던 것일까…….'

목 뒤 어딘가에서 찌릿한 통증이 느껴졌다. 사실 극단

적으로 어려운 사람이 그 끝에서 헤어 나오는 게 우리 사회에서 쉽지 않은 일이라는 걸 전혀 몰랐던 것은 아니다. 나는 어쩌면 박선하의 행복이 지속될 수 있을지 여부를 외면하고 싶었는지도 모르겠다. 분유 냄새는 달큼한 것 같았지만 그저 상상의 대상일 뿐이었다. '독자 성의는 전해드리는 게 맞는 것 같다'던 장민수가 갑자기 미워졌다.

"방법을 고민해보겠다"는 말로 박선하와의 통화를 마쳤다. 하지만 관할 동사무소에 전화해 "이 가정에 신경을 더 써달라"고 채근하는 것이 할 수 있는 일의 전부였다. 담당 공무원은 "이미 규정과 절차에 맞게 모든 것을 하고 있다"고 했다.

"그래도요. 좀 더 살펴봐주십시오."

다른 사건 사고가 많이 쌓여 있었다. 밀려 있는 취재거리를 생각하니 마음이 급했다. 김홍철 놈은 여전히 건들건들 형사과를 휘젓고 다녔다. 그 녀석의 백팩이 형사과 문 앞에 놓여 있는 것을 볼 때마다 그대로 들고 가 쓰레기통에 살포시 넣고 오는 상상을 했는데 이곳이 다름 아니라 '경찰서'라는 점이 이를 실행에 옮기는 것을 애써 막아주었다. 김홍철이 단독거리를 기어이 찾아내 민주일보에 요란 뻑적지근하게 기사를 내는 것은 어느 정도 참을 수 있었지만 베테랑 기자인 양 건들거리는 모습은 도저히 견딜 수 없었다.

'이미 규정과 절차에 맞게 모든 것을 하고 있다'는 공무원의 말과 '그래도 좀 더 살펴봐달라'는 나의 말은 같은 온도에 놓여 있었다. 적당히 따뜻했다. 차가웠지만 무심함을 들키지 않으려 선택한 적정 온도였다. 공무원과 통화를 마친 뒤 나는 박선하에게 다시 전화를 걸지 않았다.

*

여섯 달 뒤 나는 이사를 하고 있었다. 출입처가 강북 가원서에서 강남의 다른 경찰서로 바뀌었다. 강북의 40만 원 월세가 강남의 55만 원으로 바뀌었을 뿐인데 진짜 강남 사람이 된 듯 기분이 좋았고 흥분이 되었다. 강북 원룸과 달리 관리비 4만 원도 추가됐는데, 이것이 왠지 강남에 진입하기 위한 티켓처럼 느껴져 싫지가 않았다. 1~2년에 한 번 출입처가 바뀔 때마다 이삿짐을 싸는 생활을 동료 기자들은 달갑게 여기지 않았지만 내겐 왠지 이 과정이 모두 베테랑 기자가 되기 위한 관문처럼 느껴져 좋았다. 7만 원을 주고 빌린 용달차에 짐을 꾹꾹 눌러 실었다. 책과 옷가지 말고는 이렇다 할 게 없는 살림이었다. 기사님 옆 조수석에 올라탔다. 용달차의 조수석은 유독 달달달 많이 떨렸다.

진동에 몸을 맡기고 가는데, 갑자기 가워서 형사과의 냄새가 코밑을 맴돌았다. 짭싸름한 땀 냄새와 언젠가 장례식장에서 맡은 적 있는 향냄새, 경찰서가 산 인근에 있어 밴 듯한 어느 정도 청량한 나무 냄새가 뒤섞여 인중 근처를 떠나지 않았다. 이 냄새를 맡을 일은 다신 없을 것이다. 강남의 경찰서에서는 이런 냄새가 날 리 없다. 인중 근처가 간지러웠지만 긁지 않았다.

그때였다. 손에 쥐고 있던 휴대전화에 미세하게 진동이 울렸다. 화면에 '박선하 어머님'이 떴다.

전화를 받지 않은 게, 휴대전화 진동이 유독 달달달 떨렸던 조수석 진동에 묻혀버려서였는지 아닌지를 나는 아직도 알지 못한다.

2.
초등생을 죽인 살인마

충청도에서 발생한 초등 3학년 여아 실종 사건은 처음에 경찰은 물론 언론의 주목을 받지 못했다. 아이가 사라졌어도 조금 기다리면 곧 돌아올 것이라는 안일한 인식이 여전히 남아 있었던 탓이었다. 6일이 지나자 상황이 크게 달라졌다. 어린 여아가 일주일 가까이 집에 돌아오지 않고 있다는 사실은 고도일보 김성혁을 비롯해 각 사 사회부장의 촉을 건드리기에 충분했다. 언론사마다 사회부 경찰팀 기자들을 충청도로 내려보냈다. 기동팀이라고도 불리는 경찰팀의 막내 기자들은 사회부장의 명령을 받으면 언제든 현장에 바로 달려가야 했다. 이렇게 2년은 버텨야 사회부의 꽃이라 불리는 법조팀에 가거나 정치부, 경제부 등 타 부서로 발령받을 수 있었다.

나는 선배 장민수와 함께 내려갔다. ㄱ양 동네 주변에 숙소를 잡고 취재를 시작했다. 나와 장민수가 묵게 된 모텔엔 이미 서너 매체가 짐을 풀고 있었다. 모텔은 동네까지 걸어서 5분이면 충분한 거리에 있었다.

언론이 움직이자 경찰은 분주해졌다. 200여 명이 동네를 샅샅이 뒤지기 시작했고 뒤늦게나마 탐문수사를 시작했다. 좁은 골목은 어느 때보다 분주해졌다. 경찰 반, 기자 반이었다. 안타깝게도 골목엔 CCTV가 없었다. ㄱ양이 마지막으로 목격된 골목 끝자락에 탐문수사가 집중됐다. 그 끝자락의 3층 주택 2층에는 40대 남성 백귀동이 홀로 살고 있었다. 오토바이 수리 일을 하다가 지금은 쉬고 있다고 했다. 그의 존재는 경찰의 관심을 끌었다. 결국 경찰은 백귀동 집에서 ㄱ양의 머리카락을 발견해냈다. 단 한 올이었지만 온전한 DNA를 보유하고 있었다. 증거를 들이밀자 백귀동은 살인을 자백했다. 시신은 동네 외곽 야산에 묻었다고 했다. ㄱ양이 집에 돌아오지 못한 지 11일 만이었다.

사실 여기까지 기자들은 딱히 한 일이 없었다. 간간이 유족 인터뷰를 따는 정도였다. 물론 늑장 수사는 이번에도 논란이 됐다. 경찰은 지탄의 대상이 됐지만, 어쨌든 사건의 모든 키는 그들이 쥐고 있었다. 나와 장민수는 매일 오전 10시에 진행되는 경찰 브리핑을 기다리는 것 외에 할 게 없었다. 이날도 경찰서 형사과장은 종이 한 장을 들고나와 로비에 섰다. 기자 30여 명이 그 앞에 옹기종기 쪼그려 앉아 노트북을 폈다. 한 글자도 놓쳐선 안 됐다. 강북 가원서와 달리 이곳 로비엔 '속죄의 거울' 같은 건 놓여 있지 않았다.

"형사과장입니다. 서울에서 내려오신 기자님들 많으신데 고생이 많으십니다. 백귀동의 ㄱ양 살해 사건 브리핑을 시작하겠습니다. ㄱ양 시신 수색은 오늘도 진행 중입니다. 백귀동의 진술이 명확하지 않아 발견이 지연되고 있습니다. 백귀동은 밤에 시신을 묻은 데다 당시 제정신이 아니어서 기억이 정확하지 않다고 진술하고 있습니다. ㄱ양을 유인한 과정에 대해서도 수사가 진행 중인데요. 백귀동은 골목에서 우연히 만난 ㄱ양이 스스로 본인의 집에 들어왔다고 진술하고 있습니다. 이후 우발적 살인에 이르렀다고 주장하고 있는데, 이 모든 게 피의자의 일방적 주장에 불과해 추가로 수사가 진행 중임을 말씀드립니다. 이상입니다."

형사과장은 질문을 받지 않으려 했다. 기자들이 쫓아가며 질문을 쏟아부었으나 소용없었다.

나는 다시 경찰서 로비로 돌아와 구석에 자리를 잡았다. 사회부장은 장민수를 시신 수색 장소로 보냈다. 내게는 경찰서를 마크하며 수사 흐름을 챙기라 했다. 형사과장은 점심 먹으러 갈 때까지 모습을 드러내지 않을 게 뻔했다. 평소와 달리 형사과로의 접근은 철저히 차단됐다. 마땅히 할 게 없었다. 타사 기자들도 그저 로비 구석에 멍하니 앉아 있을 뿐이었다.

그렇다고 가만히 있을 수만은 없었다. "백귀동…… 백귀동……." 이름을 되뇌다 문득 인터넷 검색을 해보면 어떨까 하는 생각이 들었다. 가지고 있는 정보는 이름과 생년월일뿐이었다. 몇 년 전 가입한 한 사이트가 생각났다. 동문을 찾아주는 커뮤니티였다. 생년과 이름을 치면 매치되는 이를 찾아줬다. 백귀동은 흔한 이름이 아니었다. 사이트에 오랜만에 접속해 '친구 찾기' 코너를 눌렀다. '1975년 백귀동…….' 다행히 단 한 명이 떴다. 이름 옆에 아이디가 적혀 있었다. 'rnlehdPaik75'.

이번엔 포털 사이트에 아이디를 검색해봤다. 블로그가 나왔다. 충청 거주 기록 그리고 오토바이 사진들 사이에 단 한 장 올라와 있는 셀카. 경찰서 연행 당시 목격한 백귀동은 마스크를 쓰고 있었지만 셀카 속 인물과 같은 얼굴이라는 것을 알아차리는 건 어렵지 않았다. 모든 정보는 rnlehdPaik75가 백귀동이라는 것을 정확히 알려주고 있었다.

본격적으로 아이디를 검색했다. 구글은 아이디 하나로도 많은 정보를 제공해줬다. 각종 카페와 커뮤니티 활동이 포함됐다. 백귀동은 온라인 생활을 활발히 한 듯했다. 그중에서 눈길을 끈 건 고양이 카페였다. 백귀동은 이렇게 글을 남겼다.

톡톡. 새싹 가입자 처음 글 올립니다. 고양이를 구입할까 하는데, 초등학교 여학생들이 좋아할 만한 품종이 어떤 게 있을까요?

ㄱ양이 실종된 날로부터 불과 한 달 전에 올린 글이었다. 카페 회원들은 친절하게 답변을 달았다.

└Re: 스코티시폴드나 먼치킨이 예쁘죠. 그치만 어떤 고양이어도 사랑받을 거예요. 근데 특별히 초등학생 여아는 왜요?
└Re: Re: 답글 감사합니다. 아, 우리 딸이 좋아할까 해서요. 근데 그런 품종은 너무 비싸네요. 주머니 사정이 넉넉하진 않아서요.

백귀동에게는 딸이 없다. 그런 백귀동이 ㄱ양을 살해하

기 한 달여 전 온라인에서 딸을 운운하며 여아가 좋아할 만한 고양이를 찾고 있었다. 백귀동은 골목에서 우연히 만난 ㄱ양이 스스로 자신을 따라왔다고 주장했는데 사실이 아닐 가능성이 컸다. 처음부터 초등학생 여아를 범죄 타깃으로 삼아 유인책을 찾았고 그 결과 고양이를 택한 것이다. 결국 계획범죄 가능성이 컸다. '우발적 범죄'라는 주장은 거짓일 확률이 높았다.

그러나 실제 고양이를 구입했는지, 이를 유인에 사용했는지는 확인할 길이 없었다. 이렇게 온라인으로 알아보기만 하다 실제 범죄는 다른 방식으로 저질렀을 가능성도 열려 있었다. 집에 아픈 사람이 있는데 도와달라고 거짓말을 하거나 어쩌면 골목에 사람이 없는 틈을 타 강제로 아이를 끌고 갔을지도 모를 일이다. 백귀동의 '우연히 만나, ㄱ양이 제 발로' 진술은 죄의 일부라도 감추기 위해 지어낸 술수로 보였지만 팩트로 입증할 방법은 마땅찮았다. 때문에 기사에는 이런 내용을 담지 못했다. 그저 형사과장의 브리핑만 건조하게 전달했을 뿐이다.

다만 나의 분노는 커져만 갔다. 3층집 2층 방에 쪼그려 앉아 범죄 대상을 물색하며 고양이 글을 올리는 백귀동을 상상하니 소름이 확 끼쳤다. 가슴 깊이 뜨거운 화가 올라왔다. 살인을 저질러놓고 처벌을 조금이라도 덜 받기 위해 거짓 해명을 고민했을 수도 있다고 생각하니 속이 부글부글 끓었다. 취재하는 기자도 이런데, 유족들은 오죽할까. 그것은 상상할 수 없는 범주였다.

장민수로부터 연락이 온 것은 늦은 오후였다. 백귀동이 지목한 야산에서 ㄱ양의 주검이 발견됐다는 것이었다. 이틀 뒤 현장검증이 잡혔다. 기자의 본분은 취재현장을 놓치지 않는 것이지만 어째서인지 이 현장만큼은 가고 싶지 않았다. 유족들 역시 현장검증을 참관할 예정이었는데 그 모습을 볼 자신이 없었다. 사회부장은 장민수를 서울로 올려보내며 내게 말했다.

"이제 마무리 단계니까 너 혼자 남아서 마지막 현장 마저 취재하고 올라와. 현장검증 처음이지? 유족들 보고 눈물 날 수 있는데, 거기서 같이 우는 게 좋은 기자는 아니야. 그 모습도 꼼꼼히 취재해서 담는 게 좋은 기자야. 우느라 눈 흐리지 말고 똑똑히 봐. 모든 장면을 놓치지 말라고."

현장검증 당일 날씨는 지독하게도 맑았다. 취재진과 인근 지역 주민들로 야산 주변은 북적였다. 각 언론사 차량만 20여 대 주차돼 있었다. 이곳이 누구에게도 목격되지 않은 채 어린아이의 주검을 묻을 수 있었던 곳이라고 상상이 되지 않았다. 취재진과 주민들은 폴리스 라인 밖에 서서 백귀동이 오길 기다렸다. 유족들도 한쪽에 자리 잡았다. 이미 울고 있었다.

"어떡해…… 어떡해…… 우리 애기 불쌍해서 어떡해……."

산에서는 눈치 없이 경쾌한 새소리가 들려왔다.

10여 분 뒤 백귀동을 태운 경찰차가 도착했다. 백귀동은 체포됐을 때 모습 그대로였다. 파란 남방을 입고 나이키 운동화를 신었다. 모자를 눌러쓰고 마스크를 끼고 있었지만 눈빛은 확실하게 확인할 수 있었다. 초조하거나 불안한 기색은 엿보이지 않았다. 백귀동이 모습을 드러내자마자 사방에서 고함이 들려왔다. 주민들의 욕설이었다. 유족들의 울부짖음은 극에 달했다. 이런 혼돈 속에서도 백귀동은 무덤덤한 표정으로 발을 내딛기 시작했다.

"죽어라! 살인마! 나쁜 새끼! 시팔 놈아! 니가 아직도 살아 있냐!"

"우리 애기 살려내! 어떻게 그런 짓을 할 수가 있어! 애가 무슨 죄가 있어!"

"얼굴 까라! 얼굴을 왜 가려? 경찰은 같은 편이야? 얼굴 까라고!"

백귀동이 한 발을 내디딜 때마다 고함은 더 커져갔다.

"저놈…… 꼭…… 사형시켜주세요."

ㄱ양의 엄마는 흐느끼며 말했다. 실신 직전의 모습이었다. 그들을 보며 나는 울지 않으려 했다. 대신 보이는 모든 것들을 수첩에 적고 또 적었다. 백귀동의 표정을 최대한 자세히 살피기 위해 그에게 가까이 다가갔다. 주민과 유족, 다른 기자들 틈에 끼어 한 발 한 발을 겨우 내디딜 수 있었다.

그때였다. 한 주민이 폴리스 라인을 밀치며 백귀동에게 바짝 붙었다. 마스크를 벗기려고 했다. 순간 백귀동이 중심을 잃었다. 옆에 있던 경찰들도 마찬가지였다. 백귀동은 그대로 땅에 고꾸라졌다. 바로 옆에 있던 나도 함께였다. 백귀동과 경찰, 주민, 나, 그리고 옆에 있던 다른 기자가 한데 엉켜 바닥에 쓰러졌다. 순식간에 벌어진 일이었다.

정신을 차려보니 내 팔 한쪽이 누군가의 등짝에 눌려

있었다. 파란 남방을 입은 인물, 바로 백귀동이었다. 순간 머리끝까지 소름이 돋았다. 빨리 그와 접촉한 상태에서 벗어나고 싶었다. 직접 닿아 있는 상황이 불쾌하고 무섭기까지 했다. 백귀동은 형사들의 부축을 받으며 천천히 일어났다. 그 뒤에야 나도 몸을 일으킬 수 있었다. 경찰은 이후 스크럼을 짜서 유족과 주민을 막아섰다. 백귀동은 유유히 산을 올랐다. 중턱에서 자신이 어떻게 어린아이 시신을 유기했는지 덤덤하게 재연했다. 볕이 들지 않는 곳이었다. 유족들은 경찰에게 막힌 채 울부짖었다. 더 이상 산에서 새소리는 들리지 않았다.

현장검증 기사를 마무리한 뒤 숙소인 모텔로 돌아왔다. 이제 서울로 올라가면 됐다. 급히 내려오느라 가지고 온 짐이 별로 없었다. 다시 챙길 짐이 많지 않다는 소리였다. 탁자 위에 널어놓은 속옷을 주섬주섬 싸 백팩에 넣었다.

'벌써 2주가 지났구나.'

취재 압박 속에 시간 개념을 잃은 듯했다. 그래도 2주를 머물렀다고 모텔 방이 포근하게 느껴졌다. 모텔 주인에게 키를 반납하며 마지막 인사를 청했다.

"아이고. 우리 기자님도 방 빼시는구나? 이제 네 명 남

왔어."

"아, 기자들요? 많이 빠졌네요."

"어. 원래 우리 집이 이렇게 꽉 찰 일이 없는데 기자들 덕분에 나야 장사는 잘했지. 근데 장사 안돼도 좋으니까 이 런 일이 없어야지. 어떻게 이 동네에서 그런 일이 벌어지냐 고. 무슨 그런 악마 같은 게 다 있어."

"그러니까요. 이렇게 평화로운 동네에…….."

"그놈은 사람도 아니지. 부모 속이 얼마나 문드러지겠 어. 썩고 있을 거야. 그냥 동네 사람인 나도 악몽을 꾼다니 까. 이래서 세상에 애들을 어떻게 키우겠어."

*

서울에 도착하니 밤 11시가 다 된 시각이었다. 온몸이 바 스러질 것처럼 피곤했다. 겉옷을 벗어 방 한구석에 던져버렸 다. 침대 모서리에 앉아 있는데 아무것도 할 수 없었다. 남아 있는 힘이 없는 느낌이었다. 그런데 구석에 놓여 있는 겉옷 이 자꾸 눈에 들어왔다. 그저 평범한 남색 재킷이었다. 보고 있자니 이유를 알 수 없는 불쾌함이 스멀스멀 올라왔다.

'아…… 아까…….'

현장검증이 다시 떠올랐다. 이 옷은 백귀동 등짝에 내한쪽 팔이 눌렸을 때 입고 있던 것이었다. 즉 백귀동의 몸과 직접 맞닿은 옷이었다. 당시 장면이 떠오르자 가만히 있을 수 없었다. 옷을 들고 화장실로 향했다. 옷에 물을 적시고 한 손에 비누를 쥐었다. 문질렀다. 박박 문질렀다. 문지르고 또 문질렀다. 눈에서 갑자기 뜨거운 게 올라왔다. 꺼억 꺼억 소리와 함께 참았던 눈물이 한꺼번에 쏟아져 나왔다. 나는 그렇게 한참을 화장실에 서서 울면서 옷을 빨았다. 그러다 침대 위로 쓰러졌다. 잠이 들었다. 빤 옷은 널지도 않은 채였다.

백귀동이 1심에서 사형을 선고받기까지는 그리 긴 시간이 필요하지 않았다. 백귀동은 억울하다며 항소를 했다. 여전히 ㄱ양이 제 발로 자신에게 찾아왔다고 주장했다.

*

장민수는 기획 기사 취재로 바쁜 듯했다. 그는 교수들에게 코멘트를 딸 시간이 부족하다며 내게 도움을 요청했다.

"별거 아니고, 말발 좋은 교수 네다섯 명에게 전화만

돌리면 돼. 곧 세계 인권의 날이잖아. 우리나라가 사형제를 취하고 있지만 집행 안 한 지 10년도 더 된 거 알지?"

"네. 알죠."

"허울만 남은 제도야. 지금 폐지 목소리가 크니까 그런 의견들을 담는 거야. 교수들 연락처 문자로 남길게. 네 명도 많다. 그냥 세 명만 따줘."

고도일보는 사형제 폐지의 필요성을 오랜 시간 보도해 온 매체였다. 내가 입사하기 훨씬 전부터 이뤄진 보도들이었다. 고도일보를 읽으며 언론사 취업 준비를 하던 나는 내심 자부심을 느꼈다. 내가 입사하고자 하는 신문사가 인권의 가치를 지향하고 이를 실천하기 위해 노력하는 게 마음에 들었다. 독재 시절 잘못된 사형 판결과 억울한 죽음들을 굳이 떠올리지 않더라도 사형제는 폐지되는 게 맞았다. 사람의 목숨을 법으로 끊어내는 것은 인권 수호와 크게 어긋나 보였다. 그런데 교수들에게 전화를 돌리는 내내 기분이 좋지 않았다. 머리와 마음이 따로 움직였다.

'사형제는 폐지돼야 하는 것일까. 그래, 폐지돼야 하지만, 백귀동 같은 극악무도한 범죄자를 살려두는 게 맞을까. 딸을 잃고 세상을 잃은 유족들은 어디서 치유를 받는단 말인가. ㄱ양의 억울함은 대체 어떻게 풀어야 할까.'

"저놈 꼭 사형시켜달라"는 ㄱ양 엄마의 목소리가 들리는 듯했다. 생각이 여기에 이르자 더는 이 취재에 손을 보태고 싶지 않았다. 머릿속으로 왜 사형제가 폐지돼야 하는지 차근차근 정리해봤지만 감정이 정리되지 않았다. 그렇다고 취재를 안 할 수도 없는 노릇이었다. 교수들 코멘트를 그저 멍하니 노트북에 받아 쳤다. 내가 쳤는지 내 손가락이 쳤는지 잘 몰랐다. 코멘트를 대충 정리해 장민수에게 넘겼다. 장민수는 큰 기획거리를 마무리 짓고 있어서인지 기분이 좋아 보였다. 고도일보는 사형제 폐지 기획 기사를 사흘에 걸쳐 내보냈다.

나는 이후 단 한 번도 그날 입었던 남색 재킷을 다시 입지 않았다.

3.
스마트저축은행

스마트저축은행 본점 앞엔 호랑이 동상이 놓여 있었다. 그것이 뉴욕 월가의 황소 동상을 본뜬 것인지 아닌지를 확인할 길은 없지만 어쨌든 누런 호랑이 동상은 본점 앞을 지키며 고객들이 저축은행으로 들어가는 모습을 뚫어지게 지켜보았다. 호랑이 동상의 시선을 따라가면 정문 위 전광판에 도달하기 마련이었는데 그곳에는 이런 문구가 반짝이고 있었다.

연 5.9% 이자…… 친구 동행 시 1% 추가!

시중은행에 돈을 맡겨봤자 이자가 1~2퍼센트대에 불

과한 세상에 5.9퍼센트는 파격이었다. 게다가 친구랑 함께 가면 6.9퍼센트까지 가능하다니 고이율 혜택에 우정을 강화해주는 효과는 덤이었다. '친구 동행 시 추가 이율'은 스마트저축은행이 처음 도입한 마케팅이었다. 이 작은 저축은행은 개점 1년 10개월 만에 9000여 명의 고객을 유치했다. 저금리 시대에 마땅한 투자처를 찾지 못한 돈들이 호랑이 동상을 지나쳐 저축은행 금고에 쌓여갔다. 스마트저축은행은 금세 5000억 원의 예금을 보유한 굴지의 금융기관으로 거듭났다.

저축은행 설립자는 민위록. 그는 순식간에 주요 경제지 1면 톱과 종합 일간지 경제면 톱을 장식했다. 특히 종합 일간지 구독 부수 1위인 선진일보는 그와의 인터뷰를 1면 사이드로 파격 배치했다. 이날은 시중은행 자산 1위 민중은행에 새 행장이 취임한 날이었는데, 민중은행 새 행장은 고작 경제면인 17면에 자신의 기사가 자리 잡는 것에 만족해야 했다.

민위록의 성공 스토리는 대중의 관심을 휩쓸기에 충분했다. 강원도 강릉 옆 시골 마을에서 태어나 열일곱 살에 상경한 민위록은 건설 현장에서 일하며 주경야독을 5년 하더니 돌연 미국으로 건너가 4년의 도전 끝에 하버드 경제학과에 진학한다. 하지만 이론 공부에 신물을 느껴 졸업하지 않은 채 자퇴했고 한국으로 돌아와 고향을 다시 찾는다.

강릉 옆 시골 마을에서 농사를 지으며 삶을 재정비하던 그는 문득 뒷산 자락에서 호랑이의 형상을 목격한다. 워낙 순식간에 지나가 실제 그곳에 호랑이가 있었는지는 확실하지 않지만 반짝거리는 눈동자만큼은 분명했다는 게 그가 선진일보와의 인터뷰에서 했던 말이다. 그날로 강릉 시내로 나가 다 쓰러져가는 지역 저축은행을 헐값에 인수하였고 2년의 준비 끝에 스마트저축은행을 출범시켜 지금에 이르게 됐다는 게 민위록의 설명이었다. 지면 사진 속 민위록은 누런 호랑이 동상 옆에 서 있었는데 동상의 색깔이 그의 누런 치아와 묘하게 결합되면서 서로를 더욱 누렇게 보이게 만들었다. 그의 나이는 쉰일곱 살이었지만 사진 속 모습은 60대 후반에 가까웠다. 머리는 민머리였다.

*

"저 호랑이 동상이라도 팔란 말이야! 당장 내 돈 내놔! 내 돈!"

내가 스마트저축은행 본점을 방문한 것은 '민위록 신

47

드롬'이 언론을 휩쓴 지 넉 달이 지난 뒤였다. 3000억 원대 부실을 막지 못한 스마트저축은행은 돌연 파산을 선언했다. 3000억 원이라는 거대 부실은 나름 아닌 민위록 때문에 발생했다. 그는 강릉 옆 시골 마을 고향 땅 인근에 대규모 리조트를 건설하려고 했다. 투자자 모집이 여의치 않자 민위록은 저축은행 금고에 손을 댔다. 심사를 거치지 않은 채 적게는 50억 원, 많게는 190억 원이 금고에서 빠져나갔다. 이 불법 대출금은 눈덩이처럼 불어나 결국 3000억 원대에 이르렀다. 더 이상 감당할 수 없는 수준의 부실이 돼버린 것이다. 이 모든 일이 벌어진 뒤인 어느 날 오전 6시 금융감독원은 스마트저축은행의 영업정지를 전격 발표했다. 예금주들로서는 자다가 날벼락을 맞은 셈이었다.

오전 7시부터 서울 강남에 위치한 본점으로 고객들이 모여들기 시작했다. 5000만 원까지는 예금자보호법에 따라 원금 회수가 보장되지만 그 이상은 어려웠다. '연 5.9% 이자…… 친구 동행 시 1% 추가' 문구는 많은 이들을 설레게 했고 민위록의 입지전적 스토리는 신뢰를 부여해줬다. 특히 선진일보 1면 보도의 영향이 컸다. 금융감독원은 5000만 원 이상으로 돈을 맡긴 고객이 전체 고객의 32퍼센트에 이른다고 보도자료를 발표했다. 이 사람들이 허겁지겁 본점으로 몰려온 것이었다.

　오전 8시 본점 앞에 도착했을 때 사람들은 이미 울부짖고 있었다. 개점 시간인 9시가 되자 방문자는 700명을 넘어섰다. 하지만 본점의 문은 열리지 않았다. 투명한 유리문 앞으로 철창 셔터가 내려진 채 꿈쩍하지 않았다. 문이 열리지 않자 사람들은 더욱 흥분하기 시작했다. 한 60대 여성은 바닥에 앉아 자신의 가슴을 쳤다.

　"우리 남편 퇴직금을 몽땅 넣었단 말이다, 이놈들아! 문 열어라!"

　40대 남성은 철창 셔터를 흔들며 외쳤다.

　"문 안 열어, 이 개새끼들아? 내가 10년간 얼마나 뼈 빠지게 모은 돈인데 뭐 하는 짓들이야? 당장 문 열어!"

　30대 여성은 전화기에 대고 고래고래 소리를 질렀다.

　"야, 김미선! 너 때문에 따라와서 들었다가 지금 돈 날리게 생겼잖아? 같이 가면 이자 더 준다고 네가 꼬셔서 이렇게 된 거 아니야! 너 이제 내 돈 어떡할 거야?"

　사진 기자들은 요란스레 카메라 셔터를 눌렀다. 이날의 '아비규환' 사진들은 다음 날 모든 조간의 1면을 예약하고 있었다. "죄송하지만 여러분 얼굴이 신문에 나가도 되냐"고 묻는 기자는 한 명도 없었다.

나는 피해자들에게 명함을 건네고 멘트를 따기 시작했다. 타사 기자들도 여기저기서 멘트를 수집하느라 정신이 없었다. 한 피해자는 선진일보 기자가 명함을 내밀자 화를 내며 소리를 질렀다.

"야 이 자식아! 어디 선진일보 명함을 여기 와서 내밀고 있어? 너네가 1면에 썼잖아! 놀라운 신화라며? 민위록이랑 무슨 관계야? 너네 민위록 그 자식 돈 받고 썼지? 빨리 안 밝혀? 얼마 받았어? 이 기레기 새끼야!"

나를 비롯한 다른 기자들이 피해자를 말리고 다독인 뒤에야 선진일보 기자는 그 현장을 빠져나갈 수 있었다. 나보다 5년 선배인 그는 안정을 되찾자 피식 웃으며 말했다.

"실은 말이야. 나도 여기 돈 넣었으니 피해자이긴 마찬가지야. 다행히 오천은 안 넘게 넣어서 저 사람들처럼 좆되는 건 피했지만……."

웃는 꼴이 알미워 다시 아까 그 피해자에게로 데려다주고 싶었다.

"근데 송 기자는 돈 안 넣었어? 요즘 여기 돈 안 넣으면 바보잖아?"

바보인 나는 이런 게 있는 것도 모르고 월급을 통장에 넣어두고만 있었다고 대꾸했다. '실은 월급이 선배네 회사의 절반밖에 안 돼서 월세랑 생활비 지출하고 전주 고향 집에 용돈 조금 부치면 남는 돈이 없어서 재테크엔 관심조차 두지 않았어요'라는 말은 속으로만 삼켰다. 대표적인 보수 매체이자 구독자 수 1위인 선진일보는 우리를 비롯한 다른 신문사에 비해 기자들 월급을 두 배가량 주고 있었지만, 그렇다고 그곳에 가고 싶은 마음은 전혀 없었다.

"근데 저 호랑이 동상 진짜 금은 아니겠지?"

선진일보 선배의 실없는 농담에 굳이 일일이 답변할 필요는 없었지만 문득 '혹시 진짜 금일 수도 있지 않을까' 하는 생각이 들었다.

*

피해자 스케치는 충분하다고 봤는지 사회부장 김성혁은 다른 지시를 했다.

"송가을, 너 경찰 기자만 해서 금융 인맥은 꽝이지? 경제부에서도 서포트하긴 할 건데 다들 연락이 잘 안 되는 상황이어서……. 네가 현장에 있으니까, 어떻게든 스마트저축은행 관계자를 한 명이라도 찾아내서 접촉해봐. 그간 무슨 일이 있었는지 알아내야지. 오케이?"

경제부도 못 뚫는 걸 나보고 어쩌라는 것인지 어이가 없었지만 뭐라도 하는 시늉은 해야 했다. 사회부 기자 관점에서 볼 때 경제부 기자는 만날 기자실에 가만히 앉아 서류를 보거나 전화만 돌려대는 존재였다. 그나마 내가 다르게 할 수 있는 건 현장을 돌아다니는 일이었다. 피해자들이 울고 있는 정문을 지나 건물 뒤편으로 발길을 돌렸다. '혹시 뒤쪽으로 가면 왔다 갔다 하는 관계자들을 만날 수 있지 않을까' 하는 막연한 기대 때문이었다.

건물 뒤편엔 20여 대의 차량을 댈 수 있는 주차장이 있었다. 주차장에는 차가 한 대도 없었다. 후문도 정문처럼 투명한 유리문이었다. 유리문을 밀었지만 열리지 않았다. 안에선 인기척도 느껴지지 않았다. 앞뒤 문을 다 굳게 잠그고 모두 떠난 뒤인 모양이었다. 취재는 역시나 벽에 부딪쳤다.

"어떻게 해야 하지……. 자…… 생각을 해보자, 생각을……."

유리문에 머리를 쿵쿵 부딪치며 혼잣말을 하고 있는데 유리문 바로 안쪽에 책상이 하나 보였다. 책상 위엔 Security라고 적힌 캡 모자가 놓여 있었다. '경비원 책상인가 보다' 하는데 책상 위로 A4용지 한 장이 보였다. 정확히는 책상 위 유리판과 녹색 깔개 사이에 껴 있었다. 가만히 들여다보니 종이 위엔 글씨가 빽빽이 적혀 있었다. 한글 옆에 숫자도 몇 개 보였다. 육안으로는 제대로 확인하기 어려웠다. 휴대전화를 꺼내 줌 기능을 켰다. 찰칵. 최대한 당겨 종이를 찍었다. 사진을 확인한 뒤 비명을 지를 뻔했다.

김민석 부사장 010−928△−970▽ / 38거1○39 / 3번째 자리 선호

박선기 전무 010−91△5−201▽ / 59노29○8 / 렉서스 몰고 올 땐 두 칸 비워야

송지국 상무 010−916△−00▽9 / 19녀1○97 / 금요일엔 밤늦게 나감

…

박운택 영업부장 010−9△72−4▽98 / 56구73○1 / 발레파킹 X

스마트저축은행 본점 임원 명단이었다. 그들의 연락처와 차량번호가 인쇄되어 있었고 그 옆에는 손글씨로 특이사항이 적혀 있었다. 주차장 선호 자리나 차량 특징 같은 걸로 보였다. 경비원들끼리 정보를 공유하고 원활하게 대처하기 위해 마련한 업무 매뉴얼인 모양이었다. 한껏 확대해 촬영한지라 글자는 흐릿했지만 식별하는 데 큰 문제는 없었다. '심봤다!'는 소리가 절로 나왔다.

홍분을 가라앉히지 못하고 혼자 싱글벙글 웃고 있는데

저 멀리서 누군가 다가오는 게 보였다. 건들거리며 어슬렁 걸어오는 꼴이 꼭 민주일보 김홍철 같았다. 아니나 다를까 진짜 김홍철이었다.

'아니 저 새끼는 또 어떻게 냄새를 맡고 온 거야. 나처럼 저 종이를 발견하면 어떡하지······.'

속이 매우 탔지만 겉으로는 절대 티를 내지 않았다. 후문 앞에 당도한 김홍철은 내 반응부터 살폈다.

"어이, 우리 위대하신 송 기자. 언제 왔어? 다들 정문에 있는데 왜 여기 혼자 있는 거야? 뭐라도 좀 있어?"

"나야 아침 일찍 왔지. 정문 스케치는 진작 끝냈고······. 야, 말도 마. 아까 보니까 선진일보 선배는 봉변당하게 생겼더라. 그럴 만도 하지. 선진일보가 민위록을 그렇게 띄워놨잖아."

"어, 그 얘기 들었어. 근데 그 선배 가까이하진 마. 난 영 별로더라고. 혹시 후문은 열려 있나 해서 와봤는데, 안 열렸나?"

김홍철은 굳이 내 어깨를 밀치고 가선 유리문 손잡이를 잡았다. 요란하게 문을 흔들어대더니 고개를 갸우뚱했다.

"후문도 닫혔네. 대체 이 새끼들은 언제 튄 거야? 다 알고 미리 튄 거 아니야? 나쁜 새끼들."

"그니까. 아까 보니까 이미 다 닫혀 있더라고."

"근데 우리 위대하신 송 기자는 여기 왜 계속 있어? 안 가? 진짜 뭐 있는 거 아냐?"

"어, 아니야. 이제 가야지. 딱 가려던 참인데 김 기자가 왔네? 그리고 그 '위대하신 송 기자' 소리 좀 그만해줄래? 그런 말 딱 싫거든?"

언제부턴가 김홍철은 나를 보면 '위대하신 송 기자'라고 불렀다. 하지만 그 껄렁거리는 태도며 실실 쪼개는 듯한 표정이며 절대로 송 기자 뒤에 '님'자를 붙이지 않는 점 등 모든 요소가 실제 '위대하다'는 평가와는 거리가 멀다는 것을 분명하게 보여주고 있었다. 같은 해 입사해 평생을 경쟁 관계로 살아야 하는 타사 기자로서 애초 우리는 서로에게서 존경 따위를 기대할 수 없었다. 이렇게 현장에서 만날 때면 긴장하고 쌍방 견제해야 하는 처지가 문득 슬프게도 느껴졌다.

김홍철과 함께 후문 주차장을 빠져나온 나는 회사에 들어가야겠다며 택시부터 잡았다. 택시를 타고 가며 고개를 돌려 뒷유리창 너머로 김홍철을 보았다. 혹시 다시 후문으로 가지 않나 살폈다. 김홍철은 여전히 건들거리는 걸음걸이로 그저 다시 정문을 향해 천천히 걸어갈 뿐이었다.

"아오…… 김홍철 저 멍청이."

속으로 쾌재를 불렀다. 오늘따라 하늘이 새파랬다. 누런 황사가 지나간 모양이었다.

*

택시에서 내려 적당한 카페에 들어갔다. 아이스 카페모카를 시켰다. 취재하다 보면 밥때를 놓치기 일쑤였지만 커피는 꼭 챙겨 마시곤 했다. 그래야 정신이 들었다. 기왕 마시는 것, 칼로리를 한 번에 가득 채울 수 있는 걸로 마시자 싶었다. 그래서 언제부턴가 항상 카페모카를 주문하게 됐다. 커피의 카페인과 우유의 단백질에 모카의 당, 휘핑크림의 포만감까지……. 이만큼 한 번에 많은 걸 채워줄 수 있는 커피가 없었다. 효율적이었다.

맨 윗줄의 부사장에게 먼저 전화를 걸었다. 고위직부터 차례로 내려가는 순서였다. 하지만 부사장은 전화를 받지 않았다. 그 밑의 전무로 타깃을 바꿨다. 전화를 걸자마자 '지금 거신 번호는 없는 번호로……'라는 안내 메시지가 나왔다. 상무 역시 전화를 받지 않았다. 수신을 차단해놓은 모양이었다. 그 밑의 다른 상무도 마찬가지였다.

"이거 큰일 났네. 이러다 말짱 꽝 되는 거 아닌가. 아오."

전화 걸 대상이 줄어들수록 초조해졌다. 혹시 김홍철이 다시 후문으로 가서 나처럼 이 명단을 발견하게 될지 모른다고 생각하자 마음이 급해졌다. 쉴 틈 없이 전화를 돌렸다. 카페모카에 입을 댈 새도 없었다. 전화 걸 수 있는 대상이 단 한 명 남았을 때 나의 초조함은 극에 달했다. 명단 속 인물 중에서 제일 말단인 영업부장 박운택이었다. 부장이면 임원이 아닐 텐데 왜 이 명단에 그의 이름이 있는 것인지 알 수 없었지만, 영업 담당이면 빈번하게 차량을 이용할 테니 그런 게 아닌가 짐작할 뿐이었다.

컬러링이 들리는 걸 보니 다른 이들과 달리 수신을 차단한 건 아닌 모양이었다. 컬러링은 특이하게도 애국가였다. 1절부터 시작하는 것도 아니었다.

"남산 위에 저 소나무 철갑을 두른 듯…… 바람서리 불변함은 우리 기상일세…… 무궁화 삼천리 화려강…… 여보세요?"

받았다. 박운택이 전화를 받았다. 영업부장 박운택이 전화를 받았다!

"아, 안녕하세요. 전화를 받으실지 몰랐어요. 불쑥 전화 드려 죄송합니다. 저는 고도일보 송가을 기자인데요. 지금 정신없으시고 바쁘실 테지만 잠시 통화 가능하실까요?"

"기자가 저한테 무슨 일이시죠?"

"아시겠지만 저축은행이 영업 정지되면서 지금 많은 예금주분들이 놀라신 상황이어서요. 저도 좀 전에 현장에 다녀왔고요. 실례가 되지 않는다면 무슨 일이 있었던 것인지 아주 간단히 여쭐 수 있을까 해서요."

"저도 잘 모릅니다. 그런데 기자님. 제 폰 번호는 어떻게 아셨죠? 사무실 번호도 아니고 폰 번호를……."

"잘 모르셔도 아시는 부분만큼만 여쭐까 하는데요."

"모릅니다. 모른다고요. 제 번호, 경찰이 알려준 건가요? 확실히 답해주시죠."

"아뇨, 경찰은 알려주지 않았고요. 제가 기자인데, 이제 3년 차인 베테랑 기자인데요. 기자가 하는 일이 남의 연락처 알아내고 전화 걸고 그런 거라서……. 어떻게 알아냈냐고 물으신다면…… 어찌 됐든 불쑥 전화드려서 죄송하고요."

"경찰이 알려준 건 아니라는 건가요? 확실해요?"

"네. 그건 아닙니다."

"알겠습니다. 이만 끊습니다."

"앗, 저기요! 부장님! 부장님!"

전화가 끊기기까지 3분이 채 걸리지 않았다. 아니, 무려 3분의 통화에서 나는 아무것도 알아내지 못했다. 이를 보고한다면 김성혁은 틀림없이 소리를 지를 것이다. "야, 인마! 송가을! 너 질문은 제대로 한 거야? 진짜 똑바로 안 할래?" 역시나였다. 전화기 너머로 한 차례 고함 세례가 지나간 뒤 갑자기 모든 게 허무해졌다. 김홍철처럼 명단을 발견하지 못했다면 이렇게 아쉽지나 않았을 것이다.

"망했다. 진짜 멍청이는 나였어."

속이 탔다. 아이스 카페모카를 벌컥벌컥 마셨다.

*

퇴근하니 밤 10시였다. 스케치 기사를 송고했지만 개운치 않았다. 새로운 팩트는 한 줄도 찾지 못한 채, 남들 다 쓰는 고만고만한 기사만 쓰고 하루를 마무리했기 때문이다. 다음 날 조간신문 어딘가에 단독 기사가 대문짝만하게 인쇄돼 있을까 봐 걱정도 됐다. 아까 김홍철의 마지막 뒷모습이 왠지 모르게 신경을 긁었다. 오지 않는 잠을 청하고 있는데 갑자기 휴대전화가 울렸다. 낮에 저장해놨던 이름이 휴대전화 화면에 떴다.

박운택. 스마트저축. 부장.

걸었다. 박운택이 전화를 걸었다. 영업부장 박운택이
전화를 걸었다!

"네! 부장님! 송가을인데요! 반갑습니다. 전화 주셔서
정말 감사드립니다."

박운택은 뭔가 망설이는지 바로 말을 잇지 못했다.

"다시 한번 확실히 할 게 있어서 늦은 시간에 전화를
걸었습니다."

"네?"

"제 번호 경찰이 안 준 것, 맞나요? 기자라는 직업을 걸
고, 확실하다고 말할 수, 아니 맹세할 수 있습니까?"

"맞습니다. 왜 자꾸 물으시는지······."

"경찰이 내 번호를 기자에게 알려줬다면 그건 피의 사
실 공표 같은 거거든요. 기자님도 피의 사실 공표는 아시
죠? 경찰 단계에서 흘리는 거, 불법입니다. 이 사람들이 미
리 무고한 사람에 대해 결론을 내려놓고 여론 작업부터 하
려고 하는 것이 아닌지 의심이 들어서······ 이 문제는 명확

히 해야 하거든요."

"아, 그래서 거듭 확인하려 하시는 거군요. 그냥 솔직히 말씀드릴게요. 실은 오전에 본점에 갔어요. 후문을 기웃거리는데 경비원들이 쓰는 듯한 공용 책상이 보였고요. 거기 위에서 연락처가 적힌 종이를 발견하게 됐어요. 아, 후문이 열려 있어서 들어간 건 아니고요. 밖에서 확인한 거예요. 걱정 끼쳐드려 죄송합니다."

기어들어가는 목소리로 고백했다. 혹시라도 나 때문에 경비원들이 피해를 보게 되진 않을까 걱정됐지만 사실 그들은 이미 일자리를 잃은 뒤였다.

"그랬군요. 그 경비원들이라면 저도 잘 압니다. 후문 초입에서부터 차가 보이면 차 종류만 보고도 누구인지 식별하고 맞춰 행동하곤 했죠. 민 회장님이 그렇게 교육시켰습니다. 어느 상무님은 발레파킹까지 요구한 모양인데 나는 그러지 않았어요. 그분들에게 잘해주려고 노력했죠."

"그런데 부장님. 몇 달 사이 저축은행에 무슨 일이 일어난 거죠? 왜 이렇게 됐는지 좀 알려주세요."

"그건 지금 말씀드리기 어렵고……. 일단 상황을 좀 보시죠. 이만 끊겠습니다. 밤늦은 시간에 실례 많았습니다."

통화만으로도 그가 예의 바른 사람임을 알 수 있었다.

그에게 전화를 다시 걸진 않았다. 이처럼 예의 바른 사람에겐 예의 바르지 못한 태도를 보여봤자 득 될 게 없었다. 무슨 이유에서인지 오지 않던 잠이 몰려왔다.

*

다행히 다음 날 조간은 조용했다. 기자들은 그저 금융감독원의 입만 바라볼 뿐이었다. 금융감독원의 조사는 더디게 진행되었다. '3000억 원 불법 대출'에서 더 추가되는 내용이 영 없었다. 그사이 이 모든 걸 알고 있는 민위록이 두문불출이란 얘기가 돌았다. '신화적 CEO'에서 '천하의 사기꾼'으로 전락한 뒤 자취를 감췄다는 것인데, 확인할 방법이 없었다. 경제부 기자나 사회부 기자나 그저 손가락을 빨 뿐이었다. 딱히 추가 취재 루트를 찾지 못한 나는 피해자 중에 아주 딱한 사정이 있는 자는 없는지 알아보라는 지시를 이행해야 했다.

"예컨대 남편이 사고로 죽고 받은 보험금을 넣어놨다거나, 딸 내년도 등록금을 넣어놨는데 이제 학교도 못 가게 생겨 큰일이 났다거나, 독자들 눈물 쏙 뺄 만한 사연이 있나 뒤져봐."

김성혁의 목소리는 무미건조했다. 인터넷 커뮤니티를 뒤지고, 전날 번호를 따놓았던 몇몇 피해자들에게 전화를 돌렸지만 마땅한 사연을 찾지 못했다. 고만고만했다. 기사도 고만고만하게 썼다. 퇴근 뒤 다시 노트북을 켜고 인터넷 커뮤니티를 찾아다녔다. '5년에 5억 모으기' 카페와 '재테크의 신' 카페를 뒤지며 '거리'를 찾아다녔다. 눈이 뻑뻑해질 때쯤 갑자기 휴대전화가 울렸다. 밤 10시를 막 넘긴 때였다.

박운택. 스마트저축. 부장.

다시 그였다.

"늦은 시간에 죄송합니다. 송 기자님, 잠시 통화 가능하실지요."

"당연히 됩니다. 하실 말씀이 좀 정리가 되셨을까요?"

"뉴스에 대해서 한 말씀 드리고 싶어서요. 지금 강원도 리조트 건으로 난 3000억 원대 부실이 파산의 원인으로 꼽히죠. 민 회장님이 마음대로 돈을 꺼내 썼다고요. 그런 건 아니었습니다. 민 회장의 존재가 절대적이긴 했지만 여기도 엄연히 금융당국의 감시를 받는 금융기관이거든요? 그런 식으로 대출을 마음대로 하려야 할 수가 없어요."

"제대로 심사를 했다는 말씀인가요?"

"그럼요. 담보가 있었습니다. 민 회장님은 미국 하와이에 아주 큰 땅을 가지고 있었어요. 대저택도 있었습니다. 다 그런 담보를 보고 대출한 거예요. 밑도 끝도 없이 한 건 아니었단 말입니다."

"하와이 땅 얘기는 처음 듣는데요. 혹시 서류로 보여주실 수 있을까요? 증거를요."

"보여드릴 수 있는데, 지금 조사 중인 상황에 언론에 드리는 게 맞을지……. 고민해보고 연락드리지요."

이날 통화 역시 길지 않았다.

다음 날 그는 다시 전화를 걸어왔다. 이번에도 밤 10시였다.

"늦게 죄송합니다. 낮에는 이번 건 처리하느라고 정신이 하나도 없거든요. 최대한 저축은행이 확보한 담보물과 자산들을 처분해서 피해자들의 손해가 최소화되게 조치를 취해야 하거든요. 금융당국과 같이 하고 있는데 이게 하루이틀 걸릴 일이 아닙니다. 그래도 열심히 하고 있습니다."

"네. 지금 그런 작업이 진행 중이라는 것은 금융감독원 브리핑을 통해 들었습니다. 많이 바쁘시겠어요."

"제가 이 일을 시작한 뒤로 가장 바쁜 것 같네요."

"부장님. 민위록 회장과는 어떻게 아는 사이세요? 일을 어떻게 처음 같이 하게 되셨는지 궁금해서요. 혹시 지금 민 회장과 연락이 닿는지도요."

"저는 민 회장님이 인수하기 전 강릉 저축은행에서 영업을 총괄하고 있었습니다. 저축은행은 파산 직전이었는데, 그때 민 회장님이 나타나셨습니다. 보는 순간 알았죠. 보통 사람이 아니라는 걸요. 양복을 입은 것도 아니고, 어디 밭에서 일하다 오셨는지 캐주얼한 차림에 신발엔 흙이 잔뜩 묻어 있었는데도 머리 뒤로 아우라가 퍼지더군요. 영적인 기운까지 느껴질 정도로 멋있는 사람이었습니다."

"영적인 기운요?"

"네. 민 회장님은 저축은행을 살려내서 서민금융의 새로운 장을 열겠다고 하셨어요. 신발에 흙을 털어내지도 않으시면서, 본인은 흙이 참 좋다고 하시더라고요. 그때 손에 든 차 키에 열쇠고리가 매달려 있었는데 작은 호랑이였습니다. 그때부터 호랑이를 스마트저축은행의 상징으로 염두에 두고 계셨던 모양입니다."

처음 전화를 걸었을 때보다 박운택의 목소리가 부드러워진 게 느껴졌다.

"저 또한 서민금융에 뜻이 있던 사람이었습니다. 제가 젊었을 때 어머니가 아프셨어요. 잠깐만 목돈이 있으면 병원에 모실 수 있었는데, 은행들은 다들 거부하더군요. 제 신용이 안 된다는 것이었죠. 은행을 여섯 곳이나 갔는데 다, 모두 다 마찬가지였습니다."

박운택은 잠시 말을 잇지 못했다.

"결국엔 사채업자한테 돈을 빌렸는데, 때는 너무 늦었고 어머니는 돌아가셨죠. 사채업자 이자는 어마어마했습니다. 장례를 치르는 3일 동안에도 1800만 원이 불어났죠. 눈앞이 캄캄하더군요."

"아…… 그런 일이 있으셨군요. 죄송합니다."

"은행 갈 정도는 못 돼도요, 어느 정도 신용과 담보가 있다면 이자를 은행보다는 조금 더 받고 돈을 빌려주면 되는 것이에요. 그걸 제2금융이라고 하죠. 우리 저축은행들이 하는 일이고요. 서민들에게는 정말 절실한 것인데 제가 가장 힘들었을 땐 그런 게 잘 없었죠."

"제가 경제부 말고 사회부 소속이라 상세히는 모르지만, 신용이 약간 손상된 분들께는 은행 문턱이 정말 높죠."

"기자님처럼 좋은 회사 다녀서 신용이 좋은 분들은 잘 모르시겠지만……. 아무튼 그래서 저축은행 일을 시작했는

데, 강릉에선 예금자들이 잘 모이지 않았어요. 그런데 민 회
장님이 구세주처럼 나타나신 겁니다."

박운택의 목소리에 힘이 실리기 시작했다.

"서민을 위한 금융, 제2금융의 활성화, 말씀하시는 내
용이 제 생각과 거의 같았습니다. 진짜 금융의 르네상스가
열리는 것이었죠. 민 회장님이 저축은행을 인수하시고 제
대로 키우시는 걸 보면서 즐겁게 영업했습니다. 승진하면
서 이렇게 서울 본점으로 왔고요. 회장님 업적은 정말 대단
했습니다. 나라에서도 못 하는 일이었어요."

"그런데 죄송하지만 부장님. 리조트 불법 대출, 아, 불
법이 아니라고 하셨죠. 아무튼 3000억 원 대출이 결국 대형
부실로 이어졌잖아요. 민 회장님 탓이 아니라고 말하기는
어려울 것 같은데요."

"그 부분은 조사 뒤 다 클리어될 겁니다. 미국에 분명
담보가 있다니까요. 아, 잘 모르시나요? 우리 회장님이 미
국에서 대학을 다녔어요."

"그건 저도 선진일보에서 읽었어요."

"그것도 하버드 경제학과! 세계중앙은행 부행장 존 맥
커리라고 들어보셨을지요. 타임지에도 등장한 인물인데,
그 사람과 회장님이 동기입니다. 막역한 사이십니다. 제가

회장님께 직접 들은 얘기죠."

"그렇군요. 저도 민 회장이 입지전적인 인물이라는 걸 기사를 통해 알고는 있지만……."

"실제로 그렇습니다. 은행권 밖에 놓인 사람, 금융당국은 신경도 안 씁니다. 제2금융이 이렇게 활성화된 건 모두 민 회장님 덕분이죠. 우리는 이것을 '따뜻한 금융'이라고 부르기로 했습니다. 어머니께 죄송했던 게 조금은 풀리는 느낌이 들었습니다. 우리 회장님 덕분에……."

통화는 30분가량 이어졌다. 얼굴은 볼 수 없었지만 박운택은 미소를 지으며 통화하고 있는 게 분명했다. 무슨 이유에서인지 나도 마음 한구석이 따뜻해지는 것 같았다. 민위록 비리와 관련해 당장 기사 쓸 거리를 얻어내진 못했지만 왠지 이 느낌만으로도 족하다는 생각이 들었다.

*

「민위록, 강원 산골에서 붙잡혀…… '하버드' 학력은 가짜」

다음 날 민 회장은 선진일보 1면 톱기사를 통해 모습을 드러냈다. 구독자 수 1위이자 가장 많은 기자를 보유하고 있는 선진일보는 숱한 타사 기자들에 '물'을 먹이며 이렇게 또 존재감을 과시했다. 민위록은 강릉 옆 시골 마을 인근 야산에서 일주일을 숨어 지냈다고 했다. 저녁께 야산에서 불이 피어오르는 게 보이자 이상하게 여긴 주민이 신고했고, 민 회장은 산 중턱에 쪼그려 앉아 토끼 고기를 굽고 있다 붙잡혔다. 에르메스 양복에 구찌 구두를 신고 있었다. 구두 위로 검은 비닐봉지를 감싸 신고 있었는데 민위록은 "신발에 흙 묻는 게 질색이어서"라고 했다. 주변에 차는 없었지만 차 키는 허리춤에 매달고 있었다. 열쇠고리는 작은 호랑이였다.

강릉서로 이송된 그는 그간의 거짓을 실토했다. 민위록의 상태는 이제 '자포자기'였다. 먼저 하버드대 경제학과는커녕 하버드대 건물 근처에도 가본 적이 없으며, 미국에서는 생선 가게에서 일하던 게 전부라는 게 그의 첫 진술이었다.

"하지만 제가 영어는 잘했습니다. 세계중앙은행 부행장 존 맥커리랑 같이 차 한잔한 적도 있어요. 이건 진짜입니다. 존에게 한번 물어보십시오."

당연히 미국에 땅도 없었다. 하와이에 땅이 있다는 문서는 다 조작한 것이었다. 미국 등기 문서의 조작 여부를 판별할 만큼 스마트저축은행 여신팀은 기민하지 못했다. 출장을 갈 여력도 없었다. 애초 회장님으로부터 받은 문서를 검증할 의지가 없었다는 게 더 정확했다. 불법 대출금은 다 날려먹었다. 리조트 건설에 투자자가 모이지 않자 직접 땅과 자재를 사들였고 영세한 건설업체를 인수하기도 했다. 공사는 진척되지 못했고 건축자재들은 나무가 잘려나간 터 위에 흉물스럽게 쌓였다. 어느 순간부터 민위록은 다 포기한 상태로 유흥에 돈을 뿌려댔다.

압권은 호랑이 동상이었다. 스마트저축은행 강남 본점 앞에 있는 것과 같은 크기의 동상을 실제 금으로 제작하려 했다는 게 그가 밝힌 어마어마한 계획이었다. 이 계획에만 500억 원이 들어갔다고 한다. 실제 중국의 한 대형 주물공장에서 금을 끌어모아 이를 준비하고 있었는데, 스마트저축은행의 파산과 동시에 작업은 중단됐다.

"저축은행 본점 앞에 있던 건 아무래도 짝퉁 금칠이다 보니 성에 차질 않았거든요. 대신 진짜 금 호랑이 동상을 리조트 입구에 세워두려 했죠. 이곳을 찾는 모든 사람에게 따뜻한 부의 온기가 퍼지길 바라면서요. 토끼처럼 열심히 일하는 사람들, 나는 그 사람들이 따뜻해지길 원했어요. 돈이 있고 뱃가죽 밑이 든든해야 사람이 따뜻해질 수 있거든요. 금 호랑이는 서민이 잘사는 나라, 따뜻한 금융의 상징 같은 거였습니다. 제 구상은 모두 다 토끼 같은 우리 서민을 위한 거였죠."

선진일보는 1면부터 7면까지를 민위록 몰락 스토리로 깔았다. 그의 수사기관 진술도 고스란히 기사에 담겼다. 몇 달 전 그의 성공 스토리를 1면 사이드에 파격 배치하며 홍보했던 것은 다 잊은 듯했다.

"대체 선진일보 빨대가 누구야? 이 정도면 민위록 진술서를 그냥 통째로 받아 베낀 건데?"

김성혁은 애꿎은 내게 화를 냈다. '이 정도면 제가 맡은 일선 경찰서가 아니라 선배들 관할인 서울청이나 검찰청 수준의 정보 같아요'라고 말하려다 꾹 참았다. 일선 경찰서, 서울청, 경찰청 그리고 법조팀이 담당하는 검찰청까지 각자 담당 기자들이 빼곡히 존재했지만, 사회부장은 이렇게 물을 먹으면 무슨 이유에서인지 제일 말단인 경찰서 기자를 잡도리하곤 했다. 서울청장은 브리핑을 통해 선진일보의 조간 보도 내용이 모두 팩트라고 확인해주었다. 타사에서 다 쓴 내용을 다음 날 우리 조간에 옮기는 게 영 마뜩지 않았지만 별수 없었다. 그나마 김홍철한테 물먹지 않은 게 다행이라면 다행이었다.

마감하고 집에 오니 밤 10시였다. 이제야 박운택 부장이 생각났다. 그도 적잖은 충격을 받았을 것 같았다. 그가 걱정됐나.

"이쯤 되면 전화가 올 시간인데……."

불과 며칠의 경험이 벌써 습관이 된 듯했다. 휴대전화를 빤히 들여다보고 있는데 아니나 다를까 벨이 울렸다. 기다리던 사람이었다.

"부장님. 선진일보 기사, 보셨죠? 많이 놀라셨을 것 같아요."

박운택은 말을 바로 잇지 못했다.

"오늘 종일 아무것도 못 했습니다. TV 화면에 나온 민회장님은 제가 알던 분이 아니었습니다. 어떻게 이런 일이 있을 수가 있을까요. 어떻게……."

"저도 많이 놀랐는데 오죽하셨겠어요. 그저 죄송할 따름입니다, 부장님."

"하와이 땅은 진짜……. 회장이 사진도 보여줬거든요. 대저택이었습니다. 5층짜리 집이었고 뒤로는 나무도 푸르렀거든요. 그럼 그 사진도 가짜란 말입니까? 제게 아버지 같은 분인데, 어떻게 회장을 의심할 수 있었겠어요."

민위록 호칭에서 처음으로 '님' 자가 빠졌다. 박운택은

숨을 가쁘게 쉬었다.

"송 기자님, 보도 내용이 다 사실입니까? 내가 그동안 얼마나 열심히 영업했는데요. 기사에 나온 게 진짜라면 내가 사기꾼에 속아 무고한 서민들만 피해보게 했다는 소린데, 말이 됩니까?"

"부장님……"

"사실 중간중간 불법도 좀 있었어요. 금융감독원에서 걸려면 걸 수 있는 것들이고요. 그런데 안 걸리더라고요. 그래서 다 괜찮은 줄 알았어요. 저야 금융당국을 믿은 거죠. 괜찮다고 하니까."

"불법이 많았는데 안 걸렸다고요?"

"네. 민 회장은 감독원 인맥이 빵빵했습니다. 매일 술을 마시고 접대했고요. 감독원 누구네 딸 결혼식엔 축의금만 5000만 원을 냈어요. 그 고위공직자가 다음에 강원도 어디에서 공천을 받을 수 있다고 하더라고요. 자기보다 어린데도 형님, 형님 하면서 깍듯이 모셨거든요. 세상 사람들, 그런 걸 누가 알겠습니까? 그래도 이런 거, 기사 쓰시면 안 됩니다. 제가 매우 위험해져요."

"부장님, 알겠습니다. 일단 진정하시고요."

"제가 진정하게 생겼습니까. 하…… 다시 통화하시지요."

*

　다음 닐 민위록에 세는 구속영상이 청구됐다. 밤이 아닌 오후였는데도 박운택으로부터 전화가 왔다. 땅이 꺼질 듯 가라앉은 목소리였다.

　"송 기자. 나 아무 잘못 없는 거 알죠? 난 임원도 아니고 그냥 일개 직원으로서 시키는 대로만 한 거예요."

　"그럼요."

　"스마트저축은행은 자부심이었고 서민금융의 꿈을 조금씩 이루고 있었던 것뿐인데……. 그 나쁜 놈, 민위록이 리조트 짓는다고 맘대로 금고에 손만 대지 않았더라면 이런 일 없었을 거잖아요. 다 그자가 한 짓이에요! 이빨도 누렸던 새끼가……."

　"부장님, 진정하시고요. 숨을 한번 천천히 내쉬세요."

　"민위록 실체 다 알면서 영업한 거 아니냐고 사람들이 손가락질하겠죠. 내가 설득해서 돈 넣은 사람들에게 너무 죄책감이 들어요. 난 바보같이 그것도 모르고 서민금융 한다고 뿌듯해했는데……."

　"부장님도 속아서 그랬다는 거, 다 알 거예요."

　"맡겼던 돈 못 찾게 생긴 사람들한테는 나나 민위록 새

74

끼나 똑같이 나쁜 놈일 거예요. 그분들께 너무나 죄송하고……. 나도 억울한데 억울하다고 말을 할 수도 없게 돼버렸어요. 이젠 누굴 믿어야 할지 모르겠습니다. 배신감이라는 말로는 부족하고요. 너무 충격이 큽니다."

"사람들도 민 회장 잘못이라고 생각하지 부장님을 탓하진 않을 거예요. 말씀하신 대로 일선 직원으로 일을 하신 것 뿐인데요. 힘내세요."

전화를 끊기가 왠지 아쉬웠다. 무슨 이유에서인지 잠도 잘 오질 않았다.

*

다음 날 김성혁의 전화에 잠에서 깼다. 오전 6시 반이었다. 김성혁은 믿기지 않는 소식을 전했다. 박운택이 죽었다는 것이다. 새벽에 그는 주위에 죽음을 암시하는 문자를 보냈다. 지인의 신고로 위치를 추적한 경찰은 박운택을 찾아냈지만 이미 비극적인 일이 벌어진 뒤였다.

"가을아. 너 경찰서에서 조사 한번 받아야겠다. 그냥 참고인 조사야. 박운택이 근래 자주 통화한 사람들 조사하는 건데, 너도 리스트에 있는 모양이더라. 여러 명 중 하나라니까 너무 걱정 말고⋯⋯. 가서 들은 얘기 그대로 솔직하게 말하면 돼. 우리 사내 변호사가 배석할 거니까 크게 부담 가질 필요 없고⋯⋯."

김성혁의 목소리는 어느 때보다도 차분했다. 그가 나를 '가을아'라고 부른 것은 이번이 처음이었다.

매일 사건을 캐러 뒤지고 다니던 경찰서에서 난생처음 조사를 받게 됐다. 내 집처럼 드나드는 곳이었는데도 막상 조사를 받으러 가려니 느낌이 너무 달랐다. 긴장을 억누를 수 없었다. 입구에서 발을 떼지 못하고 머뭇거리고 있는데 때마침 전화가 왔다. 선배 장민수였다. 그는 "너는 잘못한 거 없으니 쫄 것 없다"고 말해주었다.

"기자님. 혹시 극단적 선택을 예고하는 듯한 말은 없었습니까? 기자님께 뭐라 하는 건 아니고요."

경찰의 질문에 나는 잠시 말을 잇지 못했다.

"억울하다는 얘기를 했습니다. 사람들이 자기나 민위록이나 똑같이 나쁘게 볼 것 같아서 억울하다고요. 본인이 영업해서 돈 넣은 사람들에게 죄책감이 든다는 얘기도 했고요. 그때 뭔가 눈치를 챘어야 했는데⋯⋯. 죄송합니다."

차마 빈소에 갈 용기가 안 났다. 속이 울렁거렸다. 알 수 없는 감정들이 한꺼번에 쏟아졌다. 분노는 아니었다. 자

책에 가까웠다. 무서움과 두려움 같은 것도 뒤섞여 있었다. 겨우 집에 돌아왔는데 도무지 잠이 오질 않았다. 밤 10시가 되자 휴대전화가 울릴 것만 같았다. 박운택의 목소리가 들려올 것 같았다. 무서웠다. 휴대전화는 다행히 울리지 않았다. 밤을 꼴딱 새웠다. 귀신 따위 믿지 않았지만 집 어딘가에서 박운택의 형상이 나타날 것 같았다. 그날 이후 한동안은 밤이 돼도 방 불을 끌 수가 없었다. 밤 10시만 되면 심장이 두근거렸다.

민위록은 구속기소됐다. 그는 서울고검장 출신의 전관 변호사를 고용했다. 몇 달의 재판 뒤 민위록에게는 1심에서 징역 7년이 선고되었다. 징역형이 선고되는 순간 그가 눈물을 또르르 흘렸다는 내용이 모든 일간지에 실렸다. 민위록은 건강 악화 등을 이유로 곧이어 보석을 신청했다.

*

겨우 일상을 되찾은 나는 한 사기범을 인터뷰하게 됐다. 오피스텔에 '곗방'을 운영하며 주부들로부터 돈을 뜯어낸 범죄자였다. 서울 지하철 2호선 라인을 중심으로 오피스텔 곗방이 우후죽순 늘고 있었다. 강남역에서 시작된 곗방은 임대료가 상대적으로 서렴한 낙성대역과 서울대입구역으로까지 세를 확장하고 있었다. 그는 마지막 순번을 받은 이가 누가 봐도 과할 정도로 큰돈을 가져가게 하는 방식으로 계를 돌렸다. 몇 번 텀을 돌리고 어느 정도 신뢰가 쌓인 뒤 곗돈 규모를 키워놓고는 막판에 들고 튀어버리는 게 그의 수법이었다. 서울대입구역 오피스텔에선 직장인과 대학생 등 일반 거주자들이 '곗방 아주머니'들의 소음 때문에 여러 차례 관리사무소에 민원을 제기한 상황이었다. 이곳에 사는 친구의 제보로 취재를 시작하게 되었다. 취업을 준비하는 친구였는데, 아침부터 저녁까지 사람들 떠드는 소리가 멈추질 않아 책 한 줄을 읽을 수가 없다고 했다. 곗방 운영과 '먹튀' 행태를 기사화해 독자들에게 주의를 주려는 게 이번 취재의 목적이었다.

사기범은 1년 6개월의 실형을 살고 막 출소한 50대 남성이었다. 그에게 익명 보도를 약속했다. 그는 신이 나서 자신의 수법을 설명해주었다. 과거 범죄를 꽤 자랑스럽게 여기는 듯한 태도였다. 여러 명이 비슷한 방식으로 지금도 곗방을 비밀리에 운영하고 있다고 그는 귀띔했다.

인터뷰 말미에 그에게 어떤 얘기를 들은 뒤 나는 아무

말도 할 수 없었다. 온몸이 마비되는 것 같았다.

"참, 제 감방은 6인실이었는데 옆에 독방 쓰는 사람들은 진짜 어마어마했거든요? 민위록이라고 알아요? 저축은행으로 사람들 등쳐먹은 새끼요. 유명한 놈이잖아요. 말도 마십쇼. 얼마나 대단한지 항상 사식이 빵빵하게 들어오고요, 몸 관리를 어찌나 열심히 하는지 매일 팔굽혀펴기 하고 맨손체조 하는 소리가 제 방에까지 들렸거든요. 수완은 또 그렇게 좋아서 교도관들하고 짝짜꿍을 해가지고요. 원래 단체로 목욕탕을 이용해야 하는데 그 자식만 밤늦게 혼자 가서 씻을 수 있게 해주고 그랬다니까요? 우리 방 사람들이 이건 항의해야 한다면서 민위록 혼자 목욕탕에 가는 날이면 숟가락으로 철창문을 탕탕탕 치고 시위했을 정도예요. 여섯 명이서 쇠숟가락으로 철창을 치니까 소리가 아주 요란했죠. 진짜 기가 막혔다니깐요. 근데 시위 몇 번 했더니 민위록이 산책 시간에 나를 따로 부르데요? 담배 한 갑을 주면서 앞으로 잘 지내보자고……. 그 뒤로는 말도 트고 형님으로 모시게 됐죠."

그는 신이 난 목소리로 말을 이어갔다.

"한 3개월 같이 있었는데 진짜 하루가 다르게 얼굴이 폈어요. '형님, 좋은 일 있으신가 봐요' 했더니 '항상 해피

한 마음을 갖고 스마트하게 사고하면 좋은 일이 늘 따라온다'고 하더라고요. 아, 자기는 호랑이띠라 결국엔 살아남는다면서, 밖에 숨겨둔 재산이 많아 걱정 없나고 했어요. 항상 싱글벙글하는 게 좋아 보이더라고요. 살려면 그렇게 긍정적으로 살아야 하는 건데……."

그는 대꾸 없는 나를 아랑곳하지 않았다.

"저 나올 때쯤 그 양반 몸무게가 60킬로그램에서 70킬로그램까지 늘었어요. 전관 변호사를 사서 곧 몇억 내고 보석으로 나올 것 같다고 하던데…… 다 작업을 해놨다더라고요. 나오면 식사 한번 하기로 했어요. 새로운 사업 구상을 얘기해주겠다면서요. 아, 자기 건강 비결도 얘기해줬어요."

"건강 비결요? 뭐랍니까?"

민위록 얘기가 시작된 뒤 내가 처음으로 뱉은 질문이었다. 그렇게 많은 이들에게 고통을 안긴 그가 대체 어떤 건강 비결을 갖고 있다고 자랑하는 것인지 도무지 묻지 않을 수 없었다.

"토끼 고기. 토끼 고기를 좋아해서 많이 잡아먹었대요."

4.
빼빼로를 훔친 아빠

    밤 11시, 적당한 사건이 없나 경찰서를 돌아다니는데 웬 남성이 눈에 들어왔다. 경찰서 로비 구석에 쪼그려 앉은 이 남성은 50대 초반으로 보였다. 경찰서 로비엔 취객을 비롯해 늘 누군가 쪼그려 앉아 있기 마련이지만 그의 행색은 좀 달랐다. 멀끔하게 양복을 입고 넥타이까지 바르게 매고 있었다. 그 위로 검정색 코트를 입고 있었는데, 끝이 로비 바닥에 질질 끌렸다. 술에 취했는지 얼굴이 벌겠다. 호기심이 생겼다. 다가가봤다. 술을 분무기에 담아 코트 위에 뿌리기라도 했는지 알코올 냄새가 진동했다.

    "실례합니다, 선생님. 죄송하지만 무슨 일로 여기 계신지 여쭐 수 있을까요?"

"아, 예. 선생님. 죄송합니다. 제가 죄 많은 사람입니다."

"아닙니다. 여기 오신 분들 다 그렇게 말씀하시긴 하는데, 다 사연이 있는 것 아니겠습니까. 그리고 저는 선생님이 아니라 기자입니다. 고도일보요."

"그러십니까? 기자 선생님을 다 뵙네요. 영광입니다."

"아이코. 영광이라뇨. 그런데 무슨 일로 경찰서에 오셨는지요?"

"저는 도둑입니다. 하하. 도둑놈요."

"네? 도둑……. 아, 절도로 오신 건가요."

"예. 저도 경찰서는 처음 와보는데, 아니지, 운동권 시절 집회시위법으로 왔다가 훈방된 적은 있는데, 사회생활 시작하고 평범하게 산 뒤로는 처음입니다."

"뭘 훔치셨는데요? 죄송합니다만……."

"하하. 말하기가 좀 그런데……."

"뭔데요?"

"그게…… 빼빼로요."

"네?"

"빼빼로요. 빼빼로를 7개 훔쳤습니다. 7개인지 몰랐는데 7개라데요, 경찰이."

"빼빼로를 왜요?"

"기자님 모르십니까? 내일모레가 빼빼로데이 아닙니까."

"아, 그렇죠. 근데 그렇다고…….'"

"이걸 어디부터 말해야 하나. 실은 제가 중소기업에 다니고 있습니다. 부장이긴 한데, 대기업과 비교하면 대리만도 못하지요. 쥐꼬리만 한 월급 받고 있습니다. 그래도 만족하며 살고 있었는데 애들이 생기니 힘들더만요. 특히 서울에서 집 없는 설움이……. 기자님처럼 언론사 다니는 분들은 서울에 집도 있고 차도 있겠지만요."

"아닙니다. 저도 월세로 삽니다."

"그러십니까. 하긴 고도일보가 월급이 많지 않다고는 들었습니다. 대신 자본에 휘둘리지 않는 매체 아닙니까."

"그건 그런 것 같아요. 저도 입사한 지 오래되진 않았지만요."

"부럽습니다. 신념을 지키며 일할 수 있다는 게……. 저같이 중소기업에서 부장으로 일하다 보면 신념은커녕 간도 쓸개도 다 내줘야 할 때가 대부분이에요. 대학 다닐 때 꿈꿨던 것들이 다 어디로 가버렸는지…….'"

"그런데 빼빼로는 대체 왜…….'"

"그게……. 다다음 달에 전세 재계약을 하는데, 3000만

원을 갑자기 올려달라지 않습니까. 집주인은 집값이 많이 올라 당연한 거라 하는데 눈앞이 깜깜하더군요. 당장 애들 학원비도 간당간당한데 3000만 원을 어찌해야 할지⋯⋯."

"자녀가 여럿이신가요?"

"딸 둘입니다. 중학생 하나, 고딩 하납니다. 결혼을 늦게 한 편이거든요. 애들은 그렇게 착할 수가 없습니다. 애들만 보면 밥을 안 먹어도 배가 부릅니다."

"그러시군요."

"그런데 전셋값을 생각하니 속이 이렇게 타가지고요. 며칠 고민하다가 오늘 혼자서 술 좀 했습니다. 퇴근길에 포장마차에서 딱 한 잔만 한다는 게 저도 모르게 많이 마셨습니다. 그러다가 어쩌다 이런 짓까지 하게 됐네요."

"빼빼로 훔치신 것 말입니까."

"네. 지하철에서 카드 찍고 나왔는데 편의점이 눈에 들어왔습니다. 빼빼로데이가 코앞이라 그런가 바깥 매대에 잔뜩 진열해놨더라고요. 예쁘게 포장된 것들이 많았어요. 둘째가 누드빼빼로를 좋아하거든요. 그런데 주머니 사정을 생각하면 저걸 떡하니 살 수도 없고, 전셋값도 생각나고요."

"그러셨군요."

"그중에 포장이 제일 예쁜 게 있었어요. 분홍색 포장지 안에 빼빼로가 몇 개 담겨 있는데 가운데에 딱 누드빼빼로가 있더라고요."

"그때 둘째 따님 생각이 나신 거군요."

"그렇죠. 딸 얼굴이 떠오르다 보니까……. 편의점 알바생은 매장 안에서 손님들 물건 계산하느라 밖에 관심도 안 두는 것 같고……. 그냥 들고 걸어갔는데, 딱 잡힌 거죠. 안에 CCTV라도 있었는지……. 경찰 조사는 끝났는데 집에 가려니 발길이 떨어지지 않아 이러고 있었습니다."

갑자기 우리 아빠가 생각났다. 어릴 때 밤에 술에 잔뜩 취해 들어오면서 늘 무언가를 들고 왔던 아빠. 비비빅이나 찰떡아이스, 메로나처럼 우리 취향이 반영되지 않은 것들을 사 오기 일쑤였지만 만취 상태에서도 자식들을 떠올렸을 거란 생각에 고맙고 짠하고 그랬다. 물론 엄마는 싫어했다. 무슨 술을 이렇게 떡이 되도록 마셨냐는 것이었다. 동네 마트에 제시간에 가면 50퍼센트 할인받아 살 수 있는 것을 꼭 편의점에서 제값 주고 사 왔어야 했냐는 타박도 따라붙었다. 늦은 밤 경찰서 로비에 쪼그려 앉아 있는 50대 남성에게서 숱한 밤 아빠에게서 맡았던 냄새가 밀려오는 듯했다.

나와 대화를 마친 그는 이제야 집으로 향했다. 그의 손에는 끝내 빼빼로가 들려 있지 못했다.

귀가하는 남성의 뒷모습을 본 뒤 사회부장에게 전화를 걸었다. "오늘 짠한 사연을 캐치했는데, 빼빼로데이에 맞춰서 기사로 다뤄보면 어떻겠냐"며 보고를 했다. 일종의 달력 기사였다. 봄이면 황사 피해 기사, 여름이면 쪽방촌 폭염 르포 등 때 되면 한 번씩 쓰는 기사를 달력 기사라 부르곤 했는데 빼빼로데이 땐 아이템이 별로 없었다. 썩 괜찮은 달력 기사를 물어 온 기분이 들었다. 신이 났다.

"거기까지 상세히 얘기해줬고요. 기자는 저밖에 없었으니 단독이네요. 그분은 좀 전에 귀가했습니다. 참 딱하더라고요. 어떻습니까, 부장, 얘기되죠? 집으로 돌아가는 뒷모습을 보는데 어찌나 짠하던지요. 딸들은 얼마나 미안하겠어요. 아빠가 저렇게 경찰서에 다녀온 걸 알면……. 아, 기사엔 삽화 하나 넣으면 좋을 것 같아요. 누드 빼빼로도 작게 그려놓고요. 어때요?"

예상과 달리 '오케이' 소리가 나오지 않았다. 헛웃음과 "킬!"이라는 외침뿐이었다. 기사화할 만한 게 못 된다는 소리였다. 이유를 들은 뒤 할 말이 없어졌다.

"안마, 송가을. 머리가 있으면 좀 생각을 해봐라. 지 술

처마실 돈은 있는데, 애들 빼빼로 사줄 돈은 없었다는 거야? 술 마실 돈은 안 아깝고 애들 빼빼로 사줄 돈은 아껴야 했다? 이기적인 새끼가 자기 감성에 취해서 헛소리한 걸 가지고 지금 뭔 기사를 쓰겠다고 하고 있어! 정신 차리고, 다른 거 찾아봐!"

5.
"남자 친구 찾으러 왔는데요."

때가 되면 한 번씩 시키는 홍등가 취재가 나에게 떨어지지 않길 바랐다. 경찰서 사건 보고를 받다 너무 사건이 없을 때면 사회부장 김성혁은 때때로 거길 가라고 지시하곤 했는데, 운이 좋았던 것인지 내게는 그런 적이 없었다. 벌써 두 번이나 홍등가 취재를 다녀온 선배 장민수는 "이딴 걸 대체 왜 시키는지 모르겠다"며 같은 피라미 기자들에게 투덜댔다. 그런데 내게도 올 게 와버렸다.

"야, 경찰서를 샅샅이 뒤져도 사건이 없다는 거야? 그게 말이 되냐? 그렇게 넓은 관할 지역에 사건이 없다는 게 말이 되냐고!"

김성혁은 오늘따라 목소리를 더 높였다. 심기가 불편해

보였다. 편집국장에게 깨진 것인지 다른 부서 부장과 한바탕한 것인지 이유는 알 수 없었다.

"네 나와바리에 성매매 집결지 하나 있잖아. 거기 가봐. 거기서 성 매수 하는 개새끼들 있는지 보고 요즘 업황이 어떤지 확인하고 경찰은 제대로 일을 하고 있는지 네 눈으로 직접 보란 말이야!"

지나가면서 봤던 그곳은 모텔처럼 입구가 지저분한 발로 가려져 있었는데 지나치게 많은 CCTV와 입구에 앉아 있는 중년 여성의 나른한 모습이 영락없이 그곳이 홍등가라는 것을 말해주고 있었다.

밤 10시, 그 입구에 도착했을 때도 중년 여성은 여느 때와 같이 나태한 자세로 파란 플라스틱 의자에 앉아 있었다. 눈 위아래 점막은 아이라인 문신으로 촘촘하게 채워져 있었는데 리터치를 할 때가 됐는지 색깔이 희미한 게 회색에 가까웠다. 대충 묶은 머리는 어딘지 모르게 우아했다. 그를 지나 입구를 통과하는 게 취재의 첫 관문이었다. 떨렸지만 최대한 침착하게 그 앞으로 다가갔다.

"저, 사…… 사람 찾으러 왔는데요. 죄송하지만 안에 좀 들어가려고요."

회색 아이라인 속 흐리멍덩한 눈동자가 나를 위아래로 훑었다. 이번 취재에 대비해 나는 짐을 경찰서 기자실에 일부러 놓고 왔다. 기자증과 취재수첩, 녹음기, 여권과 세면도구처럼 기자 신분을 조금이라도 알릴 수 있을 것 같은 물건은 몸에서 몽땅 털어내 던져뒀다. 주로 경찰서 별관 1층에 있는 기자실엔 이처럼 기자들이 놓고 간 물건들과 노트북을 두들기고 있는 기자, 새우처럼 몸을 웅크리고 쪽잠을 자는 기자가 한데 뒤엉켜 있곤 했다. 사회부장 전화를 받으며 "죄송합니다, 다시 확인하겠습니다, 더 꼼꼼히 하겠습니다"를 되뇌는 피라미들의 모습도 기자실에선 익숙한 광경이었다.

그는 내 꼴을 한참 훑더니 수상하다는 표정을 지으며 물었다.

"무슨 아가씨가 이 시간에 이런 데를 온대? 어? 사람은 뭔 놈의 사람?"

"아, 그게…… 제, 남자 친구요!"

그렇다. 나는 이곳에 남자 친구를 찾으러 온 사람이었다. 남친이 여기에 들어가는 걸 친한 친구가 목격해 알려주었고 열이 받아 씩씩대며 이곳으로 달려왔다는 게 미리 마

련해둔 시나리오였다. 남성 기자의 경우 '한번 놀러 왔다'
며 쓱 들어가 안을 훑고 나오는 게 얼마든지 가능하지만 젊
은 여성 기자의 진입은 쉽지 않았다. 나는 내가 짠 시나리
오가 꽤 만족스러웠다. 다음에 여자 후배 중에 같은 고민을
하는 기자가 있다면 이 방법을 알려줘야겠다는 생각도 들
었다.

　시나리오의 완성은 휴대전화 화면에 남친의 얼굴을 띄
우는 것이었다. 사진까지 들고 다녀야 내 말에 신빙성이 부
여될 것 같았다. 실제 내 남친의 사진을 미리 준비해두었
다. 하얗고 맑은 얼굴이었다. 눈코 뜰 새 없는 기자의 삶을
이해해주는 친구였다. 어떻게 이런 남자가 있을 수 있나 싶
을 정도로 순수하고 자기 일에만 집중하는 친구였다. IT 회
사에서 내비게이션 맵 프로그래밍을 맡고 있었는데 능력을
인정받는 것 같았다.

　언젠가 남친에게 이곳 홍등가를 아느냐고 지나가듯 물
은 적이 있는데 역시나 잘 모른다고 했다. 남친의 회사가
여기서 지하철로 세 정거장밖에 떨어져 있지 않아, 혹시 회
식 뒤 선배들을 따라가본 적이 있지 않을까 싶어 슬쩍 던진
질문이었다. 이런 곳 근처에도 올 리 없는 남친의 얼굴을
'문지기' 여성에게 떡하니 보여주려니 남친에게 미안한 마

음이 들었다. 앞으로 내가 더 잘해야겠다고 다짐했다. 어쩌면 평생이 될지도 모를 그 시간 동안…….

그는 내 말을 믿는 눈치였다. 사진을 한참 보더니 고개를 가로저었다.

"글쎄올시다. 사진만 봐선 모르겠네. 본 것 같기도 하고 아닌 것 같기도 하고. 가서 한번 찾아봐. 근데 찾으면 또 어쩔겨? 허유. 세상 철없는 아가씨네."

안으로 들어가니 짧은 골목길이 펼쳐졌다. 당장 '홍등'이나 '여성'은 보이지 않았다. 그저 대문이 굳게 닫힌 가정집이 여러 채 있을 뿐이었다. 집과 집 사이에는 좁디좁은 골목이 촘촘히 들어서 있었다. 메인 거리를 기준으로 마치 모세혈관이 이리저리 퍼져 있는 모양새였다. 발길을 꺾어 그중 가장 가까운 골목에 들어섰다.

보였다. 홍등가였다. 투명한 유리문 너머로 젊은 여성들의 모습이 보였다. 조명은 빨간색보다는 쨍한 핑크색에 가까웠다. 정육점의 그것과 유사했다. 투명 유리문 4개 정도가 마주 보며 골목 하나를 이루었는데 어느 집에는 여성이 서너 명 앉아 있는 반면 딱 한 명만 보이는 곳도 있었다. 나의 생뚱맞은 진입은 그들의 시선을 싹쓸이하기에 충분했

다. 모두가 경계의 눈빛으로 나를 바라보는 듯했다. 발길이
잘 떨어지지 않았다.

"거기 누구세요?"

한 젊은 여성이 갑자기 말을 걸어왔다. 유리문 안쪽에
혼자 앉아 있던 이였다. 최대한 의연하게 대처해야 했다. 의
식적으로 어깨를 쫙 폈다. 등 근육에 힘을 잔뜩 모았다.

드르륵.

유리문을 밀고 일단 그가 있는 집 안으로 들어갔다. 문
안쪽으로 거실 같은 공간이 보였고 나무로 된 몇 개의 방문
이 연이어 눈에 들어왔다. 방문은 모두 굳게 닫혀 있었다.
가정집 같으면서도 집이라고 하기엔 어딘가 어색한 공간이
었다. 건물 자체는 매우 낡아서 비가 오면 빗물이 샐 것만
같았다. 그는 거실에 앉아 손톱을 손질하고 있었다. 옷차림
엔 특별할 게 없었다. 핑크색 벨벳 소재의 추리닝을 위아래
로 입고 있었다. 상의에는 흰색 자수로 알파벳 P.I.N.K가 박
혀 있었다. 한 사이즈 작게 산 것인지 옷이 좀 타이트해 보
였다. "반 사이즈는 한 치수 위로 올려서 사세요." 전날 홈
쇼핑에서 들었던 쇼호스트의 목소리가 갑자기 떠올랐다.

"안녕하세요. 저는 그냥 사람을 찾으러 온 사람인데요.

아니, 저는······ 그러니까 누굴 좀 찾으러 온 건데요."

막상 안에 들어오니 더 뭘 어째야 할지 모르는 상태에 이르렀다. 애써 '내가 쟤보다 언니일 것이다. 그러니 과감하게 행동하자'고 속으로 되뇌었다. 그는 문지기 중년 여성처럼 나를 위아래로 훑어봤다. 그러더니 갑자기 웃어대기 시작했다.

"하하하. 진짜 웃기다. 대체 무슨 사연이길래 사람을 찾으러 와요? 일단 이쪽에 앉아봐요."

엉겁결에 거실에 앉았다. 방문부터 살펴봤다. 자세히 보니 총 4개였다. 안에선 아무런 소리도 들려오지 않았다. 신발장에 남자 신발도 없었다. 손님이 없는 듯했다. 여성 앞에는 손톱을 미는 사포 막대와 핫핑크색 매니큐어, 색을 칠한 뒤 마무리할 때 쓰는 톱코트 매니큐어가 놓여 있었다. 손톱 장식용 큐빅 대여섯 개도 작은 통에 담겨 있었다. 가만히 보니 고스톱 패를 넣는 통이었다. 그의 손톱엔 이미 핫핑크색 매니큐어가 꼼꼼하게 발려 있었다. 핫핑크는 분홍빛 조명 때문에 본래 색보다 더 빨갛게 보였다.

"후······."

매니큐어가 아직 마르지 않았는지 그는 입으로 손톱에 바람을 불어댔다.

"실은 남자 친구가 여기로 들어가는 걸 절친이 봤대요. 말할까 말까 고민하다가 말해준다고 하더라고요. 한 시간 전쯤인가. 그래서 화가 나서 무작정 온 거예요. 웃기죠?"

"아니, 남친은 뭐 하는 사람이길래요? 언니 참 귀엽다. 난 또 이런 경우는 처음 보네. 언니 참 큐트해. 몇 살이에요?"

실제 나이보다 두 살을 더 붙여 "스물아홉"이라고 답했다. 왠지 그래야 할 것 같았다. 그는 자신이 스물세 살이며 사람들은 10대 후반으로까지 본다고 말했다. 나 역시 스물일곱 살이지만 사람들은 스물세 살까지 본다는 말을 하마터면 해버릴 뻔했다.

"남친은 평범한 직장인이고요. 평소에 정말 잘해주는데 이런 데 올 사람이 아니거든요. 아, 죄송해요. 이런 데는 아니고…… 이쪽에요……."

그는 입으로 바람 불기를 멈추더니 깔깔깔 웃었다. 어찌나 격하게 웃던지 진짜 재미있어서 웃는 건지 아닌지 헷갈릴 지경이었다.

"하하하. 괜찮아요. 이런 데 맞지 뭐. 남친이 여기 왔다면 더한 말도 할 수 있지. 그런 말 신경 안 써요. 친언니도 나한테 그랬거든. 이런 데서 살면 좋냐고. 나보다 네 살 많은데, 지가 엄마인 줄 안다니깐."

거실에는 텔레비전이 놓여 있었다. 본 적 없는 드라마가 방영 중이었다. 소리는 나지 않았다. 보일러를 틀었는지 방바닥이 따뜻했다. 긴장이 약간 풀리면서 몸이 노곤해졌다. 그가 다시 말을 이었다.

"그래서, 언니는 전에 이런 데서 일하는 여자 본 적 있어요?"

"아뇨. 처음입니다. 죄송합니다."

"언니, 죄송할 게 뭐 있어. 각자 자기 일 하는 건데. 나는 내 일 부끄럽지 않아요. 부끄럽게 생각하는 사람들이 부끄러운 거지. 나는 지금 최선을 다해서 아주 열심히 살고 있거든요?"

'죄송하다'는 기자가 된 뒤 가장 많이 뱉은 말이었다. 그중에는 오로지 취재 목적을 달성하기 위해 기계적으로 내놓은 것도 적잖았지만 이날의 죄송함은 어쩐지 순도 100퍼센트에 가깝게 느껴졌다. 이것이 혹여 '나는 너와 다르다'는 말로 들릴까 봐 우려스러웠다. 실제 '나는 여기서 일하는 너와 다르다, 그래서 네가 안쓰럽다, 그렇기에 이렇게 죄송하다는 말도 할 수 있다'는 의식의 흐름이 저기 깊숙한 곳 어딘가에서 일렁거리고 있는 것은 아닌지 걱정도 되었다.

골목길에는 지나가는 사람이 한 명도 보이지 않았다. 성 매수자가 모습을 드러낸다면 오직 경멸만이 가득한 눈빛을 한가득 쏘아줄 요량이었지만 그럴 대상은 다행히 나타나지 않았다. 이따금 옆집에서 여성들의 수다 소리와 웃음소리가 나지막하게 들려올 뿐이었다. 여자 중학교 재학 시절, 우리 반은 수업 중이라 조용한데 옆 반은 놀고 있을 때 벽 너머에서 들려오던 소리와 비슷했다. 눈치 없이 평온함이 자꾸만 올라오려 했다.

"그런데 처음에 어떻게 여기 오게 되셨는지 제가 궁금해해도 될까요. 원래 궁금한 걸 못 참는 성격이라 한번 여쭤보는 건데요."

그는 미소 지으며 말했다.

"언니도 이리저리하다 보니 회사나 어디 들어갔을 거 아니에요? 나도 똑같아요. 어릴 때부터 미용을 배우고 싶었거든. 헤어나 네일…… 당연히 집에는 돈이 없었고. 이걸 흙수저라고 하죠? 돈을 모아야 뭐든지 시작할 수 있는 게 이 나라잖아요? 대한민국! 친한 친구가 금방 큰돈을 모을 수 있는 일자리라며 소개해줬어요."

"아, 친구가 소개해줬군요."

"오래 하려는 건 아니었고, 딱 한 달만 하려 했는데, 돈이 잘 안 모이는 바람에 두 달이 됐고, 이제 석 달째인데, 딱 100일까지만 하고 관두려고요. 평생직장은 아니잖아요, 여기가. 하하하."

그러고 보니 매니큐어를 바른 솜씨가 보통은 아닌 것 같았다. 매니큐어가 조금도 뭉치지 않고 매끄럽게 손톱을 채우고 있었다. 이제 그는 톱코트 매니큐어를 집어 뚜껑을 열었다. 오른손에 솔을 들고 왼손 엄지손톱부터 바르기 시작했다. 단 두 번의 터치로 손톱 위에 완전한 광택을 입혔다. 숙련된 주물공의 손놀림처럼 군더더기 하나 없었다. 그는 매니큐어를 마저 바르면서 쉴 새 없이 재잘댔다. 중학교 다닐 때 쉬는 시간이면 친구들이 찾아와 머리를 땋거나 묶어달라고 했다는 얘기를 할 땐 환하게 웃었고 고등학생 때 아버지한테 뺨을 맞은 직후 짐도 챙기지 않은 채 집을 나와버렸다는 얘길 할 땐 씩씩댔다. 방의 따뜻함에 익숙해질수록 노곤함의 강도가 세졌다. 졸음이 밀려올 것만 같았다. 몽롱해졌다.

문득, 그가 입구의 지저분한 발을 밀고 밖으로 나가 넓은 대로변에 자그마한 네일숍을 열고 손님의 손톱에 핫핑크색 매니큐어를 바르는 모습이 머릿속에 떠올랐다. 내가 잠깐 졸았던 것인지 단지 상상을 한 것인지 분명하진 않았지만 그 모습만큼은 명확했다. 그는 하하하 웃으며 손님과 대화를 나누고 집에 가선 "오늘도 감정노동에 시달렸다"며 친언니에게 입술을 삐죽대며 하소연하는 것이다. 그러면 친언니는 그의 어깨를 토닥이며 오늘도 고생했다고 정말 열심히 살았다고 말해주는 것이다. 그리고 다음 날 문지기 중년 여성은 우아한 올림머리를 뽐내며 네일숍에 들어와 "오늘은 레스토랑 매출이 신통찮아 스트레스를 받았다"며 그에게 손톱을 내미는 것이다. 그는 또다시 하하하 웃으며 완벽한 네일아트 기술을 뽐내는 것이다. 문지기 중년 여성은 손톱을 보며 틀림없이 만족스러운 표정을 짓는 것이다. 그는 이 순간을 놓치지 않고 "오늘은 회원권을 끊어보시면 어떠세요? 30만 원 결제하시면 두고두고 쓸 수 있는데 특별히 10퍼센트 할인해드리거든요"라며 노련하게 영업을 하는 것이다. 이 장면의 조명 역시 분홍색인데 홍등가처럼 쨍한 핑크가 아니라 파스텔톤의 연분홍색인 것이다.

그가 왼손을 다 칠했을 즈음 내가 손을 내밀었다.

"오른손은 제가 해드릴까요? 왼손으로 바르기 어려우

실 테니까. 도와드릴게요."

"언니, 나 양손잡이예요. 내가 그래서 어릴 때부터 손재주가 좋았거든요. 미용을 할 수밖에 없게 태어난 거예요. 내가 언니 하나 발라줄게요. 손 펴봐요."

그는 내 오른손 두 번째 손가락 손톱에 핫핑크색을 입히기 시작했다. 경찰서에서 이것저것 적을 때 묻었는지 오른손 곳곳에 볼펜 똥 같은 게 묻어 있었다. 행여나 직업이 들통날까 싶어 "그거 하나만 칠하면 될 것 같아요"라고 말하곤 손을 얼른 거두었다. 그는 할 말이 많았다.

"지금 여기에 있지만 나는 당당해요. 부끄러울 게 전혀 없어요. 미래를 위한 투자고, 꿈은 확실히 있으니까. 행복하진 않더라도 불행하진 않아요. 나 진짜 열심히 사는 거라니까?"

그의 열 손가락 모두에 순식간에 톱코트가 발렸다. 핫핑크색은 더 영롱하게 빛났다. 작은 큐빅 몇 개를 손톱에 붙이지 않으려나 했는데 그럴 생각은 없는 모양이었다.

"그런데 밖에 오가는 사람이 없네요. 요즘 장사가 잘 안 되나 봐요."

긴장이 풀리니 이제 머리가 돌아갔다. 데스크가 말한 정보를 수집해야 한다는 생각이 퍼뜩 들었다. 성 매수, 개새끼들, 업황, 경찰…… 몇 가지 키워드가 머릿속에 떠올랐다.

"아휴. 말도 마요. 요즘 손님 찾기가 쉽지 않아요. 불황이래잖아요. 식당이니 슈퍼니 다 안된다죠? 밖이랑 똑같아요. 불황이면 장사 안되는 거……. 어제는 손님이 글쎄 만원을 깎아달라 하더라니까요? 지금 몇 년째 7만 원인데 여기까지 와서 화대를 깎고 앉아 있어. 좀팽이처럼."

이곳에 들어온 지 30분가량 지났지만 손님이 한 명도 없다는 것으로도 '업황' 취재는 충분했다. 남은 키워드는 '경찰'이었다. 제일 어려운 주제였다.

"혹시 경찰은 단속을 오나요? 죄송하지만 사실…… 불법이잖아요. 이렇게 장사하는 거요."

순간 그의 표정이 굳어졌다. '아차' 싶은 겨를도 없을 정도로 표정 변화는 순식간에 일어났다.

"뭐야…… 언니 혹시 기자야? 아니면 여청과? 경찰이야 뭐야? 뭐 그런 걸 물어? 이상하네, 진짜?"

당황한 나는 텔레비전으로 시선을 돌렸다. 화면만 응시하며 최대한 자연스럽게 웃음을 지어 보였다. 텔레비전은 여전히 아무런 소리를 내지 않았고 하필이면 웃긴 장면도 아니었다. 순간 내 척추를 타고 개미가 올라오는 느낌이 들었다. 거실이 어찌나 조용한지 개미의 발소리까지 다 들리는 듯했다. 다 올라온 개미는 내 목덜미를 물었다. 목덜미가 찌릿했다. 몸이 마비되는 것 같았다.

"기자요? 하하. 대박! 진짜 웃기다. 기자는 무슨 기자예요. 저 취업 준비하는 알바생이거든요? 근데 저 드라마 아까부터 뭐예요? 되게 재미없네, 이거."

자리를 털고 황급히 일어나려는데 그가 내 왼팔을 붙잡았다. 정확히는 꽉 쥐었다.

"저기 언니, 잠깐만요."

심장박동 소리 때문에 귀가 멍할 지경이었다. 오만 가지 생각이 머리에 가득 찼다. 제일 먼저 떠오른 건 여기에 날 보낸 김성혁이었다. 그에 대한 원망이었다. 사칭 취재가 들통나 곤란해지면 그에게 모든 책임을 지울 생각이었다. 뭐 이런 걸 시켰는지 모르겠다며 장민수와 함께 김성혁을 실컷 씹어댈 예정이었다. 평생.

"네? 왜요? 이제 시간이 늦어서 그냥 가려고 하는 건데요."

그가 미소를 되찾으며 말했다.

"아니 사진…… 사진 보여달라고. 언니 아까 남친 찾으러 왔댔잖아. 혹시 얼굴 보면 알 수도 있어서. 내가 손재주만 좋은 게 아니라 머리도 비상하거든. 여기 끽해야 우리 스무 명 있는데 단골손님 얼굴은 얼추 알긴 알거든요."

안도의 숨이 내쉬어졌지만 티를 내진 않았다. 휴대전화에 미리 준비해놓은 남친 사진을 꺼냈다. 하얗고 맑은 얼굴의 남친은 세상 순수한 표정으로 여전히 웃고 있었다. 문지기 중년 여성에 이어 젊은 여성에게까지 남친의 얼굴을 내미는 게 영 내키지 않았지만 지금 이곳을 빠져나가려면 애초의 시나리오를 따라야 했다. 자연스럽게 행동해야 했다. 남친에게 또 미안한 마음이 들었다. 앞으로 내가 더 잘해야겠다고 거듭 다짐했다.

"아하, 사진요? 참, 내 정신 좀 봐. 여기요. 이 사람이에요. 얼굴 한번 보세요."

그의 대답을 들은 나는 눈물을 펑펑 쏟으며 골목길을 빠져나와야 했다. 슬프진 않았다. 그저 비참할 뿐이었다.

6.
한국여성노인복지회장의 꿈

 여의도 일호아파트 앞에 도착한 건 밤 11시였다. 논설위원이 '한국여성노인복지회장이 총리 동생에게 공천헌금을 줬다가 일이 틀어져 입이 나와 있더라'는 말을 술자리에서 듣자마자 사회부장 김성혁에게 전달한 게 밤 10시였으니까, 딱 한 시간 만이다.

 이 논설위원은 사회부와 정치부에서 잔뼈가 굵은 베테랑 기자였는데 여기저기에서 '모찌'를 물어다가 후배에게 나눠 주는 능력이 탁월했다. 언젠가 경찰팀 팀원들과 함께 술을 마실 때 그는 자신과 동시대를 누벼온 법조, 정치 기자를 쭉 나열하며 그들의 활약상을 전해주었다. 경찰팀 피라미 기자들에게 법조, 정치 기자들은 동경의 대상이 되곤 했는데 그중에서도 '넘사벽' 기자들의 얘기였다. 다들 어찌나 대단한지 하나같이 '전설의 기자' 또는 '대기자'라고 불릴 만했다. "그런데 그분들 지금은 뭐 하시냐"는 내 질문에 논설위원은 이렇게 답했다.

"다~ 죽었지. 나 빼고 다들 일찍 죽어버렸어. 이 인간들이 평소 술을 원체 많이 마셨어야지. 근데 다 취재하느라 마신 거야. 정말 열심히들 마셨지."

그 말을 들은 뒤로 후배들 누구도 술잔을 마저 비우지 않았다. 나 역시 마찬가지였다.

그는 후배 기자들에게 꾸준히 연락을 해왔다. 대개 술자리에서 들은 취재 소스를 전해주기 위해서였다. 얘기되는 제보가 많았다. 경력이 쌓인 만큼 고급 정보를 접할 기회가 많은 모양이었다. 나중에 나도 저 연차가 되면 후배들에게 취재 노하우와 소스를 전달해주는 멋진 선배가 돼야겠다고 생각했다. 고도일보의 다수 고참 선배들은 그와 비슷하게 부지런히 무언가를 물어 와 제비 새끼 같은 후배들에게 나눠 주곤 했다. 취재원을 만날 때 일부러 후배를 불러 소개해주는 이들도 많았다. 취재에 주요 자산인 인맥을 그렇게 공유해주었다.

물론 정반대의 행동을 하는 이도 있었다. 내가 알기론

한 명 있었다. 후배가 단독 거리를 취재하고 있을 때 얘기가 되겠다 싶으면 찾아가 '나 너무 힘드니 취재 내용을 내게 넘겨달라'고 압박하거나 회유해 기사를 내보내곤 후배가 취재했다는 것을 감쪽같이 감추는 인물이었다. 중견 남성 기자의 이 같은 행태에 적잖은 어린 후배들이 뒤통수를 맞았다. 그는 '소스가 후배였다'는 사실이 뒤늦게 알려질 것 같다는 판단이 들면 그 후배에게 전화해 목소리를 높이고 입막음하는 짓도 서슴지 않았다. 그러나 그가 또 무슨 짓을 할지 두려워 '똥 밟은 셈 치자' 하고 그냥 넘기는 이들이 대부분이었다. 그는 편집국장이 바뀔 때면 장문의 아부성 메일을 보내고, 간부급 남자 선배들을 '형님'이라고 부르며 사내 인맥을 후배들에게 과시하기로 유명했다.

김성혁이 논설위원의 제보를 전달할 즈음 나는 술에 취해 있었다. 원룸에서 혼술을 하다 살짝 취해버린 것이다. 홍등가 취재를 마치자마자 나는 남자 친구와 헤어졌다. 당연한 선택이었다. 그 자식은 별다른 변명도 하지 않았다. 그냥 호기심에 가봤다거나 선배가 끌고 가서 어쩔 수 없었다고 얘기하면 이렇게까지 증오하지 않았을 것 같은데 그는 그냥 "너한테 할 말이 없다"고만 했다. 남자 친구 새끼가 원래부터 없던 존재가 되기까지는 시간이 좀 더 필요했다.

　김성혁의 전화를 받고 집을 나서면서 술은 완전히 깨버렸다. 택시를 타고 일호아파트로 가는데 서러움이 막 몰려온 것은 결코 전 남친 때문이 아니었다. 그저 급히 뛰어 나가느라 겉옷을 제대로 걸치지 못해 약간의 한기가 느껴진 탓이었다. 겨울과 봄 사이, 감기에 걸리기 딱 좋은 계절이었다. 실제 감기라도 걸린다면 병가를 내고 며칠 쉬어야겠다고 생각했다. 나를 홍등가로 보낸 김성혁이 갑자기 미워졌다. 아니, 고마운 존재라고 생각하기로 했다. 그런 놈을 내 인생에서 걸러주었으니.

*

　한국여성노인복지회장의 이름은 김순자. 올해로 77세. 약사 출신이다. 그 시절 약대를 나왔으니 소위 '신여성'이다. 일찍이 정치권에 발을 들이려 했으나 순탄치 않았다. 의원 배지를 달지 못한 그는 여성 노인들의 권익 신장을 위한 '한국여성노인복지회'를 설립했다. 초대 창립자로 11년째 회장을 맡고 있다. 여성노인복지회는 사실상 그를 위한 조직이었다. 여기까지가 김성혁으로부터 전달받은 기본 정보였다. '공천헌금'설에는 당사자 확인이 필요했다. 이 밤, 내가 해야 할 일이었다.

　일호아파트는 국내 최초 대단지 아파트다. 전두환 정권 시절 건설됐다. 오래된 아파트라 그런지 출입이 자유로웠다. 별도의 카드 키나 비밀번호 없이 진입이 가능했다. 기자에게는 최상의 조건이다. 요즘 지어진 아파트들은 보안이 철저해 1층에서부터 취재가 막히기 일쑤였다. 게다가 김순자의 집은 101동 106호, 1층이었다. 밖에서 보니 거실 불이 꺼져 있었는데 안쪽에 희미한 불빛이 보였다. 안방 문틈으로 새어 나오는 빛 같았다. 안을 들여다보고 싶었지만 베란다 앞에 심어진 나무의 가지가 지나치게 무성했다. 가만히 보니 목련 나무였다. 몇몇 가지는 섣불리 꽃봉오리를 매달고 있었다. 꽃봉오리 근처에서 달짝지근한 향기가 나는 것 같았으나 정확진 않았다.

　101동 건물 안으로 들어갔다. 106호 문은 굳게 닫혀 있었다. 문에는 회색 페인트가 칠해져 있었는데 그 결마저도 견고해 보였다. 문에는 십자가 스티커가 붙어 있고, 그 위로 '믿음의 교회'라고 적혀 있었다. 여의도에서 잘나간다는 사람들이 다니는 대형 교회였다. '내가 여기 교인이었다면 접근이 한결 편할 텐데……' 뒤늦은 후회였다.

딩동. 딩동.

과감하게 벨부터 눌렀다. 일단 얼굴을 마주해야 했다. 10초가 지나자 안에서 인기척이 들려왔다. 신발을 끄는 소리가 점차 커졌다.

"누구시죠?"

문 안쪽에서 목소리가 들려왔다. 어찌나 희미한지 철창 안에 갇힌 카나리아의 지저귐과 비슷했다. 언젠가 철창 안에 갇힌 카나리아를 본 적이 있는데 지지배배 소리가 어찌나 미미한지 가만히 귀를 기울여야만 그 소릴 들을 수 있었다. 문 안쪽의 목소리도 비슷했다. 작고 가늘었다.

"회장님. 밤늦은 시간 실례하겠습니다. 고도일보 송가을 기자인데요. 죄송하지만 잠깐 문을 열어주실 수 있을까요? 회장님께서 억울한 상황에 놓이셨다고 들어서요. 정말 죄송합니다."

문을 열어줄 리 없었다. 전에도 몇 번의 '뻗치기' 경험이 있었지만 성공한 적은 한 번도 없었다. 남의 집 앞에서 기약 없이 뻗치는 것만큼 답답한 취재가 또 없었다. 성과라도 한 번 있었다면 서러운 감정까진 느끼지 않았을 것이다. 이런 일이 생길 때면 사회부장은 꼭 나를 보내곤 했는데 이것이 내가 우리 신문사의 잠재적 에이스이기 때문인지 아니면 삐쩍 마른 꼴이 어쩌면 상대방의 동정심을 불러일으켜 문을 열게 할 것이라는 모종의 계산에 의한 것인지는 알수 없었다. 근래 민주일보 김홍철에게 두어 번 물을 먹고 부장에게 깨졌던 점을 감안해보면 전자보다는 후자에 가까워 보였다.

"그런 일 없습니다. 그만 돌아가세요."

목소리는 희미했지만 문 바로 앞에 있는 것이 분명했다.

"회장님. 죄송하지만 잠시 얼굴 좀 뵐게요. 제 말을 한 번만 들어봐주세요. 딱 1분만요! 네?"

신발 끄는 소리가 점차 멀어지더니 곧이어 방문을 닫는 소리가 들려왔다. 실패였다.

김성혁은 보고를 듣더니 소리를 질러댔다.

"얀마, 송가을. 너 땡땡 한번 해놓고 지금 취재했다고 나한테 전화 건 거야? 똑바로 안 해? 어?"

'그럼 네가 와서 해봐'라는 소리가 목구멍까지 올라왔다. '씨발, 쌍욕 한번 하고 사표를 던질까' 하는 생각도 뒤따라왔다. '사표 내면 다른 언론사엔 바로 갈 수 있을까?' '언론사 시험 준비를 또 어떻게 하지?' 생각이 꼬리를 물 때쯤 다시 김성혁의 고함이 들려왔다.

"야 이 자식아! 네가 그러고도 기자야? 당장 도로 튀어가! 가서 뭐라도 해보란 말이야!"

다시 벨을 눌렀다. 이번엔 대꾸도 없었다. '뭐라도 해보'려 했지만 딱히 할 수 있는 게 없었다. 자신도 없었다. 백팩을 뒤적거리니 수첩이 보였다. 펜을 꺼냈다. 동 입구 계단에 쪼그려 앉았다. 무작정 편지를 쓰기 시작했다. 수첩 종이 밑엔 '고도일보'가 희미하게 인쇄돼 있었다. 달짝지근한 향기가 코끝을 스쳐 갔다. 고개를 들어보니 아까 그 목련 나무가 보였다. 꽃봉오리는 야무지게 입을 다물고 있었다.

김순자 회장님께

늦은 시각, 실례를 무릅쓰고 펜을 들었습니다. 저는 기자 생활을 시작한 지 몇 년 되지 않은 송가을이라고 합니다. 짧은 경험이지만, 세상에는 나쁜 놈들이 너무 많고 정의롭게 살아가는 이가 뒤통수 맞는 일이 많다는 걸 알게 됐습니다. 회장님은 대한민국 최초로 한국여성노인복지회를 일구시고 여성 인권 향상을 위해 헌신해오셨습니다. 같은 여성으로서 앞선 노력에 정말 감사드립니다. 회장님의 헌신과 노력을 이용하려 한 사람이 있다면 그는 분명 나쁜 놈일 것입니다. 혹시 이야기를 들려주실 수 없으시겠습니까. 용기를 내주시면 진실을 전할 수 있게 최대한 노력하겠습니다.

중간에 '고도일보는 국내 발행부수 3등 신문으로 막강한 영향력과 네트워크를 가지고 있다'를 넣었다가 빼는 바람에 편지를 처음부터 다시 써야 했다. 1등이 아니어서, 빼는 게 나을 것 같았다. 차가운 계단에 쪼그려 앉아 있자니 엉덩이에서부터 한기가 올라왔다. 두 번째 쓸 때는 더 빠르게 썼다. 글씨가 마음에 들지 않았지만 세 번이나 쓸 여력은 없었다.

툭.

문틈으로 편지를 비집어 넣었다. 문 안쪽 바닥에 떨어지는 소리가 났다. 김순자가 편지를 읽어줄지 말지 알 수 없었다. 툭 소리가 안방에까지 전달됐을 것 같지는 않았다. 사회부장의 얼굴이 떠올랐다. 건물 밖으로 나와 불이 꺼진 베란다를 향해 소리를 질렀다.

"회장님! 송가을입니다! 죄송하지만 현관에 떨어진 제 편지, 한 번만 읽어봐주세요! 부탁드립니다! 꼭입니다! 죄송해요!"

경비원이 쫓아올까 봐 소리를 더 지르진 못했다. 주민 민원이라도 들어왔다간 오늘 밤 취재는 말짱 꽝이 된다. 사실 김순자가 나를 경찰서에 신고한다 해도 할 말은 없는 상황이었다. 베란다를 한참 바라봤지만 인기척은 느껴지지 않았다.

계단에 다시 쪼그려 앉아 있으려니 서러움이 몰려왔다. 이건 그저 급히 튀어 나가느라 겉옷을 제대로 걸치지 못한 탓이었다. 다른 이유일 리 없었다. 전 남친 따위는 이제 내 안중에 없었다. 늦은 밤, 대리석 계단의 촉감은 흡사 얼음장 같았다. 서러움은 한기를 뒤따라 부지런히 올라온 것일 뿐이었다. 무슨 이유에서인지 또 카나리아가 떠올랐다. 혹시 이 대리석 위에 카나리아가 앉아 있게 된다면 나처럼 엉덩이가 시려 서러울 것이다. 아니지, 카나리아는 엉덩이가 아니라 두 발로 서 있을 테니 몸통에 한기가 전달될 일은 없을 것이다. 물론 엉덩이로 앉는다 해도 나와 달리 카나리아의 엉덩이에는 깃털이 도톰하게 붙어 있을 테니 나처럼 추울 일은 없을 것이다. 그러니 이렇게 서러울 일도 없을 것이다. 106호 안에 있는 카나리아는 나보다 따뜻할 것이다. 정신이 점점 몽롱해졌다. 이보다 더 궁상맞을 순 없었다.

*

106호 베란다의 창문이 열렸을 때는 자정을 훌쩍 넘긴 뒤였다. 추위에 온몸이 덜덜덜 떨리기 시작할 때였다.

"저기, 송가을 기자님."

왜소한 몸집의 늙은 여성이 창문 사이로 고개를 빠끔히 내밀었다. 김순자였다. 그의 얼굴은 정말로 관상용 새처럼 작고 여렸다. 주먹만 한 얼굴 위로 눈과 입이 가느다란 선을 그리고 있었다. 어깨는 좁았다. 상상했던 것보다 더 노인이었다. 카나리아는 내게 안으로 들어오라고 날갯짓, 아니 손짓을 했다. 눈물이 날 것 같았다. 106호 앞에 도착하는 데 5초가 채 걸리지 않았다.

김순자는 혼자 살고 있었다. 거실엔 젊었을 때부터 최근까지의 사진이 진열돼 있었다. 모두 김순자였다. 다른 인물의 사진은 없었다. 결혼은 하지 않은 듯했다. 유리 진열장엔 상패가 가득했다. 여성부가 수여한 공로패와 한국약사협회에서 준 대상이 제일 위쪽에 놓였다. 리본이 달린 훈장들도 나란히 늘어서 있었다. 출처는 알 수 없었다. 진열장을 보며 나는 놀랍다는 표정으로 말했다.

"와. 회장님. 정말 훌륭하십니다. 어떻게 살아오셨는지 감히 가늠할 순 없지만 멋진 인생을 살아오신 것만큼은 분명한 것 같아요."

김순자는 내 말이 마음에 든 듯했다.

"그렇죠. 그 시절엔 여자가 약사 되는 것도 어려웠거든요. 집안 형편이 좋지 않았는데 나는 굴하지 않았어요. 정말 열심히 했죠. 서울대 약대에 붙었는데도 집에서는 좋아하지 않았어요. 그런 시절을 이겨내고 여기까지 온 거예요, 내가."

김순자는 나를 부엌으로 안내했다. 식탁 위엔 흰 쌀밥과 소고기뭇국, 조기구이 한 마리가 놓여 있었다. 백김치도 있었다. 고춧가루가 있는 음식은 없었다. 방금 차렸는지 소고기뭇국에선 김이 올라왔다.

"밖에서 덜덜 떨고 있는 거 봤어요. 아유…… 그냥 자려니 영 마음이 쓰여서 말이야. 진짜 밤새우려 한 건 아니죠? 아가씨가 그렇게 찬 데 앉아 있으면 어떡해. 일단 이것 좀 먹어봐요."

사회부장이 나를 보낸 이유가 분명해졌다. 삐쩍 마른 꼴이 상대의 동정심을 불러일으킬 거라는 부장의 계산은 정확히 들어맞았다. 김성혁 부장도 삐쩍 말라 어디 가서 죽 한 그릇 못 얻어먹고 다니게 생겼다는 게 이제야 떠올랐다. '자신의 성공 경험 때문에 나를 보낸 게 아닌가' 하는 추정은 어느 정도 합리적으로 보였다. 김순자는 심지어 조기의

살을 발라 내 숟가락 위에 올려주었다. 배가 고프지 않았지
만 꾸역꾸역 목구멍 안으로 밀어 넣었다.

우리는 다과상을 사이에 두고 거실에 마주 앉았다. 국
화꽃차 두 잔이 놓였다. 최대한 초롱초롱한 눈빛으로 김순
자를 바라봤다. 김순자는 들고 있던 찻잔을 상 위에 내려놨
다. 때가 됐다는 듯 입을 열었다.

"송 기자 편지를 읽어보았어요. 처음엔 이게 무슨 유치
한 편지야 했는데, 찬찬히 읽어보니 다 맞는 말이더라고요.
내 삶은 나쁜 놈들과의 투쟁이었어요. 여자로서 헤쳐나가
는 게 쉽지 않았죠."

나는 고개를 격하게 끄덕였다.

"내가 일찍부터 정치에 눈을 뜬 것도 그 이유예요. 내
나이 쉰하나에 민정당에 처음 입당했어요. 거기서 공천을
거의 받을 뻔했는데 다른 놈이 끼어 들어왔죠. 그다음엔 또
다른 놈이 들어오고 또 그러고⋯⋯. 계속 그런 식이었어요.
이 자식들 사이에서 내 몫은 처음부터 없었던 것인지."

김순자는 찻잔을 다시 들었다. 국화차의 향기가 거실에
퍼졌다.

"총리 동생은 10년 전부터 알던 사이였어요. 그 친구 형

이 총리가 될 줄은 꿈에도 몰랐어요. 그 친구도 몰랐을 거예요. 어찌 됐든 기적이 일어났고 형제에게 막강한 힘이 생겼죠. 공천헌금 얘기가 나오기 시작한 건 얼마 전이에요."

아뿔싸! 녹음기를 켜지 않은 게 갑자기 생각났다. 백팩 안엔 여덟 시간 연속 녹음이 가능한 고성능 녹음기가 있는데 집 안에 급히 들어오느라 켜놓지 않았던 것이다. 휴대전화에도 녹음 기능이 있지만 녹음 도중 전화가 오면 녹음이 정지되기 때문에 취재에 적합하지 않았다. 이놈의 휴대전화는 시도 때도 없이 울려대곤 했다. 그렇다고 이제 와서 어색하게 백팩을 뒤져 녹음기를 꺼낼 수도 없는 노릇이었다. 문자메시지를 확인하는 척 자연스레 휴대전화를 만지작거렸다. 일단 녹음 버튼을 누르고 다과상 밑으로 슬쩍 내려놨다. 김순자는 매우 노회한 인물이었다.

"송 기자, 지금 녹음하려는 거죠? 뭘 그렇게 몰래 해요. 그것도 그렇게 다 티 나게……. 그냥 여기 올려놓고 해요. 어차피 난 각오했거든요, 아까 송 기자를 불러들일 때부터. 이제 곧 피바람이 불 거예요."

백팩에서 은색 녹음기를 꺼내 상 위에 올려놨다. 김순자의 목소리가 더 커졌다. 녹음기를 마이크로 여기는 듯했다. 자신감이 넘쳤다.

"여성 그리고 노인. 그 몫의 국회의원이 있어야 한다고 누차 내가 얘기했거든요. 그런데 총리 동생이 5억 원을 부르더라고요. 공천헌금이라기보다는 선거자금이라고 했어요. 어차피 비례대표 앞 번호로 선정될 것이고 당에는 선거자금이 필요하니까요. 그래서 돈을 건넸는데 세상에……. 최종 명단에 내가 없는 거예요!"

그는 씩씩대며 말을 이어갔다.

"그 뒤로 전화도 안 받고 한마디로 날 졸로 본 거죠, 좆 같은 그 자식들이. 처음부터 내 돈을 보고 접근했는지도 모르겠어요. 내가 모은 돈이 꽤 됐거든요. 얼마인지 다 밝힐 순 없지만. 내가 결혼을 했으면 송 기자 같은 손녀에게 아마 집을 사 줬을 텐데요."

집 얘기에 귀가 쫑긋했다. 이따 돌아갈 나의 원룸이 떠올랐다. 그곳을 아늑하게 만들기 위해 나는 크림색 러그를 깔아두었다. 쿠팡에서 46퍼센트 세일할 때 득템한 물건이었다. 그 위에 쪼그려 누울 때면 '그래도 서울에 내 한 몸 누일 곳이 하나 있다'는 안도감이 들면서도 '언제까지 이렇게 원룸을 전전해야 하나' 하는 생각이 들어 우울한 기분이 스멀스멀 올라오곤 했다. 김순자의 집은 대략 40평은 돼 보였다. 여의도 한복판에 있으니 10억 원은 족히 넘고도 남을 것이다. 15억 원을 넘길 수도 있다.

정신을 차려야 했다. 지금 핵심은 공천헌금이다. 자백은 다행히 고스란히 녹음기에 담겼다. 김순자는 분명 '돈을 건넸다'고 했다. 일단 꼭지는 딴 셈이었다. 논설위원의 제보는 정확했다. 홈런이었다. 그는 역시 훌륭한 기자였다. 모범이 될 만한 멋진 선배였다.

"그런데 회장님, 죄송한데요. 말씀하신 대로 아무리 선거자금이라고 여기셨어도요. 뇌물 준 사람도 잘못이잖아요."

김순자는 "지금 생각해보면 잘못이라고 보는 게 맞겠지만 그때는 그런 판단을 할 겨를이 없었다"고 했다.

"송 기자. 내가 권력을 좇아 의원을 하겠다는 건 아니었어요. 진짜 할 일이 많거든요. 내 나이 일흔일곱이 송 기자한텐 많아 보이죠? 그런데 남자 의원들 보세요. 박영만 의원이 일흔넷이고 7선 한정철 의원은 일흔여덟이에요."

"아, 네. 그렇죠."

"그리고 여자는 더 오래 살거든요? 100세 시대라는 말이 괜히 나왔겠어요? 그 말이 나온 지도 벌써 10년이 넘었어요. 지금 송 기자 한 스물다섯이나 됐으려나요? 송 기자가 지금껏 살아온 만큼 나도 더 산다는 말이에요."

나는 고개를 끄덕였다. 김순자에게서 더 이상 카나리아

같은 여린 모습은 찾아볼 수 없었다.

"보세요. 노인복지의 핵심은 일자리예요. 노인 연금 쬐끔 올린다고 해결되는 게 아니라고요. 실버 일자리는 나라에서 전적으로 구축하고 운영해야 해요. 여성 노인은 더 특별해요. 여러 위험에 더 노출되거든요. 공공주택에 할당률을 높여야 해요. 그리고 의료 시스템을 개선해서……."

김순자는 20여 년간 연구해온 공약을 하나하나 설명하기 시작했다. 눈동자가 보석처럼 반짝반짝 빛났다. 소녀 같았다. 그가 뇌물을 준 사람이라는 걸 잊을 뻔했다. 에너지가 너무 넘치는 바람에 불법에 대한 자각이 덮일 수밖에 없었던 게 아닐까 하는 생각마저 들었다.

그가 다음으로 보여준 건 맨손체조였다. 김순자가 벽에 기대 물구나무를 섰을 때 나는 물개 박수를 치고야 말았다. 김순자의 두 팔이 부들부들 떨렸던 것은 눈감아주기로 했다. 그가 물구나무를 선 벽 맞은편에는 전신 거울이 놓여 있었다. 자신이 건장하다는 것을 직접 눈으로 확인하기 위한 장치 같았다. 그 거울을 보니 문득 가원서에서 보던 속죄의 거울이 떠올랐다. 그렇다, 이 사람은 범죄 혐의자였다.

"기사 나가면 회장님에 대해서도 수사가 진행될 거예요. 진짜 괜찮으시겠어요?"

"송 기자에게 문 열어줬을 때부터 각오한 일이에요. 나쁜 놈들은 대가를 치러야죠. 내게 잘못이 있다면 어쩔 수 없지만 그놈 잘못만 하겠어요? 내게 진짜 잘못이 있다면 노인을, 여성을 위한 마음이 너무 컸다는 거 하나예요. 나는 순수한 마음뿐이었어요. 안 그래요, 송 기자?"

벽시계는 새벽 1시 20분을 가리키고 있었다. 집을 나서는 내게 김순자는 노인 공약 모음집과 함께 말린 국화꽃 한 덩이를 건네주었다.

"여자는 몸이 따뜻해야 해요. 앞으론 그렇게 찬 데 앉아 있지 말아요. 국화꽃은 한두 송이씩 뜨거운 물에 띄워 마시고요. 아유. 참 예뻐. 한창때네, 진짜. 그런데 송 기자. 내 말이 우습게 들릴지 모르겠지만……. 나, 아직 피지 않았어요."

건물 밖으로 나와 김순자네 베란다를 바라봤다. 어디선가 달짝지근한 향기가 다시 밀려왔다. 고개를 들어보니 목련 나무였다. 나뭇가지가 지나치게 무성했다. 섣불리 매달린 몇몇 꽃봉오리는 아직 입을 열지 않았다.

새벽 내내 녹취를 풀었다. 인터뷰 내용을 김성혁에게 전송한 뒤 완전히 뻗어버렸다. 김성혁은 구태여 나를 깨우지 않았다. 그가 나 대신 작성한 기사는 다음 날 고도일보 1면 톱 자리에 인쇄됐다. 「"총리 동생에게 공천헌금 5억 원을 줬다" 폭로 나와」라는 헤드라인 옆으로 김순자의 사진이 작게 실렸다. 신문사 입사 3년 만에 첫 '1톱'이었다. '1톱'을 쓴다는 건 신문사의 얼굴이 되는 일에 비견되곤 했다. 김성혁으로부터 '너 진짜 잘했다'는 말을 들은 것은 이번이 처음이었다. 김성혁의 사전에 '잘했다'는 말은 없는 줄 알았는데…….

기사가 나가자 나라가 발칵 뒤집혔다. 차기 대권주자로 꼽히던 총리로선 치명타가 아닐 수 없었다. 총리 동생은 기사가 나간 당일 검찰에 소환됐다. 공천과 무관하게 사적으로 빌린 돈이라며 혐의를 일절 인정하지 않았다. 검찰은 김순자도 바로 소환했다. 서울중앙지검에 나가기 직전 김순자는 내게 전화를 걸어왔다.

"이따 가서 솔직하게 불 거예요. 변호사랑 상의했는데 받은 놈이 더 잘못이라데요. 나는 기소돼도 끽해야 집행유

예래요. 송 기자, 어제 기사 잘 봤는데 내일 기사엔 이런 얘기를 넣어줬으면 좋겠어요. 내가 진짜 노인을 위해왔고 공약을 많이 준비했다고. 그러다가 이렇게 된 거라고요."

"아, 그건 데스크랑 상의해봐야 해서요."

"상의해봐요. 나는 내가 여기서 끝이라고 생각 안 해요. 이번에 공약이 알려지면 오히려 많은 사람이 나를 지지해줄 거예요. 여성 노인 문제, 이거 진짜 절실해요. 이번 일이 시작점이라고 생각해요."

그의 공약을 기사에 쓸 생각은 없었다. 그는 이제 완전한 피의자였다. 김순자는 여전히 할 말이 많아 보였다. 꿈꾸는 소녀처럼 쉬지 않고 재잘거렸다.

"일단 그렇게 세 가지를 중심으로 공약을 소개해주고요. 아, 이제 슬슬 출발해야겠네. 검사님들 기다리시겠다. 송 기자, 내가 그때 말한 거 기억하죠?"

"네? 어떤 말씀을……."

"나는 아직, 피지 않았다고."

포토 라인 앞에 선 김순자는 카나리아처럼 작고 여린 모습이었지만 눈빛만큼은 강렬하게 빛났다. 그것은 정확히 나만 알아볼 수 있는 눈빛이었다. 언론사 카메라 플래시가 사방에서 터지는 바람에 그 눈빛을 계속 볼 순 없었다.

*

　이후 수사는 급물살을 탔다. 국면이 검찰로 넘어가자 경찰팀 소속인 나는 크게 할 일이 없어졌다. 김순자가 소환될 때면 오늘은 검찰이 뭘 물어봤냐고 사후에 체크하는 정도였다. 대신 법조팀 기자들이 바빠졌다. 최근 법조팀으로 옮긴 선배 장민수는 "송가을 단독 기사 때문에 애먼 우리만 독박 쓰고 있다"고 볼멘소리를 했다. 나는 다시 열심히 형사과를 들쑤셨고 종종 타사 동기 김홍철과 마주쳤다. 김홍철은 나의 '김순자 단독'을 신경 쓰는 눈치였지만 단 한 번도 언급하지 않았다. 자존심이 상한 것 같은 그의 모습에 나는 만족감을 느꼈다.

　물론 김홍철이 담배를 피운다는 점을 활용해 이따금 담배 터에서 형님들과 뭐 그리 나눌 대화가 많다고 시시덕거리는 모습을 볼 때면 가슴 한편에서 불이 올라오기도 했다. 나도 담배를 피워야 하나 몇 번을 고민했지만 영 체질에 맞지 않았다. '담배 터 취재'는 내가 넘을 수 없는 벽처럼 느껴졌다. 경찰서 담배 터에는 작은 목련 나무가 한 그루 심겨 있었다. 꽃봉오리는 입을 다물고 있었다.

　그렇게 한 달이 지난 뒤, 갑자기 받게 된 부고 소식에 나는 할 말을 잃을 수밖에 없었다.
　바로 김순자의 부고였다.
　경찰이 밝힌 사인은 간단했다.

　노환으로 인한 자연사.

7.

냉동창고 화재

청주 냉동창고에서 대형 화재…… 30여 명 사상.

뉴스 방송에 속보 자막이 한 줄 뜨자마자 휴대전화가 울렸다. 보나 마나 부장 김성혁이었다. 들으나 마나 바로 튀어가란 소리였다.

"당장 택시부터 타!"

화재 사고처럼 촌각을 다투는 상황이 발생했을 때 서울에서 충청도 정도까지는 택시를 타고 당장 가는 게 예삿일이었다. 택시를 잡아타자마자 낯선 주소를 불렀다. 충청북도 청주시 기민동 417-5. 내비게이션 속 그림은 그곳이 대형 창고라는 것을 보여주고 있었다. 휑한 초록색 배경에 네모 모양의 회색 건물이 덩그러니 놓여 있었다.

'저기에 큰불이 났다는 거구나……'

회색 건물에 빨간 불길이 이글거리는 그림을 상상해보았다. 나는 뒷좌석에 몸을 묻고 여기저기 전화를 돌렸다. 도착하기 전에 경위를 파악해야 했다. 소방서와 경찰서에는 연락이 잘 닿지 않았다. 통화 중이거나 아예 받지 않았다.

현장에 도착하자 이유를 알 수 있었다. 이 지역 모든 소방관과 경찰관이 와 있는 듯했다. 200여 명의 관계자가 동공이 확대된 채 이리저리 뛰어다녔다. 그들 뒤로 빨간 불길이 3층짜리 냉동창고를 통째로 삼킨 채 검은 연기를 뿜어내고 있었다. 검은 연기는 청주 시내를 몽땅 뒤덮고도 남을 정도로 거세 보였다. 소방차 마흔 대가 연신 물을 뱉어냈지만 까만 연기를 쉽게 이기지 못했다. 해는 이미 지고 있었다. 어둠이 짙어질수록 빨간 불길의 채도는 더 높아졌다.

불은 지하 1층에서 시작된 것 같다는 게 이 지역 소방서장의 설명이었다. 카메라 앞에서 브리핑하던 소방서장은 말을 계속 더듬었다. 키가 작고 얼굴이 동그란 사람이었다. 대규모 브리핑 경험이 처음인 듯했다.

"지상, 아니 지하요. 지하 1층에 냉장실 문틀을 설치하려고 용접 작업을 하고 있었다는 게 부상자 증언이고요. 점심시간인데도 사람들이 쉬지 않고 그냥 일했답니다. 열심히 했다고 해요. 공사의, 공사 기간을 맞춰야 한다고 이래저래 쪼이는 상황이었다고 하고요. 근데 불이, 아니 불똥이 막튀었답니다. 우레탄폼 발포 작업을 옆에서 하고 있었는데 그때 발생한 유증기가 남아 있었던 모양이고요. 그래서 불똥이 갑자기 불길이 되고 막 그리 돼가지고요."

우레탄폼의 악명은 익히 알고 있었다. 신문사에 막 들어왔을 때 기사 필사가 과제로 주어졌는데 내게 떨어진 건 경기도 물류센터의 화재 사고 기사였다. 200자 원고지에 무려 100번을 옮겨 써야 했다. 기본 사건 사고 기사는 일정한 포맷에 맞춰 작성되는데 신입 기자에겐 이를 익히는 데 시간이 필요했다. 신문사에선 당장 기사 쓸 사람이 필요하다며 신입들에게 베껴 쓰는 연습을 시키곤 했다. 그렇게라도 빨리 익히라는 것이었다. 100번을 쓰다 보면 기사를 달달 외울 수밖에 없었다. 우레탄폼은 그렇게 머릿속에 각인됐다. 경기도 물류센터 화재도 용접 불똥이 원인이었다.

「인화성 강한 우레탄폼 유증기에 불똥이 튀자 즉각 불길로 번졌고 밤 11시 야간작업 중이던 근로자들은 유독가스에 질식해 숨진 것으로 확인됐다. 우레탄폼 발포 작업 뒤에는

충분한 환기를 해야 하지만 안전불감증에 그러지 않은 것
으로 나타났다.」

소방서장의 브리핑을 들으며 당시 필사 기사를 되뇌었
다. 그때도 이번에도 죽음은 열심히 일하던 사람에게 먼저
손을 뻗었다.

"비켜요! 비켜!"
얼굴이 까매진 소방관 넷이 들것에 무언가를 싣고 나
오는 게 멀리서 보였다. 그쪽으로 달려갔다. 들것에 실린 무
언가는 흰 천으로 덮여 있었지만 아래쪽 50센티미터가량은
채 덮이지 않은 상태였다. 흰 천 밑으로 삐져나온 그것은
무엇인지 바로 알아차릴 수 없을 정도로 새까맸다. 모양은
길쭉했다. 끝부분에 발톱 같은 형태를 본 뒤에야 그 무언가
가 무엇인지 알아차렸다. 그 무언가는 다리였다. 그 무언가
는 타버린 다리였다. 그 무언가는 장작처럼 타버린 다리였
다. 바짝 타버린 모습에서 그것이 원래 말랐는지 뚱뚱했는
지 알아차리기는 어려웠다. 몇 시간 전까지 피가 돌았다는
게 상상조차 되지 않았다. 단지 냉동창고에서 일하던 노동
자의 것이었다고 짐작할 뿐이었다.

다리라는 것을 알아챈 순간 내 다리에 힘이 풀렸다. 비명도 나오지 않았다. 검은 연기가 나의 목젖을 녹여버린 것 같았다. 사회부 3년이면 경험이 꽤 쌓였을 법했지만 이런 광경까지 덤덤하게 받아들일 깡은 내게 아직 없었다. 눈물이 주룩주룩 났다. 매캐한 연기 때문인지 울렁이는 속 때문인지 정확히 알 수 없었다. 그저 줄줄줄 흐를 뿐이었다. 소방차는 연신 물을 뿜어댔다.

정신을 차려야 했다. 상황을 부장에게 보고해야 했다. 본 것 그대로 얘기했다. 부장은 타버린 다리에 큰 관심이 없는 듯했다. 다른 지시가 내려왔다.

"거기 스케치는 시마이하고. 장민수가 막 거기 도착했으니까 너는 장민수가 타고 온 회사 차 타고 장례식장으로 달려가. 알았어? 정신 똑바로 차리고! 당장!"

쉰 목소리였다. 여기저기 피라미 기자들에게 소리를 질러댄 모양이었다. 선배 장민수에게도 소리를 질렀을 게 분명했다. "당장!"이라는 말이 끝나기도 전에 발을 움직였다. 시신이 가장 많이 이송된 병원을 확인한 뒤 그곳으로 이동해야 했다. 확인은 어렵지 않았다. 그사이 마련된 현황판에 매직으로 적혀 있었다.

민우병원 7명, 송리병원 3명…….

송리병원의 '원' 자는 'ㄴ' 받침의 꼬리를 마저 빼지 못했다. 글자에서조차 긴박함이 느껴졌다. "투입해!" "비켜!" "씨발, 차 빼!" 여기저기에서 고함이 들려왔다.

어느새 신문사 차량이 현장에 도착해 있었다. 서울에서 서둘러 내려온 모양이었다. 타고 온 장민수는 보이지 않았다. '고도일보'가 적힌 아반떼 차량 뒤로 'HBS 방송' '민주신문'이 적힌 차량이 줄지어 선 채 기자들의 탑승을 기다렸다.

'고도일보'가 적힌 차에 타자마자 나는 운전사에게 외쳤다.

"민우병원요! 빨리요!"

기동 차량 운전사분들은 다른 직장에서 퇴직한 뒤 채용된 경우가 많았다. 대부분 50대 후반에서 60대 중반의 나이로, 아버지뻘이었다. 이날 운전사는 은행에서 퇴직한 뒤 신문사에 온 60대 어르신이었다. 언젠가 이분과 전남 영암 현장으로 출동한 적이 있는데, 취재를 마치고 올라오는 동안 자신이 살아온 얘기를 자세히 해주어 알고 있었다. 그는 은행 다니던 시절에 비해 벌이는 비교도 안 되지만, 뉴스에 나오는 현장을 매일 가까이서 보는 게 새로운 경험이라 일이 마음에 든다고 했다. 서울에 올라오는 도중 운전사가 아는 지역 맛집에 들르는 것은 출장의 쏠쏠한 재미였다. 이번에도 취재를 잘 마치고 서울로 복귀할 수 있을까……. 그날이 아득하게만 느껴졌다.

옆에서 액셀을 세게 밟고 있다는 걸 알았지만 성에 차지 않았다. 운전사의 백발이 이날 따라 더 하얗게 보였다.

"죄송한데, 빨리요. 제발 더 빨리요!"

어느새 나는 고래고래 소리를 지르고 있었다. 운전사는 아무 말 없이 내 꼬장을 다 받아주었다. 차가 신호에 걸렸을 때 그는 내게 무언가를 건넸다. 하얀 물티슈 한 장이었다.

"그런데 송 기자, 일단 이걸로 좀 닦아요. 지금 얼굴이 말이 아니야."

조수석 햇빛 가리개를 내려 거울을 봤다. 얼굴이 새까맣게 그을려 있었다. 양 볼 위로 눈물 자국 두어 줄기만이 본래 얼굴색을 보여주었다. 그 꼴을 보니 갑자기 또 눈물이 쏟아졌다. 구역질이 났다. 속이 막 뒤틀렸다. 검은 연기가 이제 위장에까지 도달한 듯했다. 아까 본 검은 다리가 자꾸만 눈앞에 아른거렸다.

"송 기자, 왜 그래? 토할 것 같아? 지금 차 세울까?"

"아니에요. 그냥 가요. 빨리 가요. 제발 빨리 가주세요."

조수석에 앉아 오열하는 나에게 그는 더 말을 걸지 않았다.

*

시신들은 먼저 병원에 도착해 있었다. 장례식장 직원들은 몇 개의 식장을 미리 확보해놓느라 분주했다. 1호실과 4호실 말고는 다 비어 있었다. 1호실엔 80대, 4호실엔 93세 고인의 유족들이 조용히 조문객을 맞고 있었다. 장례식장이 삽시간에 소란스러워지자 1호실 유족들이 복도로 나와 대체 무슨 일인지 물었다. 벽에 걸린 시계는 밤 10시를 가리키고 있었다. 장례식장 한쪽에 놓인 텔레비전에서 화재 소식이 중계됐다. 이곳 병원의 전경도 스쳐 지나갔다.

바로 앞에 황급히 뛰어가는 젊은 남성 직원이 보였다. 바빠 보였지만 무작정 붙들었다. 직원의 왼쪽 가슴엔 이름표가 반듯하게 달려 있었다. 콧등엔 굵은 땀방울 두어 개가 맺혀 있었다. 땀에 젖은 앞머리는 이마에 불규칙하게 달라붙어 있었다. 문득 '죽음은 열심히 일하는 사람에게 먼저 손을 뻗곤 한다'는 말을 그에게 해주고 싶었다.

"저, 고도일보 송가을 기자인데요. 지금 어디 가시는

거예요? 유족들이 언제쯤 오실까요? 바쁘신데 죄송합니다
만……."

그는 아직 시신들의 신원 확인이 완료되지 않았으며,
시간이 꽤 걸릴 것으로 예상되며, 미리 식장 몇 개는 확보
됐으나 누구의 공간이 될지 알 수 없는 상황이라고 설명해
줬다. 친절하고 자상했다.

"너무 일찍 오셨네요. 여기로 유족들이 오려면 시간이
더 걸릴 겁니다. 기자님, 그 전에 세수 좀 하시면 어떨까요."

그의 손가락이 가리킨 곳에 화장실 표시가 보였다. 화
장실 세면대에는 새파란 비누가 놓여 있었다. 새파란 비누
를 문질러 하얀 거품을 내어 까만 얼굴에 갖다 댔다. 그을
음이 사라지자 퉁퉁 부어버린 눈이 보였다. 데스크가 봤다
면 단박에 깨지고도 남을 꼬락서니였다. "프로답지 못하게
뭐 하는 거야? 취재에 집중해!" 김성혁의 성난 목소리가
귀에 들리는 듯했다. 세수하고 나오자 그 친절한 직원이 기
다리고 있었다.

"아까 고도일보라고 하셨죠? 제가 고도일보를 좋아합
니다. 오래된 독자예요. 근데 지금 시간이……. 병원 절차
진행되고 유족 연락이 마무리되기까지 시간이 걸릴 것 같
은데 잠깐 쉬시면 어떨까요? 저도 정신이 없긴 한데, 기자

님은 많이 힘들어 보이세요."

홀린 듯 그가 안내하는 곳으로 따라갔다. 마치 그를 따라가기 위해 장례식장에 온 것처럼 발길이 자연스러웠다. 도착한 곳은 미리 확보한 7개의 식장 중 하나였다. 식장 한쪽에 작은 방이 딸려 있었다. 작은 방에는 더 작은 화장실이 딸려 있었다. 유족을 위한 공간이었다.

"여기서 잠시 쉬세요. 여긴 아무도 안 올 겁니다. 이따 상황 생기면 바로 깨워드릴게요. 아직 다른 기자분들은 안 오신 것 같으니까 걱정하지 마시고요."

머릿속엔 아무 생각이 나지 않았다. 그저 헛구역질만 계속될 뿐이었다. 나는 작은 방에 그만 누워버렸다. 직원은 문을 닫아주었다.

*

문이 닫히자 깜깜한 방에선 아무것도 보이지 않았다. 그 끝이 어딘지 도무지 알 수 없었다. 마치 우주 한복판 진공상태에 홀로 놓인 듯한 기분이 들었다. 누군가의 자궁 안에 웅크리고 있는 느낌과도 비슷했다. 자궁은 검은 석유로 가득 차 있었다. 눈을 감자 저 멀리 우주 끝에서 어떤 형상

이 보였다. 새까매서 잘 알아차릴 수 없었지만 분명히 무언
가가 그곳에 있었다. 나는 마치 무중력 상태에 놓인 듯 유
유한 몸짓으로 천천히 그쪽에 팔을 뻗었다. 그것은 닿을 듯
닿지 않았다. 그저 가만히 들여다보았다. 그 무언가는 다리
였다. 장작처럼 타버린 다리였다. 바짝 타버린 모습에서 그
것이 원래 말랐는지 뚱뚱했는지 알아차리기는 어려웠다.
단지 사람의 것이었다고 짐작할 뿐이었다. 그저 열심히 일
했던 사람의 것이었다고 추정할 뿐이었다. 다시 울음이 몰
려왔다. 갑자기 졸음이 쏟아졌다. 어떻게 잠에 빠져들었는
지는 잘 기억이 나지 않았다.

"기자님! 얼른 나오세요! 이제 유족에게 이 방을 비워
주셔야 합니다."

갑자기 문이 열렸다. 하얀 불이 켜졌다. 그 직원이 약속
대로 깨운 것이었다. 시간이 얼마나 지났는지는 알 수 없었
다. 이 상황이 꿈인지 현실인지도 불분명했다. 문밖으로 나
가려는데 복도 쪽에서 꺼억 꺼억 오열하는 소리가 들려왔
다. 유족들의 목소리였다.

"나를 두고 어딜 가! 어딜 가! 안 돼!"

여러 사람의 목소리가 뒤엉켜 있었다. 울음소리는 표

류하지 않았다. 정확히 내 고막에 꽂혀 들어오며 이것이 꿈이 아닌 현실이라고 말해주었다. 이 광경이 우주 끝처럼 저 멀리 있는 것이라면 좋겠다고 생각했다. "프로답지 못하게 뭐 하는 거야? 취재에 집중해!" 김성혁의 성난 목소리가 귀에 들리는 듯했다. 떨어지지 않는 발걸음을 문밖으로 옮겼다.

〔사령〕

'총리 동생 공천헌금'을 단독 보도한
송가을에게
고도일보 이달의 기자상을 수여하며,
경찰팀에서 법조팀으로 이동 발령한다.

송가을

〔전〕 경찰팀 → 〔명〕 법조팀

상금 50만 원

고도일보

2부
법조팀

8

법정에서 만난 중학생들

"피고인들, 마지막으로 할 말 있습니까?"

서울고등법원 245호 법정. 형사합의12부 전용 법정인 이곳엔 방청석 의자가 총 60개 놓여 있었다. 방청석 의자는 모두 정면의 판사와 그 바로 아래 피고인석을 향해 놓였다. 주로 강력 범죄자들이 재판을 받는 이곳에 웬 중학생 셋이 쪼로니 앉아 있었다. 그 모습은 내 시선을 잡아끌었다.

한 녀석은 키 170센티미터 정도에 빨간 아디다스 점퍼를 입고 있었다. 선 3개가 그려진 아디다스 '삼선' 점퍼가 그 또래에게 '간지템'으로 여겨진다는 것쯤은 나도 알고 있었다. 다른 녀석은 그보다 키는 작았는데 구제 청재킷을 걸쳤다. 이 또한 요즘 유행하는 것인지는 잘 몰랐다. 또 다른 녀석 역시 아디다스 마크가 그려진 점퍼를 입었는데 '삼선'은 아니었다. 세 녀석의 공통점은 모두 뉴발란스 운동화를 신고 있다는 것이었다. 볼에 약간의 여드름이 나 있는 것도 비슷했다. 초등학생보다 크지만 고등학생보다는 확실히 어린 모습이었다.

경찰팀을 떠나 법조팀에 온 지 딱 3개월이 됐다. 사회부의 꽃으로 불리는 법조팀은 기자들 사이에서 아무나 갈 수 없는 곳으로 여겨졌다. 이른바 에이스만 갈 수 있다는 것이다. 경찰팀에서는 열 명 안팎의 막내 기자들이 2년가량 구르는데, 이 중에서 한 명 갈까 말까 했다.

동료 기자들은 내가 한국여성노인복지회장 인터뷰로 특종을 한 것이 법조팀 발령의 이유가 됐다며 저마다의 해설 박스 기사를 써댔다. 크게 신경 쓰지 않았다. 입사 4년 차에 들어선 만큼 그 정도의 여유는 내게도 생겼다.

법조팀으로 옮기니 선배 장민수와 더 자주 볼 수 있게 됐다. 장민수는 나보다 반년 먼저 법조팀으로 옮겼다. 장민수는 서울중앙지검, 나는 서울중앙지법 담당이라 서로 다른 건물 기자실에 기거하며 기사를 송고했다. 지검 1층과 법원 2층에 각각 기자실이 있었다. 장민수는 주로 검찰 수사 사건을 취재하고 나는 법원 재판을 담당했다.

　이런 식으로 대검찰청과 헌법재판소에도 각각 담당 기자 한 명씩이 배치돼 있었다. 지검에는 '지검 반장'으로 불리는 선배가 한 명 더 있었다. 이렇게 지검 두 명, 법원과 대검, 헌재에 각각 한 명 그리고 총괄하는 법조팀장. 이게 법조팀의 구성이었다. 법조팀은 경찰팀과 마찬가지로 사회부 소속이기 때문에 내게 지시하는 인물은 변함없었다. 사회부장 김성혁이었다.

　민주일보 김홍철은 여전히 경찰팀에 남아 있었는데 그 녀석을 더는 같은 현장에서 볼 수 없다는 게 왠지 섭섭하게 느껴졌다. 언젠가 경찰서를 다시 출입할 일이 있을지 모르겠지만 다시 가면 고향에 돌아간 느낌이 들 것 같았다.

　법조팀에 온 첫날 장민수는 내게 형사소송법 등 두꺼운 책을 건네주며 이렇게 말했다.

　"너나 나나 법대 나온 게 아니니까 여기선 공부를 좀 해야 하거든. 법조인 수준의 지식을 갖되 저널리스트로서의 시각을 유지해. 나도 첫날 선배한테 들은 소리야."

　법조 기자 중에는 중간에 기자를 때려치우고 로스쿨에 간 이들이 적잖았다. 다른 출입처보다 법조 출입 중에 그런 경우가 많았는데, 이렇게 법 공부를 하다 보면 그럴 수도 있겠다 싶었다. 수사와 재판 현장을 취재하고 공부하다가 '내가 직접 플레이어가 되고 싶다'는 생각을 하고 실행에 옮기는 것이다. 변호사와 판사, 검사 등 법조인은 우리 사회에서 선망받는 직업이었다.

기자 역시 그에 못지않다고 여기고 있었는데, 해마다 접수되는 입사 원서 수가 줄어들고 있다는 얘기를 어딘가에서 들었을 때 꽤 큰 실망감이 들었다. 이는 언론사들 공통의 분위기인 듯했다. 사실 생각해보면 수습기자로 몇 달을 경찰서에서 살고 이후 2년간은 경찰팀 기자로 24시간 근무 체제를 유지했던 것을 나보고 다시 하라고 한다면? 거절할 것 같기도 하고 아닐 것 같기도 하다. 난 그럴 줄 모르고 시작했는데 요즘 친구들은 정보가 더 빠른 듯했다. 기자에 대한 신뢰가 전보다 많이 추락한 점도 영향을 미치는 것 같았다. '기레기'는 어느새 기자를 일컫는 대명사가 돼 있었다.

이 재판을 보려고 245호를 찾은 것은 아니었다. 취재하려던 재판은 그다음 순서였다. 시간 맞춰 왔으나 앞 재판인 중학생들 재판이 길어진 모양이었다. '대체 무슨 죄를 지었기에 앳된 학생들이 여기에 왔을까. 게다가 고등법원이니

2심인데…….' 일단 한번 지켜보기로 했다. 방청석 한쪽 구석에 자리를 잡고 앉았다.

"피고인들, 마지막으로 할 말 있냐고 물었습니다."

서울고법 형사합의12부 부장판사는 목소리가 굵고 크기로 유명했다. 톤이 낮고 공명이 컸다. 그의 목소리는 법정 안을 가득 채우고도 남았다. 피고인석은 판사석 바로 앞 왼쪽에 놓여 있다. 학생들이 부장판사의 목소리를 놓쳤을 리 없었다. 부장판사가 두 번을 묻자 결국 한 녀석이 가까스로 입을 열었다. '삼선 아디다스'였다.

"판사님. 정말 제가 죽을죄를 지었습니다. 그런데 저는 아직 어립니다. 아직 학생이에요. 죄를 많이 뉘우치고 있습니다. 판사님께서……."

삼선 아디다스의 두 눈에서 물기가 몽글몽글 올라오기 시작했다. 작은 물방울이 새끼손톱만 한 크기로 커지더니 결국 또르르 흘러내렸다. 삼선 아디다스는 눈물을 보이기 부끄러운지 고개를 푹 숙였다. 두 손은 앞쪽 가운데로 공손하게 모여 있었다. 왼손이 오른손을 덮고 있었다.

"정훈아…… 정훈아! 야 이놈아…… 아이고…… 판사님…… 제 탓입니다. 저를 벌해주세요. 우리 애기는 잘못이

145

없어요. 제가 애기를 잘못 키운 탓이에요. 제가 감옥 갈게요⋯⋯."

방청석에서 한 40대 여성이 절규하기 시작했다. 삼선 아디다스의 모친인 모양이었다. 모친은 오른손으로 자그마한 망치를 만들더니 제 심장 가까이를 치기 시작했다. 쿵, 쿵, 쿵. 소리가 어찌나 큰지 근처 방청석에 앉은 나는 물론 판사석에까지 들릴 정도였다. 피고인석에도 당연히 들렸을 것이다. 쿵, 쿵, 쿵⋯⋯. 소리가 멈추지 않았다. 삼선 아디다스는 조그마한 어깨를 들썩이며 울었다.

"조용히 해주십시오. 이곳은 법정입니다. 계속 소리 내시면 법정 경위를 통해 밖으로 내보내지실 수 있습니다."

부장판사는 냉정했다. 굳은 표정에는 한 치의 흔들림이 없었다. 목소리에서 이젠 위엄까지 느껴졌다. 혹시 옥황상제가 등장하는 중국 드라마를 수입한다면, 그래서 목소리를 연기할 성우가 필요하다면 이 부장판사가 적격일 것이다. 옥황상제의 경고에 '쿵, 쿵, 쿵' 소리는 점점 잦아들었다.

"다른 피고인도 할 말이 있습니까? 김민철 피고인?"

이번엔 그냥 아디다스 차례인 듯했다. 그 역시 두 손을 가운데 모으고 있었다. 기어들어가는 목소리로 말했다.

"정말 죄송해요. 다신 안 그럴게요. 안 그러겠습니다.

판사님. 저는 다시 학교에 가고 싶어요……. 한 번만 봐주세요. 제발요……."

삼선 아디다스의 들썩임은 이내 그냥 아디다스로 옮겨갔다. 그 녀석은 아예 격하게 울기 시작했다.

"판스아니임…… 판사……니임……."

그러다 방청석으로 시선을 돌렸다. 방청석 맨 끝줄에 앉은 70대 여성을 바라봤다. 그의 할머니인 듯했다. 70대 여성은 자리에 앉은 채로 그저 흐느꼈다. 아무런 말도 하지 않고 눈물만 흘렸다. 70대 여성은 그냥 아디다스와 눈이 마주치자 고개를 두 번 끄덕였다. 왠지 '잘했어'라고 말해주는 것 같았다.

"마지막으로 송인석 피고인도 최후진술을 하십시오."

남은 건 청재킷이었다. 셋 중에 제일 어려 보이는 친구였다. 왼쪽에 귀를 뚫은 흔적이 보였다.

"잘못했습니다. 판사님. 저희 셋에게 다시 한번 기회를 주신다면 앞으로 살면서 다신 나쁜 짓 하지 않고 열심히 살겠습니다. 진심입니다."

청재킷은 울지 않았다. 방청석의 누군가를 바라보지도 않았다. 그저 긴장된 표정으로 앞을 응시할 뿐이었다. 자세히 보니 입술이 파랬다. 법정은 그다지 춥지 않았다. 벽에

147

걸린 온도계는 21도를 가리키고 있었다. 너무 긴장을 한 탓인 듯했다. 부장판사의 얼굴은 여전히 엄숙했다. 중학생들이 감당하기에 법정 안 무게가 지나치게 무거워 보였다.

　나의 중학생 시절이 떠올랐다. 어느 날 쉬는 시간이었다. 뭘 가지러 교실 뒤쪽 사물함에 가니 내 사물함 문만 활짝 열려 있었다. 안에 있어야 할 문제집이 보이지 않았다. 등 뒤로 자리에 앉은 서너 명이 키득거리는 게 느껴졌다. 쳐다보진 않았지만 분명히 알 수 있는 느낌이었다. 본능적으로 고개를 돌려 옆에 있는 쓰레기통을 봤다. 파란 플라스틱 쓰레기통 안으로 문제집의 끄트머리가 보였다. 내가 가장 아끼는 〈영특수학〉과 〈도전! 국어100점!〉의 끄트머리인 게 분명했다. 하지만 나는 쓰레기통 쪽으로 가지 않았다. 아무 일 없다는 듯 사물함 문을 닫고 자리로 돌아왔다. 그게 내 자존심을 지키는 마지막 길처럼 느껴졌다.
　집으로 돌아와 책상 앞에 앉았다. 눈물을 쏟아냈다. 죽어버리고 싶었다. 착하고 만만한 내 성격이 싫었다. 순진해 보이는 이 얼굴도 싫었다. 성형이라도 해야 하나 생각했다. 그러면 걔네들이 더 신나 할 것 같았다. 다음 날 아무 일 없다는 듯 교실로 돌아갔다. 다만 하굣길에 〈영특수학〉과 〈도전! 국어100점!)을 한 권 더 구입했을 뿐이었다.

중학교 때의 기억은 어른이 된 뒤에도 문득 나를 괴롭혔다. 그러다 어떠한 결론에 이르게 됐는데, 그때 그 친구들도 어렸다는 것이다. 어쩌면 나보다 더 어렸을 것이다. 나는 철이 일찍 든 편이었다. 그들의 어린 마음으로 볼 때, 공부는 어느 정도 하지만 영 만만해 보이는 내 얼굴이 왠지 모르게 재수없었을 것이다. 이렇게 생각하니 그들을 이해할 수 있게 됐다. 어린 친구들은 실수할 수 있다. 실수하니까 어린 것이다. 이런 식으로 마음이 정리되자 당시 그 애들의 얼굴이 한없이 귀엽고 한편으론 가여워 보였다. 마음 한쪽에 관대함이 자리 잡으니 나는 한 뼘 자라난 것 같았다. 우리는 그렇게 어린 친구들에게 용서와 이해를 제공하면서 비로소 어른이 될 수 있는 것이다. 이제는 그것이 어른으로서 갖춰야 할 기본 소양처럼 느껴졌다.

피고인들의 모습을 다시 한번 봤다. 찬찬히 뜯어보니 더 어려 보였다. 삼선 아디다스 옷은 여러 번 빨아 입었는지 색이 다소 바래 있었다. 구제 청재킷의 깃에는 좀벌레가 파먹은 것처럼 작은 구멍들이 보였다. 그냥 아디다스는 뉴발란스 운동화를 구겨 신고 있었는데 자세히 보니 사이즈가 좀 작았다. 피고인이 아닌 중학생으로 애들을 보니 여드름이 유독 더 빨갛게 보였다. 눈물은 닭똥처럼 보였다. 애들은 애들이었다.

"알겠습니다. 이상으로 피고인 심문을 마칩니다. 검찰 구형하시지요."

구형은 판결을 앞두고 '어느 정도의 형을 선고해달라'고 검사가 요청하는 절차다. 재판이 사실상 마무리됐다는 걸 의미한다. 검찰은 징역형을 선고해달라고 말했다. 징역형이라니……. 앳된 얼굴에 도무지 어울리지 않는 단어였다.

"더 이상 심문이 없으므로 다음 기일에 선고하도록 하겠습니다. 선고 기일은……"

부장판사는 날짜가 가득 적힌 종이를 뚫어지게 쳐다봤다. 그냥 아디다스 어깨의 들썩임이 점차 잦아들기 시작했다. 삼선 아디다스의 눈에서도 더 이상 닭똥이 나오지 않았다.

"9월 2일 오후 2시로 하겠습니다. 이상으로 재판을 마칩니다."

탕, 탕, 탕.

녀석들은 방청석 쪽으로 쪼르르 걸어 나왔다.

"정훈아! 야 이놈아! 이 나쁜 녀석아…… 아이고, 이놈아……."

40대 여성이 삼선 아디다스에게 달려들었다. 주먹으로 삼선 아디다스의 등을 계속 쳐댔다. 쿵, 쿵……. 여성의 가슴을 울리던 소리가 녀석의 등에서 났다. 70대 노인은 그저 그냥 아디다스를 껴안을 뿐이었다. 두 녀석은 여전히 공손하게 두 손을 가운데로 모은 채 엄마와 할머니의 행동을 받아주었다. 청재킷 역시 모았던 손을 풀지 않았다. 한바탕 난리를 치르느라 이들이 법정 문 앞까지 도착하는 데 시간이 꽤 걸렸다.

"이제 다음 재판을 진행해야 하니 어서 나가주시기 바랍니다. 경위! 도와주시고요."

부장판사의 지시에 법정 경위가 나섰다.

"자, 어머님. 밖으로 나가시죠."

경위의 안내에 40대 여성이 먼저 법정 문 손잡이를 돌렸다. 세 녀석은 나란히 바로 그 뒤를 따랐다.

그때였다. '그것'을 목격한 것은 매우 순식간에 일어난 일이었다. 그 발견은 실로 우연찮게 일어난 일이기도 했다. 막 문을 나서려던 삼선 아디다스의 손을 보았다. 오른손을 덮고 있던 왼손이 문 손잡이를 잡으면서 비로소 오른손

을 자세히 볼 수 있었는데, 가운뎃손가락과 네 번째 손가락
이 엇갈려 꼬여 있었다. 이상하다 싶어 옆에 그냥 아디다스
의 손을 살펴봤다. 그 녀석의 손가락도 마찬가지였다. 오른
손 가운뎃손가락과 네 번째 손가락이 굳이 불편하게 엇갈
려 있는 모습이 분명하게 포착됐다.

일행이 밖으로 나가는 바람에 청재킷의 손가락까진 확
인하지 못했다. 하지만 느낌이 왔다. 저것은 저 또래끼리 주
고받는 암호였다. 어른들은 저런 짓을 결코 하지 않는다. 어
른들에게는 바보 같아 보이는 짓이지만 저 또래에게는 가
능한, 그리고 흔한 행동임을 나는 잘 알고 있었다.

예컨대 중학생이던 내가 선생님한테 혼날 때 '네, 네'
하며 무조건 복종하면서 미세하게 한쪽 눈을 감았던 것도
일종의 암호였다. 나와 나의 절친은 이 암호를 미리 약속하
고는 실제 실행에 옮겨지는 것을 서로 확인하였다. 그것은
'네라고 대답했지만 실은 아니야'를 뜻했는데, 미세하게 감
긴 내 눈을 설사 선생님이 보게 될지라도 그 행동이 무엇을
의미하는지 결코 알 길이 없었다. 이것은 오직 절친과 나만
이 알 수 있는 신호였다. 우리는 그 행동으로 무한한 만족
감과 유대감을 느꼈다.

이제, 손가락의 의미를 정확히 확인해야 했다. 벌떡 일

어나 법정 밖으로 뛰쳐나갔다.

　놀라운 광경이 펼쳐졌다. 내 눈을 믿을 수 없었다. 법정 밖으로 나간 세 녀석들은 활짝 웃고 있었다. 삼선 아디다스의 눈은 벌겋고 그냥 아디다스의 눈은 심지어 퉁퉁 부어 있었음에도 불구하고 그들은 환하게 웃고 있었다. 무표정이던 청재킷도 이번엔 다른 녀석들에게 동참했다. 같이 웃었다. 그렇게 즐거워 보일 수가 없었다. 세 녀석의 손을 보았다. 일제히 풀려 있었다. 가운데로 모으지도 않았고 오른손의 두 손가락은 편하게 펴져 있었다. 이제 자유를 얻은 듯했다. 그때 청재킷이 입을 열었다. 내가 지켜보고 있다는 걸 모르는 상태로.

　"아씨, 손가락 아파 죽는 줄 알았어."

　청재킷은 재미있다는 듯 웃으며 말했다.

　"너 그거 풀었으면 나한테 죽었다? 잘했어. 결국 우리가 이긴 거야. 1심 때랑 똑같아. 판사는 존나 바보야. 아무것도 모르면서."

　그냥 아디다스는 청재킷의 어깨를 툭툭 치며 말했다.

　손가락 굴절은 역시나 그들의 암호였다. 법정 밖 대화는 법정 안 반성이 진심이 아니었음을 확실하게 말해주었다. 환한 웃음은 그들이 법정 안에서는 연기를 펼쳤다는 것을 입증해주었다. 그 말을 들으며 40대 여성은 계속해서 삼선 아디다스의 등을 쿵, 쿵 치고 있을 뿐이었고 70대 여성은 여전히 아무 말 없이 눈물만 흘렸다. 멀어지는 녀석들로부터 깔깔거리는 소리가 멀지 않게 들려왔다. 어느 중학생 또래들처럼 밝고 경쾌한 소리였다. 모두 뉴발란스를 신고 있었다.

그럼에도 불구하고 어른인 내게는 중학생인 이들을 받아줄 여유와 관대함이 탑재돼 있었다. 그들이 진심으로 반성하지 않았고 심지어 판사 앞에서 일종의 연기를 선보였다고 해서 그 점이 달라질 건 아니라고 생각하기로 했다. 반성하지 않는 모습조차 어려서 그런 것이라고, 철없는 행동일 뿐이라고 생각하기로 했다. 애들은 애들이다. 그렇기에 나는 어른이었다. 그렇게 마음을 다잡았다.

다시 법정에 들어갔다. 본래 목적이었던 다음 차례 재판을 지켜봤다. 내용이 머리에 들어오지 않았다. 심장이 쿵쾅거렸다. 중학생 애들이 무슨 죄를 지었는지 궁금해 미칠 지경이었다. 재판이 끝나자마자 공보판사에게 달려갔다. 공보판사는 기자들에게 판결문을 제공하고 필요에 따라 설명해주는 일을 한다. 법원마다 한 명씩 지정돼 있다. 정부 부처로 보면 대변인, 기업으로 따지면 홍보실장 역할을 한다.

공보판사에게 송인석 외 2인의 1심 판결문을 인쇄해달라고 요청했다. 공보판사는 여느 때처럼 피해자 이름 등 개인정보를 지운 뒤 판결문을 뽑아줬다. 하루에도 서른 명이 넘는 기자를 상대하며 판결문을 뽑아주는 공보판사는 내가 요청한 판결이 어떤 내용인지 별다른 관심을 보이지 않았다. 정치인 뇌물 사건, 연쇄살인 등에 비해 내가 뽑아달라는 판결문은 큰 흥미를 끌지 못하는 모양이었다.

공보판사실에서 나오며 바로 판결문 내용을 읽기 시작했다. 1심에서 인정된 공소 사실을 읽고 나는 아무 말도 할 수가 없었다. 너무 놀라 종이를 떨어뜨릴 뻔했다. 내가 용서했던 과거 중학교 시절 학교폭력 가해자들마저 다시 미워해야겠다는 생각마저 들었다. 세상엔 왜 이렇게 내 예측을 벗어나는 일이 많은지 어지러울 정도였다. 쉽게 예단하지 말자고 다짐했다. 송인석 외 2인이 저지른 범죄는 다음과 같았다.

「피고인 송인석은 4월 5일 부모가 집을 비운 사이 같은 중학교 여학생인 ○○○을 자신의 집으로 불러 보드게임을 하자고 한 뒤 게임에서 진 ○○○에게 벌칙으로 맥주 한 잔을 마시게 하였다. 피고인 송인석은 모친이 우울증으로 인해 처방받은 수면제를 으깨어 미리 맥주에 타놓았으며 ○○○이 잠에 잘 들게 하기 위해 거실의 오디오에 클래식 음악을 틀어놓는 등 치밀한 모습을 보였다. ○○○이 결국 잠에 들자 피고인 송인석은 피고인 신정훈과 피고인 김민철이 함께 대화하는 카카오톡 메신저 창에 '성공했으니 당장 달려오라'고 메시지를 띄웠고 인근 PC방에 대기하던 피고인 신정훈과 피고인 김민철은 12분 뒤 피고인 송인석의 집에 도착하였다. 이들은 ○○○의 옷을 모두 벗기고 옆으로 눕게 한 뒤 피고인 송인석은 ○○○의 음부에, 피고인 신정훈은 ○○○의 항문에, 피고인 김민철은 ○○○의 구강에 각각 자신들의 성기를 집어넣고 동시에 성행위를 하는 특수강간을 20여 분간 저질렀다…….」

9.
스폰서 검사

아파트가 어찌나 높은지 고개를 한참 쳐들어도 꼭대기 층이 보일락 말락 했다. 강남에 위치한 이 아파트는 서울 시내에서 평당 1억 원을 가장 먼저 넘으며 유명세를 치른 바 있다. 이 아파트 42층에 사는 사람은 부산고검장 이학찬 이다. 그는 지난주 법무부 장관 후보에 지명됐다. 사법고시 차석 합격, 사법연수원 수석 졸업 뒤 그가 대형 로펌이 아 닌 검찰을 택했을 때부터 동료들 사이에선 '나중에 한자리 할 것'이란 소리가 나왔다.

이학찬은 외모도 남달랐다. 그 또래 법조인은 시력 문 제로 안경을 쓰는 경우가 많았지만 어떠한 비법이 있는지 이학찬은 1.2를 상회하는 시력을 자랑하며 선명한 쌍꺼풀과 잔주름 하나 없는 눈매를 안경 없이 당당히 드러냈다. 별다른 스캔들이나 잡음 없이 차근차근 승진 코스를 밟아 오던 그는 50대 중반에 결국 장관 후보에 지명됐다. 모든 게 깔끔하고 완벽했다.

407페이지 분량의 인사 청문 자료가 국회에 제출됐고 기자들에게 바로 전달됐다. 고도일보 법조팀원 다섯 명 중 나를 포함해 네 명이 달라붙었다. 100페이지씩 나눠 이 잡듯 살펴보았다. 자녀 교육을 위해 위장전입을 하진 않았는지, 농지를 매입했지만 농사는 짓지 않아 농지법을 위반하진 않았는지, 또 세금을 탈루하진 않았는지 뜯어보는 것이었다. 그러나 이학찬은 깔끔한 외모만큼이나 그동안 자기 관리를 철저히 해온 듯했다. 이틀에 걸쳐 자료를 샅샅이 살펴봤지만 끝내 아무것도 발견하지 못했다.

"야, 이런 사람은 더 볼 것도 없이 그냥 임명하게 해야 해. 재산이 많긴 하지만 처가가 얼추 잘산다며? 요즘 세상에 부자인 게 흠은 아니잖아. 능력이지."

지검 반장 선배는 이학찬이 마음에 든 모양이었다. 법조팀 말진인 나는 실은 아무 생각이 없었다. 경찰팀에 있을 때 한 장관 후보자의 농지법 위반을 확인하러 전남 강진을 뒤지고 다닌 적이 있었는데 이번엔 그런 취재가 안 걸리길 바랄 뿐이었다. '시골 땅' 탐방은 여간 고된 일이 아니었다. 내비게이션에 주소가 정확히 찍히지도 않을뿐더러 차를 타고 가다가도 결국엔 내려서 한참을 걸어야만 접근이 가능했다. 한 농민을 만나고 다음 농민을 만나려면 한 시간은 더 이동해야 했다. 세상에 전남이 이렇게 넓다는 걸 처음 알게 됐다. 이학찬은 시골 땅을 하나도 가지고 있지 않았다. 다행히도 완벽한 도시남이었다.

"선배, 근데 이것 봐봐. 차 말이야. 차를 왜 이렇게 급하게 샀을까? 지명되기 불과 이틀 전에 산 거잖아."

장민수는 지검 반장보다 입사가 4년 늦었지만 나이는 같았다. 신문방송학 석사를 마치고 신문사에 들어와 다른 기자들에 비해 입사가 늦은 편이었다. 그는 지검 반장에게 반말인 듯 존댓말인 듯 알 수 없는 어투를 구사하곤 했다. 위계질서가 확실한 언론사에선 입사한 연도가 서열의 절대적 기준이 되는데 고도일보의 분위기는 타사에 비해 자유로운 편이었다. 지검 반장은 특히 더 오픈 마인드였다. 꼰대 캐릭터와는 거리가 멀었다.

장민수가 지목한 건 237페이지에 나온 차량 구매 이력이었다. 이학찬은 8월 9일 장관 후보로 지목됐는데 불과 이틀 전인 8월 7일 롤스로이스 차량을 한 대 구입한 것이었다.

차량번호는 59노41△4, 차량의 원소유자는 '일신파트너스'라고 적혀 있었다. 찾아보니 사모펀드 회사였다. 그러니까 법인이 보유하던 고급 승용차를 장관 후보로 지목되기 불과 이틀 전에 구입했다는 기록인데, 이게 왜 장민수의 관심을 끄는지 나는 바로 이해하지 못했다.

"글쎄다. 특별한 의미가 있을까? 저런 고급차는 법인이 손님 접대용으로 소유하거나 아주 고위층만 살 수 있으니까 원소유자가 제한적이겠지. 알아보다가 사모펀드 걸 그냥 사게 된 거 아닐까?"

지검 반장도 고개를 갸우뚱했다.

"근데 새 걸로다가 고급차 충분히 살 수 있을 텐데, 군이 업체가 쓰던 중고차를 산 게 이상하지 않아? 그것도 하필 발표 이틀 전에……. 저 때면 자기가 지명될 거 알던 때거든. 이거 궁금한데……."

장민수의 말에도 일리가 있었다.

"선배, 이거 아무리 봐도 냄새가 나. 냄새가 세게 난다고……."

장민수는 의심을 거두지 않았다. 그런 장민수가 오늘은 왠지 멋있어 보였다. 실은 원래도 조금 멋있긴 했다. 장민수에게 여자 친구가 없다는 게 좀처럼 이해되지 않았다. 타사 동기 여성 기자들 중에 종종 "장민수 선배는 여자 친구 없냐" "장민수 선배랑 밥 먹을 때 나 좀 자연스럽게 불러줄 수 없냐"고 묻는 이들이 있었다. 그러나 나는 장민수와의 밥자리에 타사 여성 동기를 결코 부르지 않았다.

결국 지검 반장과 장민수는, 사모펀드 법인 차량을 이학찬이 '스폰'을 받아 공짜로 사용하다가 인사 청문을 앞두고 혹여나 문제가 될까 싶어 급히 매입한 게 아니냐는 아주 가능성 낮은 가설을 세워두고 나를 바라보았다. 이학찬의 집에 가서 아파트 주차 대장을 확인하라는 것이었다. 차량 매입 이전에도 59노41△4가 주차 대장에 적혀 있는지 확인하는 게 내게 주어진 미션이었다. 적혀 있다면 법인 명의의 차량을 매입 전에도 이미 사용하고 있었다는 것을 입증할 수 있었다. 전남 강진 농지를 뒤지며 장관 후보자가 보유한 농지에서 실제 농사를 지었는지 아닌지를 확인하는 것보다는 훨씬 수월해 보였다. 농지 뒤지기는 이제 정말이지 지긋지긋했다.

*

아파트 꼭대기를 한참 쳐다보려니 고개가 아팠다. 한

여름 뙤약볕은 사회부장의 고함만큼이나 피하고 싶은 거였다. 땀이 주룩주룩 흘렀다. 곧바로 아파트 안에 들어가보고 싶었지만 불가능했다. 서울에서도 최고급 아파트로 꼽히는 이곳은 철저한 외부인 출입 통제 시스템을 갖추고 있었다. 주차장 입구 외에는 모두 높은 담으로 둘러싸여 있었다. 일단 아파트에 대해 세세히 파악하는 게 우선이었다. 인근에 부동산 중개소가 여럿 보였다. 그중 한 곳에 들어갔다. 50대 여성인 공인중개사는 하품을 하며 경제지를 뒤적이고 있었다. 그 모습이 그렇게 여유로워 보일 수가 없었다. 에어컨 바람을 쐬니 살 것 같았다.

"실례합니다. 아파트 좀 여쭈러 왔는데요."

중개사는 나를 위아래로 훑어봤다. 흰색 블라우스에 정장 바지를 입고 있는 내 모습에선 그 어떤 특이점을 찾기 힘들었을 텐데도 그렇게 한참을 바라보았다. 내가 '기자인데……'라고 말을 꺼내려는 순간 그가 먼저 입을 열었다.

"어디 비서세요?"

"네? 비서요?"

비서라……. 전혀 생각하지 못한 단어였다.

"직접 집을 사러 온 건 아닌 것 같고……. 어디 비서이신 것 같고만."

162

"아, 네……. 비서들이 많이 오나 봐요."

"여기 아파트 사려는 사람들은 대개 고위층이라 비서가 있거든. 직접 알아보러 다니지 않고 비서를 보내서 파악하고 가니까. 딱 보니 비서구나 싶어서요. 내가 여기서만 몇 년 있다 보니 딱 보면 다 알아요."

그는 뿌듯한 표정으로 말을 이어갔다. 당황했지만 일단 그의 추정을 따르기로 했다. 그를 실망시킬 엄두가 안 났다. 그리고 그게 더 얘기를 잘 들을 수 있는 방법 같았다. 얼결에 '비서'가 된 나는 그의 안내에 따라 테이블에 마주 앉았다.

"지금 물건이 4개 나와 있는데 요즘 워낙 가격이 센 편이라 매입자가 잘 안 나타나네요. 급매는 아니어서 가격은 4개 다 비슷하다고 보면 돼요. 다 좋은 로열층이고. 아, 여긴 전부 남향인 건 당연히 잘 아실 테고…… 지금 48평이 32억 정도 하니까……."

32억 원에서 재차 당황했지만 티 내지 않았다. 자연스럽게 행동해야 했다.

"흠……. 32억이면 나쁜 가격은 아니군요. 혹시 물건을 직접 볼 수 있나요?"

"아유……. 절대! 절대로 안 되지. 아마추어처럼 왜 그래 비서가. 이 동네 사람들 사생활 보호 철저한 거 몰라요?

평형별 구조도 다 나와 있고 뷰도 빤하니까 굳이 직접 보지 않아도 돼요. 보여준다는 집도 당연히 없고……. 집 자체는 보나 마나 좋으니까."

중개사는 아파트 구조도를 보여주며 꼼꼼히 설명했다. 방은 총 5개였고 거실이 컸다.

"구조는 좋네요. 저희 보스가 좋아하겠어요. 그런데 여기 보안은 철저한가요? 얼핏 보니 외부인은 못 들어가게 돼 있긴 하던데."

"두말하면 잔소리죠. 단지 진입부터 통제돼 있어요. 다 담장 쳐 있잖아요? 카드 키가 있어야 단지로 진입할 수 있고, 건물에 들어갈 때 또 찍어야 하고요."

"그렇군요."

"주차장 보셨어요? 앞에 관리원 있잖아요. 등록된 차량만 들어갈 수 있고 외부 차량, 외부인은 철저하게 막고 있어요. 그게 큰 장점이죠. 저도 함부로 못 들어가요."

"보스에게 보고드리고 연락하겠다"고 하니 중개사는 "연락처를 하나 남겨달라"고 했다. "더 좋은 물건 나오면 바로 알려주겠다"는 것이었다. 휴대전화 번호를 남기고 밖으로 나왔다. 날은 여전히 푹푹 쪘다.

*

아파트 단지의 지상은 모두 녹지였다. 주차장은 건물 지하에만 위치해 있었다. 주차장 출입구는 딱 한 곳이었다. 담과 담 사이, 앞이 뻥 뚫려 있는 공간이 하나 보였다. 이 주차장 출입구가 내가 안으로 진입하기에 가장 만만한 곳으로 보였다. 사람이 드나드는 출입구는 담과 같은 높이, 같은 색깔의 문으로 막혀 있었는데 주민이 카드 키를 찍어야만 열렸다. 2미터가량 떨어져 주차장 입구를 바라봤다. 주차장 입구도 지름이 10센티미터 정도 되는 바로 막혀 있었다. 사전 등록 차량이 다가가면 바가 자동으로 올라갔다. 입구 옆엔 작고 네모난 부스가 있었고 그 안엔 주차 관리원이 상주했다.

'저 관리원을 뚫어야 주차 대장 냄새라도 맡을 수 있겠구나.'

평일 낮이라 그런지 드나드는 차는 많지 않았다. 10분에 한두 대 꼴이었다. BMW부터 벤츠, 잘 모르는 차까지 다양했다. 국산 차 중에는 제네시스 G90 한 대만이 지하에서 빠져나왔다. 국산 차를 보니 왠지 반가웠다.

들어가는 차와 나오는 차를 한참 쳐다보고 있는데 '대

체 이게 뭐 하는 짓이지' 하는 생각이 들었다. 내가 왜 이 더운 날 땀을 뻘뻘 흘리면서 남의 집 지하 주차장 입구에서 들어가고 나오는 차의 뒤꽁무니를 바라보고 있어야 하는가. 이학찬이 업체로부터 스폰을 받았을 가능성이 과연 얼마나 된단 말인가. 설령 희박한 가능성이 현실로 드러난다 하더라도 그것이 우리 사회의 안녕을 얼마나 크게 저해한단 말인가.

아니지, 그 희박한 가능성이 현실로 드러난다면 장관 후보자의 부도덕한 민낯이 세상에 드러나는 것이고, 후배 검사들은 그처럼 행동하지 않아야겠다고 반면교사 삼을 것이고, 더 좋은 검사들이 늘어나면 조금이라도 더 좋은 세상이 될 것이고, 죄송할 일 많은 이 세상에서 나도 조금은 보람찬 일을 하게 될 테고, 그렇다면 여기서 계속 멍을 때릴 게 아니라 용기 내 한번 부딪쳐보는 거다, 나는 결국 이런 결론에 도달하고 말았다. 이런 내가 나도 싫었지만 어쩔 수 없었다.

계획은 이랬다. 기자라고 접근하면 실패할 확률이 100퍼센트였다. 주차 대장이고 뭐고 개인정보라며 공개를 거부할 게 뻔했다. 영장을 가져오지 않는 한 보여줄 리 만무했다. 59노41△4 롤스로이스를 직접 언급했다간 '남의 차에 대해서 왜 묻느냐'며 의심만 살 게 뻔했다.

　내가 할 수 있는 일을 생각해봤다. 아까 부동산 중개업자가 나를 '비서'로 봤던 게 생각났다. 그래, 나는 비서다, 나의 보스는 아끼는 차량을 도난당했다, 그 차가 여기에 들어가는 걸 여러 번 봤다는 목격담이 있었다, 그래서 한번 살펴보러 왔다, 주차 대장에 우리 보스의 차량이 등록돼 있는지 없는지만 확인해보겠다, 그러곤 진짜 주차 대장만 잠깐 보고 나오는 것이다……. 이 계획이 말이 되는지 안 되는지 점검할 틈도 없이 나의 발걸음은 주차장 입구 부스로 향하고 있었다. 어색하고 떨리는 걸 감추기 위해 근처 카페에서 아이스 카페모카를 하나 사서 들었다. 빨대를 쪽쪽 빨아대야만 그나마 덜 어색할 것 같았다.

　"실례하겠습니다. 일하시는데 죄송하지만 뭐 하나 여쭐 게 있는데요."

　"무슨 일이시죠?"

　부스 안에 있던 주차 관리원이 창문을 열어 빠끔히 내다봤다. 나는 목을 빼 안을 들여다보았다. 부스 안에는 작은 에어컨이 설치돼 있었다. 물을 끓일 수 있는 전기포트와 초코파이 두 박스, 2리터짜리 생수병도 구석에 놓여 있었다.

컴퓨터나 주차 대장 따위는 보이지 않았다.

"죄송한데, 차 좀 찾으러 왔습니다."

내가 들어도 목소리가 덜덜 떨렸다. 급히 아이스 카페 모카를 한 모금 빨았다. 나도 모르게 빨대 끝을 씹어댔는지 끝이 갈라져버렸다.

"네? 차요?"

"아, 예, 저희 보스, 그러니까 저희 사장님이 얼마 전에 차를 도난당했는데요. 이 건물로 들어가는 걸 여러 번 봤다는 익명의 제보가 있어서요. 제보자가 누구인지는 말씀드리기 어렵고요."

"도통 무슨 말씀을 하는 건지……."

"그러니까 차를 잃어버렸는데 여기 사시는 분이 사용하는 것 같다는 목격담이 있어서 제가 직접 확인해보러 온 건데요. 제 얘기가 황당하게 들리시겠지만."

"도난 차량이라고요?"

"네."

"이 아파트에 그런 사람이 있을 리가 없는데요. 여기 모르세요? 잘사는 사람들만 사는 곳이에요. 여기 거주자 중에 도둑이 있겠습니까?"

"그러니까요. 그래서 말인데 제가 주차 대장만 눈으로

잠깐 확인할 수 있을까요?"

"주차 대장은 여기 없고. 저기 지하 사무실에 있는데요. 혹시 어떤 차량을 말하는 것인지……."

"네?"

"그냥 차량을 말해보시죠. 웬만한 차는 제가 다 알고 있습니다."

"아, 검정색 BMW인데요."

"이 아파트에 제일 흔한 게 그 차입니다. BMW가 한두 대겠습니까. 아, 차량번호는 어떻게 되죠?"

"아, 그게 차량번호는……."

미처 준비한 번호가 없었다. 순간 떠오른 번호를 얘기했다.

"71거△872인데요."

71거△872. 이것은 다름 아닌 내 차 번호였다. 5년 된 구형 풀옵션 모닝. 남의 집 앞에서 뻗치기할 때 회사 차 운전하시는 분을 밤까지 고생시키는 게 죄송해 700만 원을 주고 구입한 중고차였다.

얼떨결에 내 차량 번호를 말하고 나니 4년 전 새벽이 떠올랐다. 수습기자 시절 이른바 '사스마와리'라 불리는 짓을 하고 있을 때였다. 수습기자들은 자신이 담당한 네다섯 개의 경찰서를 새벽 내내 돌며 사건 사고를 수합한 뒤 1진 기자에게 전화해 한두 시간 단위로 보고하곤 했는데, 이것은 이제 막 입사한 피라미 기자를 훈련시키기 위해 언론사가 만들어낸 기이한 전통이자 교육 방식이었다. 수습기자들은 경찰서 한구석에 있는 기자실에서 숙식하며 이 짓거리를 해야만 했다.

기자실은 솔직히 사람 살 곳이 못 됐다. 그런데도 이 언론사 저 언론사 수습기자들은 그곳에서 꾸역꾸역 쪽잠을 자며 생활했다. 집에 갈 수 있는 날은 토요일 단 하루였다. 토요일 아침에 집에 가서 해묵은 빨래를 하고 밀린 잠을 자면 하루가 금방 갔다. 그리고 일요일 아침이면 다시 기자실로 돌아와야 했다. 그렇게 꼬박 여섯 달이 지나야 '수습' 글자를 뗄 수 있었다.

어느 날 새벽 2시, 아무리 찾아도 비스킷 가루만 한 작은 사건조차 찾을 수 없었을 때 1진 선배는 '사건이 도저히 없습니다'라는 나의 보고를 듣고서 온화하면서도 음흉한 목소리로 이렇게 말했다.

"그래? 사건이 하나도 없다고? 그럼…… 38다△827이 누구 소유 차량인지 바로 조회해 와."

선배들이 한창 경찰서를 누빌 땐 차량 조회 따위는 일

도 아닐 정도로 쉬웠다고 했다. 하지만 요즘엔 상황이 많이 달라졌다. 교통조사계에서 특정 차량을 조회할 때면 왜 조회를 했는지를 기록에 남겨야 했다. 그래서 기자의 요청을 거절할 때가 많았다. 불필요한 개인정보 조회를 막기 위한 경찰서 내부 조처였다. 그만큼 개인정보보호에 대한 개념이 강화된 것이었다.

"제가 이제 막 기자가 됐는데요. 불쌍히 여기시어 제발 한 번만 도와주세요."

누가 들을까 봐 두려울 정도로 쪽팔린 멘트였다. 그렇게 벌게진 눈으로 교통조사계 형님에게 사정사정한 끝에 38다△827을 컴퓨터 단말기에 입력할 수 있었다. 대체 어떤 극악무도한 범죄자의 차량이기에 이 새벽 나에게 이런 취재가 주어진 것일까. 음주 운전을 한 고위공직자일까? 마약을 투여한 연예인? 스쿨존에서 사고를 낸 골프 선수? 기대를 잔뜩 안고 컴퓨터 화면이 전환되기만을 기다렸다. 화면에 뜬 이름을 보는 순간 나도 모르게 이 말을 내뱉었다.

"아, 이 씨발 새끼가!"

교통조사계 형님이 놀란 눈으로 나를 바라봤다. 분노가 좀처럼 가라앉질 않았다. 그것은 그 1진 선배의 이름이었다. 흰색 아반떼XD를 몰던 그 1진 새끼, 아니, 선배는 그저 나를 훈련시키기 위해서 그 깜깜한 새벽 2시에 자기 차량번호를 주며 조회해 오라고 시켰던 것이다. 그 선배는 지금은 경제부에 있다. 아마도 어느 금융회사의 시원한 기자실에 앉아 전화나 돌리고 있을 게 뻔했다.

"글쎄요. 그런 차량은 여기에 없는데요. 본 적도 없고요."

주차 관리원이 답했다. 그에게 미안한 마음이 들었다. 내 차량번호를 내뱉은 것은 1진 선배가 자기 차량번호를 댄 것 못지않게 아무런 의미가 없는 일임이 확실했기 때문이다. 죄송한 마음이 마구 올라오려 할 때 이학찬의 얼굴을 떠올렸다. 그 군더더기 없이 깔끔한 얼굴이 눈앞에 보였다.

"그럼 제가 주차 대장만 잠시 눈으로 보고 나오겠습니다. 잠깐 확인만 하면 되거든요. 제 눈으로 직접 확인하게 해주세요."

결국 주차 관리원은 나를 지하 1층 사무실로 안내했다. 차량 통로 옆 좁은 인도를 앞뒤로 서서 걸었다. 인도 바닥엔 노란색과 검정색 페인트가 번갈아 칠해져 있었다. 왠지 노란색만 밟고 싶었다. 그렇게 그의 뒤를 졸졸 따라갔다.

지하 주차장은 대낮처럼 밝았다. 주차라인 간격도 넓

었다. 즐비한 외제 차들을 지나 주차장 안쪽까지 걸어갔다. 사무실은 꽤 컸다. 대형 모니터에 CCTV 화면 10여 개가 쉴 새 없이 전환되고 있었다. 사무실에는 아무도 없었다. 책상에 대장이 여러 권 놓여 있었다. 정말로 가운데에 '주.차.대.장'이라고 선명하게 써 있었다. 각 권마다 윗부분에 연도가 인쇄돼 있었다. 떨리는 마음으로 표지를 넘겼다.

총 3개 연도의 주차 대장에 59노41△4 롤스로이스 차량이 등록돼 있었다. 차량번호 옆으로 42층의 한 호수가 적혀 있었다. 기어이, 이학찬의 집이었다. 이학찬이 업체로부터 인수하기 몇 년 전부터 해당 차량을 이용하고 있었다는 게 확인된 순간이었다.

*

다음 날 1면 톱으로 기사가 나가자 '스폰서' 논란은 일파만파 번졌다. 롤스로이스 무상 사용 의혹에 대해 이학찬은 "사모펀드 대표가 오래된 지인인데, 그가 우리 집 근처에 올 일이 많아 그때마다 주차장을 편하게 이용하게 하려고 주차 대장에 등록해놓은 것일 뿐 내가 직접 사용하진 않았다"고 해명했다. 그러나 이학찬은 해당 차량을 진짜 그

대표가 몰았는지 확인할 수 있게 아파트 CCTV를 공개하라는 요구에는 응하지 않았다. 이런 가운데 진보정당의 한 의원은 사모펀드 대표가 출입국 기록상 계속 미국에 머물고 있어 해당 차량을 몰 수 없었다고 밝혔다.

고도일보 외에도 민주일보는 그가 아파트를 구입할 때 다른 사업가로부터 거액을 빌렸으며 장관 후보 지명 뒤 차용증을 뒤늦게 작성했다고 보도하며 이학찬의 '스폰서' 의혹을 추가했다. 다름 아닌 김홍철의 작품이었다. 평소 김홍철에게 물을 먹으면 그렇게 위장이 뒤틀리고 속이 탈 수가 없었지만 이날만큼은 고마운 마음이 들었다. 스폰서 의혹에 사례가 추가되면서 그가 장관감으로 부적절한 것은 물론 검사 윤리강령에 부합하지 않는 인물이라는 평가가 더욱 힘을 받게 되었다.

경쟁자로 여겼던 김홍철과 이번만큼은 어쩐지 '코워크'를 한 것 같은 기분이 들었다. 이런 느낌은 처음이었다. 그렇다고 그 녀석에게 전화를 걸어 '너 좀 잘했다'거나 '이번에 고생했다'는 말 따위를 할 생각은 추호도 없었다. 우린 그럴 사이가 전혀 아니었다. 아이스 카페모카 기프티콘을 하나 보내려다 이 또한 오버인 것 같아서 접었다. 그 녀석은 이런 달달구리 커피를 먹을 것 같지도 않았다. 소주나

막걸리면 몰라도⋯⋯. 아쉽게도 기프티콘 목록에 소주는 없었다. '짜식, 이번에 쫌 했네.' 그렇게 속으로만 생각하고 말았다. '어이, 위대하신 송 기자⋯⋯.' 김홍철의 목소리가 어디에선가 들려오는 듯했다.

일주일가량 쓰나미가 몰아친 뒤 이학찬은 결국 스스로 후보직에서 내려오겠다고 선언했다. 장민수의 작은 궁금증에서 시작된 취재는 결국 장관 후보자의 낙마라는 결론으로 마무리되었다. 이학찬은 그렇게 법무부 수장 자리를 목전에 두고서 검사 옷을 벗어야 했다.

마음에 걸리는 게 있었다. 바로 주차 관리원이었다. 혹여나 이번 사건이 그의 고용에 어떠한 영향을 미치진 않을지 걱정이 됐다. 결과적으로 그가 결정적 근거를 기자에게 보여준 셈이 되었기 때문이다. 일자리를 잃을 수도 있는 상황이었다. 기사를 작성하기 전 장민수와 이 점을 상의한 뒤 주차 대장 확인 경위와 세부적인 내용은 기사에 싣지 않기로 했다. 장민수는 "설사 그 관리원이 유출자로 특정되더라도 아파트 관리소 측에서는 그를 해고하는 게 자신들의 실수를 인정하는 꼴이 되기 때문에 그러지 않을 것"이라고 했다. 그래도 불안하긴 마찬가지였다. 피라미 초년 기자 때였다면 이런 면까지 깊이 생각하지 않았겠지만 지금은 달랐다. 마음이 너무나 불편했다. 공익을 위해서였지만 결과적으로 나는 그에게 거짓말을 했다. 큰 잘못을 했다.

사태가 마무리된 뒤 다시 그 아파트를 찾았다. 보도가나가고 한 달 정도 지난 후였다. 퇴근길에 잠깐 들렀다. 이번에도 2미터가량 떨어져 서서 주차장 입구를 가만히 바라봤다. 퇴근 시간대라 그런지 드나드는 차량이 많았다. 네모난 부스 안에 누군가 있는 것 같은데 잘 보이지 않았다. 창문이 너무 작고 주위가 어두웠다. 한 시간쯤 지났을 때 부스 문이 열렸다. 교대나 순찰 시간인 모양이었다. 부스에서 나온 주차 관리원은 그때 그 직원이 아니었다.

그때 지하 주차장 안쪽에서 누군가 걸어오는 게 보였다. 차량 통로 옆 좁은 인도를 따라 걸어 나왔다. 인도 바닥엔 노란색과 검정색 페인트가 번갈아가며 칠해져 있었다. 노란색을 한 번, 검정색을 한 번 번갈아 밟으며 뚜벅뚜벅 걸어왔다.

그였다. 그때 그 주차 관리원이었다! 그 모습이 그렇게 반가울 수가 없었다. 너무나 다행이었다. 그는 부스에서 나온 직원과 간단한 인사를 나눈 뒤 부스 안으로 들어갔다. 부스 문이 닫혔다. 주위는 다시 조용해졌다. 네모난 부스는 그의 일자리가 결코 훼손되지 않았음을 보여주는 확실한 상징 같았다. 네모의 모서리가 어느 때보다도 견고해 보였지만 어쩌면 이것은 나 자신을 위한 상상에 불과하다는 생각도 들었다. 그렇게 부스를 한참 바라보다 집으로 돌아갔다.

*

이학찬 얘기를 다시 들은 건 6개월이 지난 뒤였다. 검찰 출신의 한 변호사는 이학찬이 이후 개인 사무실을 열어 변호사 일을 시작했다고 전해주었다. 보통 전관 출신이 변호사 일을 시작하면 시끌벅적하게 개업식을 열거나 신문 1면 하단에 개업 광고를 내기 마련인데 이학찬은 일절 그런 것 없이 조용히 시작했다고 했다. 이학찬을 잘 안다는 다른 변호사는 얼마 전 서초동을 걷다 그를 마주쳤다면서 이렇게 말했다.

"그런데 이상하더라고. 내가 알기로 이학찬은 눈이 아주 좋거든. 라식수술을 하지 않았는데도 시력이 1.2가 넘는다고 평소에 그렇게 자랑을 했었는데. 그날 보니까 금테 안경을 쓰고 있더라고. 이학찬이 갑자기 안경을 쓸 이유가 없는데. 그게, 아무래도 자기 얼굴을 알아보는 사람이 많을까 봐 안경테로 가리고 다니는 것 같아."

나도 이후 서초동 바닥을 계속 돌아다녔지만 이학찬을 목격하지는 못했다. 법정에서도 '변호인 이학찬'의 모습을 직접 볼 순 없었다. 다만 이따금 어떤 전화를 한 번씩 받을 때면 이학찬을 분명하게 떠올리게 될 뿐이었다. 그것은 그가 살던 아파트 앞 공인중개사의 전화였다.

"비서님! 괜찮은 물건이 나왔어요. 한번 보러오세요."

10.
빨갱이, 빨간 두드러기, 빨간 수포

1. 빨갱이

약속 장소는 지하철 3호선 교대역 10번 출구 앞이었다. 10번 출구에는 작은 꽃집과 큰 카페가 있다. 꽃집은 노란 프리지어와 빨간 장미를 문 앞에 내놓았는데 두 꽃의 향기가 섞이니 지상의 냄새가 아닐 만큼 좋았다. 향기에 한창 취해 있을 때 남성의 음성이 들려왔다.

"혹시, 송 기자님이십니까?"

목소리의 주인공은 강팔성. 강팔성의 별명은 빨갱이. 빨갱이라 부른 사람은 그의 친척들. 고향 진도에서 그의 풀네임은 '빨갱이 강팔성 새끼'. 서울 3호선 끝 구파발역 근처에 살고 있는 강팔성은 "같은 3호선이니 편하다"는 이유로 내가 있는 교대역까지 직접 와주었다. 교대역 10번 출구에서 500미터가량 올라가면 서울중앙지법이 나온다. 지법 2층에는 로비와 기자실이 있고 3~5층에는 법정이 있다. 그 위부터 12층까지는 판사들 집무실이다. 우리는 10번 출구 앞이자 법원 지척에 있는 한 카페에 자리를 잡았다.

"이렇게 만나 뵙게 돼서 영광입니다. 제가 기자분을 처음 만나서요. 이 나이 되면 떨리고 그런 게 없을 법한데, 그래도 떨리네요."

올해 여든세 살인 강팔성에겐 눈가 주름을 자글자글하게 만드는 재주가 있었다. 그것은 강팔성이 웃는 방식이었다.

"선생님, 저야말로 영광입니다. 시간 내주셔서 정말 감사해요."

마땅한 호칭을 찾지 못한 나는 그를 선생님이라고 부르기로 했다. 강팔성의 존재를 처음 알게 된 건 불과 하루 전이다. 과거사 관련 시민단체에서 '강팔성 사건' 재심 신청이 법원에서 받아들여져 재심 개시 결정이 났다고 귀띔해줬다. 공보판사로부터 결정문을 받아 재심 결정 기사를 썼다. 시민단체에서는 강팔성에게 억울한 사연이 켜켜이 쌓여 있다고 했다. 단체에서 번호를 받아 전화를 걸었다. 그는 직접 만나서 얘기하겠다고 했다.

"얼굴을 뵙고 얘기하고 싶어서요. 그리고 이제 재심 시작되면 저도 법원에 자주 와야 할 텐데, 한번 그 앞에 와보고 싶었습니다. 송 기자님 덕분에 미리 와볼 기회를 잡았네요."

강팔성에게 '빨갱이'라는 별명이 붙은 건 38년 전이다. 강팔성이 마흔다섯 살일 때, 지금의 백발이 새까맸을 때, 눈가의 주름이 팽팽했을 때, 그러니까 1981년, 전두환이 대통령일 때, 강팔성의 딸이 중학생일 때, 단지 가족을 위해 열심히 살고 싶었을 때 그 일이 벌어졌다.

"일본에 무역을 하러 다녔어요. 일본에서 중고 배터리 부품을 들여와 한국에서 비싸게 파는 일이었지요. 네다섯 번 왔다 갔다 했더니 돈이 꽤 되었어요. 그날도 돈을 좀 손에 쥐고 부산항 근처 여관에서 쉬고 있었어요. 일본에서 늦게 들어와서 다음 날 해 뜨면 집에 가려고 했거든요. 그런데 방으로 남성 네 명이 쳐들어온 거예요. '이 씨발 빨갱이 새끼 잡으러 왔다'면서……. 제 얼굴엔 복면이 씌워졌고 어디로 가게 됐는지 잘 몰랐어요. 복면이 벗겨졌을 때 제 옷도 완전히 벗겨져버렸고 그것이 시작됐습니다. 고문. 그 끔

찍혔던 고문이요."

강팔성은 독재정권 시절 대공분실에 끌려가 모진 고문을 당했다. 이것은 전날 시민단체 관계자와 통화하며 미리 알게 된 내용이었다. 어떤 고문이었는지 물어도 될지 망설여졌다. 내 마음을 읽었는지, 그가 먼저 입을 열었다.

"아주 작은 방이었는데, 의자와 욕조가 있었어요. 전기 장치도 있었고요. 여성분 앞에서 이런 표현을 써도 될지 모르겠지만, 제 성기에 전기를 흘려 보냈어요. 욕조에 물을 채워 얼굴을 처박았고요. 아, 통닭구이라고 하죠? 그것도 당했습니다. 막대기를 가로로 설치해서 거기에 통닭처럼 매다는 거예요. 사람 팔다리를 한데 모아 묶어요. 매달린 채로 피를 뚝뚝 흘렸죠. 요즘도 동네 통닭구이 집을 지나갈 때마다…… 아직도 헛구역질이 납니다."

나도 모르게 깊은숨이 내쉬어졌다. 어떠한 말도 할 수가 없었다. 그는 말을 이어갔다.

"그 왜 커다란 오븐 속에서 통닭이 나란히 구워지는 거 있잖습니까. 통닭에서 기름이 뚝뚝 떨어지는 모습이 흡사 피를 뚝뚝 흘리던 제 모습과 비슷해 보이거든요. 저는 매달린 저를 볼 수 없었고, 제 시야에는 떨어지는 피와 고함지르는 고문관만 들어왔지만, 아마 제삼자가 저를 봤다면 꼭 통닭구이 꼬챙이에 꽂힌 닭처럼 보였을 겁니다."

차를 권했지만 그는 마시지 않았다. 그저 물을 한 잔 마셔야겠다며 카운터로 갔을 뿐이었다. 자리로 돌아온 그에게 물었다.

"그래서, 인정하셨던 겁니까."

"제가 제정신이었겠습니까. 그냥 무조건 다 했다고 했죠. '너 이 새끼 법정에서 인정 안 하면 더 센 걸로 걸어버릴 거야.' 검사님 목소리가 아직도 생생합니다. '맞소이다, 내가 간첩 맞소이다. 내가 북한 가서 김일성을 만나고 김정일을 만나고 평양에도 가보고 백두산에도 오르고 다 했습니다!' 법정에서 결국 그렇게 얘기했더니 검사님이 살짝 웃더라고요. 제가 그 웃음을 분명하게 봤는데요. 만족해서 웃는 게 아니라 재밌어서 웃는 거였어요. 그게 더 비참했죠. 판사는 제 말에 아무런 관심이 없어 보였고요."

그 시절 이렇게 양산된 각종 빨갱이들은 신문 지면을 대대적으로 장식했고 사회적으로 위기의식을 조성했다. 그들은 여론 조성을 위한 희생양이었다. 안기부의 활약은 독재정권을 유지하는 데 큰 도움을 주었다. 강팔성에게는 징역 15년의 실형이 선고되었다. 그에게는 사면의 기회도 돌아오지 않았다. 꼬박 15년을 채우고 밖으로 나왔다. 1996년이었다.

　"딸이 시집갈 때가 됐더라고요. 그런데 자기는 결혼을 안 하겠대요. 안 하겠다고 했는데, 못 한다는 말이라는 걸 나는 알았죠. 고향 진도에 피가 섞인 친척 어르신들부터 우리 딸한테 빨갱이의 딸이라고, 빨갱이의 새끼 주제에 어디 공부를 하냐고, 어디 밥을 처먹고 앉아 있냐고, 어디 두 다리 뻗고 잠을 처자냐고, 어디 멀쩡하게 숨 쉬고 살아 있냐고……."

　강팔성의 눈가가 붉어졌다. 붉은 점막 주위로 물기가 감돌더니 이내 눈가의 자글자글한 주름 사이로 번졌다. 자글자글한 주름은 이제 보니 웃음을 위한 것이 아니었다. 그건 강팔성의 눈물을 흡수하기 위해 설계된 모세혈관 같은 거였다. 온 힘을 다해 잘게 만들어 눈물이 차마 커지지 않게, 그래서 남들 눈에 띌 정도로 뚝뚝 떨어지지 않게 성심성의껏 도와주기 위한 것이었다.

　진보 정권 때 정부 차원에서 설치한 과거사위원회는 강팔성이 고문을 당했고, 그로 인해 법정 진술에는 법적 효력이 없다는 것을 입증할 수 있게 도와주었다. 과거사위 조사관들은 강팔성은 물론 가해 고문관과 당시 검사 등을 일일이 찾아다니며 증언을 모았고 관련 서류를 확보했다. 가해자들은 물론 잘못을 인정하지 않았다. 하지만 그 시절부터 체득된 공무원들의 습관은 이 말도 안 되는 소환과 구속과 기소에 대해서도 상당량의 기록을 남기게 했다. 기록의 논리적 모순과 미비점만으로도 무리한 수사를 입증하기에 충분했다.

2. 빨간 두드러기

　서울중앙지법 판사실 1208호엔 정지윤이 있다. 7년 차 여성 판사인 그는 형사합의23부 좌배석 판사다. 가운데 부장판사를 중심으로 우배석 판사와 좌배석 판사, 이렇게 세 명의 판사가 하나의 재판부를 이룬다. 합의부는 판사 한 명이 재판을 진행하는 단독 재판부와 달리 복잡하고 중요한 사건을 맡는다. 우배석과 좌배석에게는 담당 사건이 하나씩 배정된다. 이를 주심 판사라고 한다. 주심 판사는 기록을 검토하고 판결문 초안을 작성한다. 최종 결론은 세 명의 판사가 함께 내린다. 그래서 합의부라 부른다. 좌우 중에는 우배석 판사가 더 선임이다. 어떤 재판부는 점심 먹으러 걸어갈 때도 부장판사 오른쪽에 항상 우배석이 서고 왼쪽에 좌배석이 설 정도로 분위기가 경직돼 있었다. 23부는 그 정도는 아니었다.

　강팔성 재심 사건은 좌배석 정지윤에게 배정되었다. 우배석 선배가 핫한 정치인 뇌물 사건을 맡겠다고 하는 바람에 상대적으로 여론 주목도가 덜한 재심 사건이 후배에게 떨어진 것인지 아니면 단순 업무량 배분에 의한 배정이었는지는 정확히 알기 어려웠다. 판사실 1208호에 사과 박스 3개 분량의 서류가 도착한 건 어느 늦은 봄날 저녁이었다. 과거 사위는 그들이 3년간 수집한 모든 자료를 이곳 서울중앙지법에 송달하였다. 재심을 열고, 이제라도 무죄를 선고해달라는 것이었다. 이제 모든 공은 정지윤에게로 넘어갔다.

　강팔성을 만난 뒤 1208호 사무실로 전화를 걸었다. 정지윤이 받았다. 23부 부장판사와는 여러 번 밥을 먹거나 차를 마신 적이 있지만 배석판사와는 안면이 없었다. 기자는 대개 부장판사나 법원장을 만나지만 이 건에 대해서만큼은 세세히 내용을 알고 있을 주심 판사를 만나보고 싶었다. 나는 강팔성 재심 개시 결정 기사를 쓴 기자이며, 혹시 차 한 잔하기 위해 사무실에 들러도 되는지 물었다. 정지윤은 흔쾌히 좋다고 했다.

1208호의 문을 열자마자 퀴퀴한 냄새가 코를 찔렀다. 정지윤의 책상 위로 서류 더미가 잔뜩 쌓여 있었다. 높이가 1미터는 족히 될 만했다. 서류 사이사이로 색색깔의 스티커가 마킹돼 있었다. 정지윤의 등 뒤로는 커다란 창문이 나 있었다. 해 질 녘의 노란색과 빨간색이 적절히 섞인 빛이 그의 어깨를 스쳐 판사실 전체를 은은하게 비추었다.

"정 판사님. 반갑습니다. 고도일보 송가을 기자예요. 바쁘실 텐데 죄송해요."

"어서 오세요. 재심 개시 결정 기사 쓰셨죠? 안 그래도 기사 보고 뵙고 싶었어요. 나름 중요한 결정이라 봤는데, 기사 쓴 곳이 많지 않더라고요. 여기 앉으세요. 녹차 괜찮으시죠?"

정지윤은 책상 앞 작은 테이블로 나를 안내했다. 좌우 배석판사는 사무실을 함께 쓰는데 우배석의 자리는 비어 있었다. 부장판사는 별도로 옆방을 혼자 쓴다. 정지윤은 우배석판사가 개인 일정으로 조퇴했고 부장판사 역시 부재중이라고 말해주었다. 정지윤의 표정은 편안해 보였다. 종이컵에 녹차 티백을 담가 가져왔다.

"지금도 그 기록을 보고 있거든요. 양이 엄청나요. 저 기록을 어떻게 찾아냈는지, 과거사위분들 대단하세요. 꼼꼼히 보고 있는데……. 참 이게 읽기가 어렵네요."

"아, 혹시…… 고문 내용 때문에 그런가요? 강팔성 씨의 진술이 기록에 생생하게 담겼다고 들었거든요."

"그것도 그렇고, 제가 1983년생이거든요. 제가 태어날 즈음 저런 일이 있었다는 것인데……. 물론 사실인지 아닌지는 더 살펴봐야겠지만 정말 믿기가 어려운 일이죠. 어떻게 저랬을 수가 있을까 싶은 거예요."

정지윤은 아이보리색 니트 티를 입고 있었는데 사무실이 살짝 더운지 두 팔 부분을 걷어 올린 모습이었다. 그가 차를 마시러 오른팔을 드는데 뭔가 이상했다. 손바닥에서 이어지는 팔 안쪽을 타고 무언가가 잔뜩 나 있었다. 빨간색이었다.

"판사님, 죄송한데, 팔이 왜 그러세요? 어디 아프신 거 아니에요?"

흡사 날것을 잘못 먹었거나 미열에 화상을 입었을 때 볼 수 있을 법한 색이었다. 자세히 보니 양팔에 제법 퍼져 있었다.

"이거요. 아…… 좀 쑥스러운데, 이거 두드러기예요. 피부 질병요."

"두드러기요? 어쩌다가 두드러기가 양팔에 그래요? 꽤

아플 것 같은데……. 병가를 내셔야 하는 것 아닌가요?”

　“실은, 저기 제 책상에 서류들 보이시죠? 저게 강팔성 씨 기록인데 엄청 오래된 것들이거든요. 종이가 삭아서 조심스레 넘겨야 하는 것들도 있고 너무 오래돼서 냄새도 나고요. 근데 한 글자도 놓칠 수 없으니까 밤낮으로 정말 열심히 들여다봤거든요. 제가 피부가 예민한 편인데, 팔에 자꾸 오래된 종이가 닿으니까 이렇게 뭐가 나더라고요. 서류에 벌레 같은 건 없는데 서류 자체가 워낙 낡아서 그런 것 같아요.”

　책상 위 기록 뭉치를 다시 보았다. 그러고 보니 종이 색깔이 죄다 누렜다. 해 질 녘의 노란색과 빨간색이 적절히 섞인 빛 때문에 그런 줄 알았는데 알고 보니 종이 자체가 누렜던 거였다. 몇 날 며칠 저걸 끼고 살다시피 하다 보니 피부에 탈이 난 모양이었다.

　“병원에 가보셔야 하는 거 아니에요? 약은 바르셨어요?”

　“약 발랐다가 서류에라도 묻으면 큰일 나죠. 이건 사본 구하기도 어려운 자료들이에요. 원래 기록 볼 때 엄지손가락에 파란 골무를 끼고 보는데, 이 서류들은 혹시 상할까 봐 골무도 없이 조심히 넘기며 보고 있어요. 누군가의 30여

년이 여기에 달려 있는데 제가 잘 살펴봐야죠."

"그래도 병원에라도……."

"강팔성 씨 나이 많으시잖아요? 올해 여든세 살이시던
가요? 건강도 안 좋으시다고 하던데……. 이 재판은 정말
빨리 해야 합니다. 아, 물론 결론은 아직 알 수 없고요. 첫
기일이 벌써 다음 주인데요. 시간이 없어요. 아무래도 당분
간은 계속 야근을 해야 할 것 같아요. 병원은 나중에, 다 끝
나고 다녀와도 돼요. 전 젊잖아요. 하하."

*

형사합의23부는 406호 법정을 쓴다. 일주일 뒤, 406호
문 앞 '재판 중'이라고 적힌 등에 하얀 불이 들어왔다. 부장
판사 왼쪽으로 정지윤이 앉았다. 그 아래 피고인석에는 강
팔성이 앉았다. 맞은편 검사석에는 공판 검사가 앉았다. 검
사는 40대 초반으로 보였다. 재판이 시작됐다. 강팔성의 변
호인은 "고문 때문에 당시 피고인 진술의 신빙성이 상실된
상태로 재판이 진행되었으니 이제는 무죄를 선고해달라"
고 했다. 지켜보던 검사가 입을 열었다.

"고문을 했다는 직접적인 증거는 없습니다. 피고인 강

팔성의 증언 외 증거가 없는 상태인데요. 반면 개인 사정으로 증인 신청을 하기 어려운 상태지만 당시 고문을 가했다고 지목된 안기부 소속 공무원들은 고문을 한 적 없다는 입장을 밝히고 있습니다. 저희가 지난주 받은 서면 진술서를 제출합니다."

방청석에 있던 강팔성의 가족들이 웅성거렸다.

"말도 안 됩니다. 그이 몸이 증거예요. 한번 보여드려요?"

부인이었다.

"방청객은 조용히 하십시오. 그렇지 않으면 별도 조치를 취하겠습니다."

부장판사가 굳은 표정으로 말했다. 왼쪽의 정지윤은 아무런 표정 변화 없이 강팔성과 그의 부인, 검사의 표정을 살폈다. 강팔성은 방청석을 보며 고개를 좌우로 저었다. 다시 조용해진 가운데 이번엔 강팔성이 입을 열었다.

"판사님. 제가 한 말씀 드려도 되겠습니까?"

"말해보시지요."

"그때 제일 많이 저를 고문했던 사람이 이갑윤이라는 자죠? 왼쪽 눈 옆에 사마귀 같은 게 나 있는데 점처럼 변해버렸지요. 웃을 때 그 사마귀가 오르락내리락하는 모습이 인상적이었습니다. 그가 나를 통닭처럼 매달고, 모든 숨통이 욕조 속 물에 잠기게 내 뒷목을 짓누르고, 내 성기를 가지고 장난칠 때 했던 모든 표정과 모든 말을 기억합니다. 그는 팔십 평생 내 삶을 내내 따라다녔습니다. 그를 다시 마주할 자신이 도저히 없지만, 그와 얘기를 나누어야만 제가 무죄를 선고받을 수 있다면, 한번 용기를 내보겠습니다. 검사님. 이갑윤을 비롯해 그때 그 사람들을 증인으로 신청해주시지요."

강팔성의 변호사도 나섰다.

"그럼 대질심문을 해보면 되지 않겠습니까? 서면 진술은 내면서, 법정에는 왜 나오지 않겠다는 겁니까?"

검사는 당황한 듯했다.

"그게, 일단 그분들이 워낙 고령이시고, 옛날 일이어서……. 법정에 나오기 쉽지 않은 상황을 고려해 저희가 서면 진술서를 제출한 것입니다. 특히 이갑윤 씨는 지금 걷기도 힘든 상황입니다. 다시 논의는 해보겠습니다만, 서면 진술서를 재판부에서 제대로 살펴봐주시기를 요청드립니다. 피고인 강팔성의 진술이 당시와 달리 갑자기 백팔십도 바뀐 것이니까요. 결코 신빙성을 담보할 수 없다는 게 저희 판단입니다."

"야 이 자식아! 너가 고문당해봤어? 너가 통닭처럼 매달려봤어?"

"아이고…… 우리가 어떻게 살아왔는지 검사님이 알기나 합니까?"

방청석이 다시 소란스러워졌다. 결국 부장판사는 법정 경위에게 강팔성의 가족을 밖으로 내보내라고 명했다.

"아이고 판사님…… 그놈의 빨갱이 소리 때문에 우리 딸이 아직도 시집을 못 갔고요…… 우리가 평생 어떻게 살아왔는데요, 판사님…….."

밖으로 끌려 나가며 강팔성의 부인은 울부짖었다. 강팔성은 고개를 숙인 채 그저 책상을 바라볼 뿐이었다. 정지윤도 마찬가지였다. 부장판사가 입을 열었다.

"검찰 쪽에서 추가 증인을 신청하게 된다면 기일을 하루 더 잡도록 하고요. 일단 지금 상황으론 추가 심문 계획이 없는 것이니, 오늘 구형을 마치고 다음 기일을 선고 기일로 잡도록 하겠습니다."

검사는 구체적 형량을 적시하지 않은 채 "유죄를 선고해달라"고만 했다. 도저히 전처럼 징역 15년을 선고해달라고는 할 수 없는 모양이었다. 검사의 말투는 그러면서도 단호했다. 검사의 구형이 끝나자 부장판사는 말했다.

"다음 기일은 3주 뒤인 5월 3일입니다. 이상으로 재판을 마칩니다."

탕, 탕, 탕.

3. 빨간 수포

"대상포진입니다. 신경통은 없으세요?"

의사의 말투는 건조했다. 은행 직원이 '사회생활 초년 땐 재테크가 중요합니다. IRP에 가입하시겠어요?'라고 묻는다거나 출근길에 만난 원룸 주인이 '아침은 먹었냐'고 묻는 것과 별반 다르지 않았다. 나는 통증은 없다고 대답했고 주사를 맞고 일주일 치 약을 탔다. 약값은 2만 4000원이었다. 약 가격이 비싸다고 생각한 걸 눈치챘는지, 약사는 "의료보험 적용돼서 그 가격이지 원래는 더 비쌉니다"라고 말했다. 역시 건조한 말투였다. 밖에는 비가 내리고 있었다.

허연 허벅지에 빨간 반점이 하나둘 피어오르더니 이내 무릎 위까지 울긋불긋해지고 작은 수포들이 생겼다. 병원을 가지 않고 버텼는데 빨간 점들은 시간을 먹고 자라는지 금세 배로 늘어나버렸다. 내 몸에서 생기는 기이한 현상을 하루 이틀 계속 지켜봤다. 허벅지 안쪽은 몸뚱이에서 가장 희멀건 부분이었다. 평생 빛을 받을 일이 없었을 터다. 거기에 빨갛게 피어나는 반점들은 화려하고 선명했다. 아무도 밟지 않은 하얀 눈밭 위에 툭툭 떨어지는 핏방울과 그 색감이 흡사했다. 그것들은 활기차 보였다.

"피곤하거나 스트레스를 받아 면역력이 약해졌을 때 바이러스가 침투해 걸립니다. 곧 신경통이 올 텐데, 초반에 푹 쉬고 제대로 약을 먹지 않으면 몇 달씩 갈 수도 있습니다."

의사의 진단은 간단했다. 법조팀에 온 뒤로 스트레스가 컸던 걸까. 약을 타고 집으로 돌아오는 길에 '피곤하거나 스트레스를 받아 면역력이 약해졌을 때 바이러스가 침투한 것'이라는 의사의 말을 되뇌었다. 수포는 나의 활기를 먹고 자라는 것이었다. 그것들이 더욱 선명하게 붉어질수록 난 무기력해졌다. 밖에 내리던 빗줄기는 점차 약해져 갈피를 못 잡고 이리저리 흩날리고 있었다.

피부과에 가게 된 건 이번이 두 번째였다. 태어나서 딱 한 번 아파서 피부과에 가본 적이 있었다. 고3 때였다. 입술이 금방 터질 듯한 풍선처럼 부풀어 올라 있었다. 열여섯 명이 함께 쓰는 기숙사 방 이층 침대에서 수건을 챙기고 내려왔을 때 먼저 일어나 있었던 서너 명의 친구들이 나를 보고 소리를 질렀다. 수능을 150여 일 남겨둔 때였다. 그날 오후 자율학습 시간에 나는 학교에서 30분가량 걸어가면 있는 매우 호화로운 인테리어의 대형 피부과를 찾았다. 의사는 자신에 찬 목소리로 말했다. "스트레스를 받아 신경이 예민해져서 민감한 부분에 두드러기가 난 겁니다. 기도 안이 붓는 사람도 있는데 입술이 부은 걸 다행으로 생각하세요."

일주일 치 약을 타 왔고 야자 시간을 한 시간 줄여 새벽 1시께 기숙사 방 이층 침대에 올라갔다. 16개의 침대 중 5개는 내가 잠들기 전까지 비어 있었다.

어렴풋이 아주 어렸을 때 엄마를 따라 피부과에 갔던 것 같기도 하다. 그것은 꿈이었을 수도 있고, 실제였을 수도 있다. 엄마는 내가 아기였을 때부터 심한 주부습진으로 괴로워했다. 손끝이 쩍쩍 갈라졌고 심할 땐 피도 났다. 엄마는 숟가락 머리만 한 크기의 동그랗고 납작한 통을 수시로 열었다. 그 안에는 부드러운 연유처럼 생긴 연고가 들어 있었다. 엄마는 열 손가락 끝에 연고를 발랐고, 하얀 면장갑을 꼈다. 그리고 그 위에 빨간 고무장갑을 꼈다. 설거지를 했고 빨래를 했다. 장갑을 2개나 꼈는데도 엄마의 손놀림은 둔해 보이지 않았다. 고무장갑의 빨간색은 어두워 보였다.

집에 돌아와 허벅지를 바라봤다. 원래 이렇게 울퉁불퉁하고 빨갰던 것처럼 느껴졌다. 미끈하고 하얬던 모습이 아주 어렸을 때의 일처럼 멀게 느껴졌다. 아니, 애초에 하얀 허벅지는 없었던 것 같았다. 하얀 허벅지에 집착할 필요는 없었다. 빨간 물집이 생기기 전까지 나는 내 허벅지가 하얗다는 것을 인식한 적이 단 한 번도 없지 않은가. 빈속에 약을 털어 넣고 연고를 발랐다. 속이 쓰렸다.

연고를 바르다 보니 판사 정지윤이 생각났다. 정지윤은 지금쯤 아픈 팔을 부여잡고 판결문 초안을 작성하고 있을 것이다. 과거사위 조사를 거친 재심 사건은 법원에서 통상 무죄가 선고되기 마련이었지만 이번 재판에서 검사 쪽 태도는 전과 달리 강경했다. 무죄를 선고하려면 검찰의 반박 논리를 무너뜨려야 했다. 판결문 작성이 전만큼 쉽지 않은 상황이었다.

진보 정권 시절 과거사위의 활약은 과거 검사들의 무리한 기소를 무력화하는 결론을 이끌어내곤 했다. 검사들도 재심 무죄에 항소하지 않으며 이에 발을 맞췄다. 지난해 정권이 보수로 바뀐 뒤 과거사위의 활동 기한은 연장되지 못했고 결국 해체됐다. 과거사 재심에서 무죄 판결이 20여 건을 넘어서자 검찰은 강경 대응으로 기조를 바꾼 듯했다. 보수 세력으로 정권이 교체된 것은 검찰의 이 같은 태도에 힘을 실어주었다. 이번 강팔성의 재판은 그 한복판에 놓여 있었다. 뒤늦게 다른 언론사도 이 재판에 관심을 갖기 시작했다. 방청석에 빈자리가 점점 줄었다.

선고 날짜가 잡힌 직후 나는 공판 담당 부장검사에게 전화를 걸었다. 이갑윤에 대한 증인 신청 가능성을 묻기 위해서였다. 그는 법정에 나왔던 40대 검사의 상사였다. 그런데 부장검사의 반응이 매우 신경질적이었다. 말도 빨랐다.

"저기요. 송 기자님이라고 하셨나요? 전두환 이런 거 다 나쁜 놈이다, 검사들이 잘못했다, 그런 기사 쓰고 싶어서 지금 취재하시는 건 잘 알겠는데, 사법 체계가 그렇게 간단한 건 줄 아십니까? 설사 재심에서 무죄가 선고돼도요. 저희는 이번에 꼭 항소할 겁니다. 2심에서 또 무죄가 나면? 상고할 거고요. 그게 검사가 할 일입니다."

"검사님, 그런데 지난 정권 때 재심 사건에서는 1심에서 무죄가 나면 바로 끝이었잖아요. 과거사 재심 사건은 항소하지 않는 걸 관행으로 알고 있는데요?"

"그때가 잘못된 거죠. 그런 관행이 말이 됩니까? 당연히 대법원까지 보내야지, 검사가 왜 항소를 포기합니까? 과거사 사건이라고 해서 달라질 건 없습니다. 끝까지 싸우는 게 검사입니다."

"시대가 바뀌었잖아요. 고문받고 15년 실형 산 사람이 30년 만에 무죄 한번 받아보겠다는데, 그걸 또 항소하고 상고하면 절차상 몇 년이 더 걸릴 수도 있잖아요."

"저기 기자님. 시대가 바뀌어도요. 대한민국 검사는 달라지지 않습니다. 우리는 그때고 지금이고 검사로서 주어진 임무를 할 뿐입니다. 그리고 송 기자님, 검찰 말고 법원 출입이시죠? 가만 보면 검찰에 부정적 시각을 갖고 있는 것 같은데요. 기자님 논리대로라면 당시 고문 때문에 거짓 진술하는 게 눈에 빤히 보이는데도 아랑곳하지 않고 판사들이 징역 15년, 20년씩 때렸다는 거잖아요. 그런데 판사들한테는 왜 뭐라고 안 합니까? 판사는 잘못 없었나요? 왜 검사한테만 뭐라 합니까? 취재를 종합적으로 해보시죠."

사실 피곤하거나 스트레스를 받아 면역력이 약해졌을 때 바이러스가 침투해 걸린다는 의사의 말을 들었을 때 처음 떠올랐던 게 저 부장검사였다. 이 재판을 몇 년씩 더 끌겠다는 얘기에 뒷골이 당겼다. 최근 강팔성의 상태는 좋지 않았다. 법정에서 40대 검사와 신경전을 벌인 뒤 마음이 너무 불편해졌다고 했다.

"지금은 시대가 달라졌다고 생각했어요. 다시 법원에 오면서도 굉장히 떨렸지만, 그때랑 다르니까, 달라졌으니까, 그런 생각으로 마음을 가다듬고 왔거든요. 그런데 검사 분, 그 젊은 분 눈빛이 굉장히 무서운 거예요. 나를 잡아넣고 싶어 하는구나, 30년이 지나도 저 사람들은 달라진 게 없구나, 내가 세상을 너무 만만하게 봤구나, 그런 생각이 드니까 속이 상하는 거죠. 다시 두렵고요. 그때 생각이 나고…….."

강팔성은 고문의 악몽을 전보다 더 자주 꾸게 됐다고 했다. 특히 이갑윤이 그의 뒷목을 붙잡고 욕조에 처넣는 장면이 매일 밤 꿈에 반복적으로 나타난다고 했다. 재판 과정이 기억의 고리에 자극을 준 듯했다. 그런 얘기를 듣고 있자니 숨이 턱턱 막혔다. 차마 그에게 '이번에 무죄가 나도 전과 달리 검찰이 항소할 것으로 보인다'는 말을 하진 못했다. 빨간 수포는 그때쯤 왼쪽 허벅지에 곰비임비 올라오기 시작했다.

사실 부장검사의 말 가운데 일리가 있는 것도 있었다. 과거 판사에 대한 지적이었다. 그의 말을 듣고 뒤늦게 당시 주심 판사를 찾아보았다. 놀랍게도 현재 활동하고 있는, 매우 유명한 사람이었다. 당시 배석판사였던 김범석은 부장판사를 거친 뒤 진보 정권 때 진보 성향 정당의 공천을 받아 국회의원에 당선되었다. 지금은 엄연한 재선 의원이었다. 김범석에게 전화를 걸었다. 당시 판단을 잘못했다거나, 기소가 무리였다는 얘길 혹여나 들을 수 있을지 기대가 됐다. '진보정당 의원이니까 혹시 가능하지 않을까' 그런 기대였다.

"송 기자님. 정말 죄송합니다만, 아시다시피 배석판사는 사건의 주심을 맡게 되더라도 결국 부장판사에게 종속될 수밖에 없습니다. 당시 재판에 대한 기억이, 워낙 오래됐고 사건이 많았기 때문에 제게 남아 있지 않은데요. 그래도 저의 경험과 통상의 상황을 종합적으로 고려해볼 때 당시 판결은, 게다가 독재정권 시절의 판결은, 주심인 제가 아니라 부장판사가 내렸다고 규정짓는 게 더 사실에 부합할 것입니다. 더 드릴 말씀은 없고요. 이만 끊겠습니다."

부장판사라는 자는 13년 전 이미 숨졌다. 왼쪽 허벅지에만 있던 수포가 오른쪽으로 옮겨간 게 바로 그때쯤이었다.

4. 다시 빨갱이

3주 뒤, 406호 문 앞 '재판 중'이라고 적힌 등에 다시 하얀 불이 들어왔다. 부장판사 왼쪽으로 정지윤이 앉았다. 그 아래 피고인석에는 상팔성이 앉았다. 맞은편 검사석에는 공판 검사가 앉았다. 그때의 40대 초반 검사 그대로였다. 방청석에는 강팔성의 부인과 가족이 앉아 있었다. 강팔성의 부인은 노란 프리지어 한 다발을 안고 있었다. 법정에 들어오기 전에 물어보니 "무죄가 선고되면 남편에게 주려고 교대역 앞에서 샀다"고 했다. "빨간 장미도 잔뜩 있던데 빨간색은 아주 지긋지긋해서 노란 꽃으로만 골라 사 왔다"고도 했다. 노란 프리지어의 향기가 어울리지 않게 법정을 가득 메웠다.

방청석에 앉은 나는 이따금 허벅지를 긁어댔다. 약을 먹어도 빨간 수포가 가라앉지 않은 탓이었다. 강팔성은 눈가에 주름을 만들지 않은 채 굳은 표정으로 피고인석을 지켰다. 두 손을 주먹 쥔 채로 양 무릎 위에 각각 올려놓았다. 강팔성의 부인은 노란 프리지어 한 다발을 가슴팍에 소중하게 안고 있었다. 꽃 알레르기가 있는지 법정 경위는 몇 차례 재채기를 했다. 부장판사가 드디어 입을 열었다.

"1981년 검찰은 피고인 강팔성이 북한의 지령을 받아 일본과 북한, 대한민국을 오가며 간첩 행위를 하여 국가보안법을 위반하였다고 기소하였고 서울중앙지법은 그의 자백을 주요 근거로 피고인 강팔성에게 징역 15년을 선고하였다."

판사를 뚫어져라 쳐다보던 검사는 이 대목에서 고개를 강하게 끄덕였다.

"그러나, 피고인 강팔성은 당시 혹독한 고문으로 거짓 자백을 했다고 매우 구체적으로 증언하고 있으며 당시 수사 기록상 피고인이 국가보안법을 어떻게 위반해 대공분실에서 조사가 이뤄졌는지 명확한 근거가 발견되지 않은 점, 피고인 강팔성의 교도소 의료 기록에 의하면 당시 장기 파열 등으로 수술을 받았고 출소 뒤에도 장기간 이로 인한 치료를 받았던 점, 검찰이 뒤늦게 제출한 당시 안기부 공무원 이갑윤 등에 의한 진술에서 시점과 장소, 내용을 따져봤을 때 기존에 제출된 기록과 모순되거나 맞지 않는 점이 다수 발견된 점 등을 종합해볼 때 1981년의 기소와 판결에 무리가 있었다는 점이 충분히 인정된다. 이에 따라 본 재판부는 피고인 강팔성의 국가보안법 위반 재심에 대해 다음과 같이 선고한다. 피고인 강팔성은 무죄."

탕, 탕, 탕.

방청석에 앉아 있던 강팔성의 가족들은 "만세!"를 외

쳤다.

"아이고, 감사합니다. 감사합니다, 판사님. 정말로 감사합니다. 만세! 만세!"

강팔성의 부인은 노란 프리지어 한 다발을 땅에 떨어뜨린 채 두 손을 머리 위로 올렸다. 강팔성은 자리에 앉아 고개를 들지 못했다. 가만히 보니 책상 위로 눈물방울이 후드득 떨어지고 있었다. 자글자글한 눈주름은 그의 눈물을 도저히 다 흡수하지 못했다. 속수무책으로 눈물방울이 떨어져 내렸다. 잔뜩 힘을 주고 있는지 어깨는 미세하게 들썩였다. 그때 부장판사가 다시 입을 열었다.

"그리고 본 사건의 재심 재판부로서 드릴 말씀이 있습니다. 과거 군부독재 시절 혹독한 고문으로 무리한 기소가 이뤄졌다 하더라도 재판부는 철저한 심리를 통해 이를 밝혀내 피고인에게 한 치의 억울함이 없도록 했어야 하지만 당시 재판부 역시 임무를 방기한 채 무리한 판결을 내렸음을 부인하기 어렵습니다. 이에 본 재심 재판부로서 선배 재판부의 과오에 대해 머리 숙여 진심으로 사과드리는 바입니다."

부장판사가 자리에서 일어났다. 우배석 판사와 왼쪽의 정지윤이 따라 일어났다. 세 사람은 강팔성에게 허리를 숙였다. 강팔성은 그제야 고개를 들었다. 그 모습을 바라봤다. 얼굴은 눈물범벅이었다. 방청석의 가족들은 이제 끄억끄억 소리를 내며 울었다. 그들을 뒤로한 채 재판부 세 사람은 서류를 챙겨 판사석 뒤쪽의 법관 전용 문으로 향했다. 부장판사와 우배석 뒤로 정지윤이 따라 나가며 손잡이를 잡고 문을 닫았다. 정지윤의 팔 끝으로 무언가가 보였다. 빨간 두드러기였다.

*

사흘 뒤 검찰은 법원에 항소장을 제출했다. 누런 서류 더미는 서울중앙지법에서 이제 서울고등법원으로 옮겨졌다. 검찰이 항소 방침을 밝힌 뒤 강팔성에게 전화를 걸었다. 그의 목소리는 전보다 한결 가벼웠다. 눈가에 자글자글한 주름이 보이는 듯했다. 눈물 흡수가 아닌, 웃음을 위한 것으로 말이다.

"송 기자님이 무죄라고 아주 대문짝만하게 써주셨잖아요. 다른 신문들도 많이 쓰고, 이번엔 무려 9시 뉴스에도 나오지 않았습니까. 아주 오랜만에 아내하고 딸하고 같이 고향 진도에 갔습니다. 진짜 오랜만이었죠. 1심 판결문을 복사해서 가져갔어요. 물론 예전 우리 어르신들은 많이 안 계시고 아는 친척들이 얼마 남이 있지 잃았는데……. 그래도 좋았습니다."

시간이 많이 흘러버렸다. 그의 딸에게 '빨갱이의 딸'이라고 했던 이들 다수는 이미 숨진 뒤였다.

"제가 살던 고향 집은 이젠 폐허가 됐던데, 거기에도 들렀어요. '나는 빨갱이가 아니다!' 쑥스럽지만 거기서 이렇게 외쳤습니다. 세 번이나 외쳤습니다. 꼭 한번 해보고 싶었던 말이거든요. 이게 다 기자님 덕분입니다. 우리 판사분들도 참말로 고생 많이 하셨고요."

"선생님, 그런데 혹시…… 검찰의 항소 방침은……."

"예, 들었죠. 그런데 한번 해봐야지 어쩌겠습니까? 과거사위 조사관님들부터 송 기자님, 판사님……. 저를 위해 이렇게 많은 분이 애써주셨는데, 용기를 내보려 합니다. 아, 송 기자님 진도 한번 놀러 가지 않으시렵니까? 항소심 정리되고 내년 이른 봄쯤에 같이 한번 어떠실지요. 그쯤 가면 동백꽃이 그렇게 예쁠 수가 없거든요."

"동백꽃요?"

"예. 빨간 동백꽃요. 아내는 그놈의 빨갱이 소리 때문에 빨간 꽃이라면 질색을 했는데 이젠 그 예쁜 고향 꽃을 제대로 볼 수 있을 것 같습니다. 물론 항소심을 잘 치러야 겠지만……. 빨간 동백을 보기 위해서라도 최선을 다해보려고요."

강괄성은 2심에서도 무죄를 선고받았다. 재심 사건은 대법원에 오랫동안 머물러야 했다. 대법원의 적체 현상은 비단 강괄성 사건만의 일은 아니었다. 대법원은 상고법원을 설치해 대법원의 부담을 줄여야 한다고 주장했다. 「안기부 고문관 이갑윤이 숨졌다」는 기사가 사회면 하단에 짧게 실렸다. 판사 출신 국회의원 김범석은 삼선에 실패했다. 판사 정지윤은 법복을 벗고 대형 로펌으로 자리를 옮겼다. 꽤 시간이 흘렀고 정권은 다시 진보로 넘어갔다. 정권 교체 뒤 새로 임명된 법무부 장관은 대변인실에 보도자료 발표를 지시했다. 과거사 사건의 항소 방침을 거두겠다는 것이었다. 대법원은 강괄성 재심 사건에 결국 무죄를 확정지었다. 나는 퇴근길에 노란 프리지어 한 단을 샀다.

11.
정치인 뇌물 재판

"자, 앞쪽 스크린 영상을 보십시오. 명품 숍 앞 CCTV에 찍힌 장면입니다. 피고인 고규범은 이 숍에 들어간 지 15분 만에 이처럼! 쇼핑백을 들고나오고요. 보시면 그 뒤로 방위산업체 전무 박건우가 따라 나옵니다. 국방위 소속 국회의원 고규범은 이처럼! 업체에 유리한 법안을 통과시켜 달라는 로비를 받고 그 대가로 2400만 원짜리 명품 백을 수수했음이 명백합니다."

서울중앙지법 307호 법정에 검사 김경준의 목소리가 쩌렁쩌렁 울려 퍼졌다. 이날은 고규범 의원의 다섯 번째 공판. 뇌물 수수로 기소된 고 의원은 혐의를 전면 부인해왔다. 검찰은 명품 숍 인근 건물 CCTV를 샅샅이 뒤진 끝에 뒤늦게 '현장 포착' 증거를 제출할 수 있었다. 벌써 1년이 지나 대부분의 CCTV는 삭제된 뒤였지만 명품 숍 건너편 건물의 전당포 한 곳에서 무슨 이유에서인지 과거 영상을 모조리 보관하고 있었다. 전당포 CCTV는 건물 안뿐만 아니라 바깥에도 초점을 두고 건물 주위를 모조리 찍어대고 있었다. 그 이유 역시 관심의 대상이 될 법했지만 김경준에게는 지금 그럴 여유가 없었다. 이번에 유죄를 받아내는 데 그의 명운이 달려 있었다. 김경준은 서울중앙지검 특수2부 부부장검사로 동기들 사이에서 '잘나간다'는 평가를 받는 인물이다. 고규범 사건에서 스크래치만 나지 않으면 부장검사 승진은 따놓은 당상이었다. 법정 안에서 김경준은 카리스마가 넘쳤다.

"피고인 측, 할 말이 있습니까?"

서울중앙지법 형사합의22부에는 정치인 뇌물 사건이 여럿 계류 중이었다. 그 가운데 재선 의원 고규범 사건은 여론의 관심을 가장 많이 받았다. 고규범이 차기 대권주자로 꼽힐 정도로 대중적으로 인기 있는 정치인인 데다 입법 로비의 대가가 다름 아닌 명품 백이라는 것은 세간의 주목을 끌기에 충분했다. 부장판사의 질문에 고 의원 옆에 앉아 있던 변호인 최인돈이 입을 열었다.

"재판장님. 저것은 명백히 추정일 뿐입니다. 고규범이 해당 날짜에 숍에 들어간 건 맞지만 본인의 헤링본 재킷을 산 것이고요. 결제는 고규범이 가지고 있던 현금으로 하였고 당일 숍 내부의 CCTV가 보존돼 있지 않아 검찰에서 명확한 증거를 제시하지 못했음은 지난 공판까지 우리가 함께 지켜본 바 아니겠습니까? 명품 백을 들고 나갔다는 증거는 오직 박건우 전무 진술밖에 없고요. 저 추가 영상만으로 그 사정이 바뀐다고 보기 어렵습니다. 그리고 저기 보시면 CCTV 화질이 매우 좋지 않은데요. 양복 차림의 남성은 육안으로 봐도 고규범인 게 맞지만 골프 모자를 쓰고 뒤따라 나오는 남성이 박건우라는 것은 도무지 확신할 수가 없습니다."

"재판장님! 박건우가 아니라는 변호인의 말은 추정에 불과합니다. 기록에서 즉각! 삭제를 요청드립니다!"

김경준은 반발했다. 방청석에 앉아 있는 내게까지 분노가 느껴졌다.

변호인 최인돈은 검사 김경준과 사법연수원 동기다. 검찰을 택한 김경준과 달리 최인돈은 연수원을 졸업하자마자 변호사 일을 시작했다. 두 사람은 서로를 잘 알지만 친하진 않은 것으로 알려졌다. 재판은 이렇게 마무리됐다. 그동안고 의원이 '명품 숍에는 혼자 갔다'고 진술해왔기 때문에 박 전무든 아니든 누군가 동행했다는 추가 영상은 그의 진술을 뒤집는 결정타로 여겨졌다. 나를 비롯한 법원 기자들은 일제히 새 증거를 앞세워 기사를 썼다.

다음 날 고도일보 사회면 톱에 실린 기사는 이렇게 시작했다.

「8일 서울중앙지법에서 열린 고규범 의원에 대한 5차 공판에서 검찰은 고 의원이 방위산업체 박건우 전무로 추정되는 인물과 함께 명품 숍에서 나오는 장면이 담긴 CCTV 영상을 새롭게 제시하며 분위기를 반전시켰다.」

열흘 뒤 6차 공판이 열렸다. 이날엔 검찰의 구형이 예정돼 있었다. 김경준은 일찌감치 법정에 도착해 앉아 있었다. 자신만만한 표정이었다. 반면 최인돈은 늦었다. 재판 시작 3분 전에야 법정에 도착했다. 땀을 뻘뻘 흘리는 그에게 고 의원은 손수건을 건넸다. 판사가 입장하는 바람에 최인돈은 땀을 채 닦지 못한 채 자리에서 일어나야 했다. 판사가 법정에 등장하면 모두가 일어나서 예의를 갖추게 하는 법원의 관례는 피고인뿐만 아니라 변호인에게도 똑같이 적

용되었다. 심지어 방청석에 앉은 이들도 자리에서 일어나야 했다.

"재판장님. 본 변호인이 오늘 추가로 제출할 자료가 있습니다. 준비한 영상을 증거로 채택해주실 것을 요청드립니다."

최인돈은 알 수 없는 미소를 지으며 작은 목소리로 말했다. 콧등에는 땀방울이 송골송골 맺혀 있었다. 재판장은 고개를 끄덕였다. 앞쪽 스크린에 영상 하나가 띄워졌다. 이번에도 CCTV 영상이었다.

"이것은 검찰이 고규범 의원이 명품 숍을 방문했다고 지목한 작년 7월 6일, 강원도 철원 인근의 한 골프장입니다. 저기 입구를 잘 보시면 바로 박건우 전무가 골프 가방을 들고 걸어가는 것을 볼 수 있습니다. 즉 검찰이 저번에 제출한 영상 속 남성은 박건우가 아니라는 것이 명백해졌습니다. 이 영상을 추가로 제출하는 바입니다."

골프장 영상 역시 흐릿했지만 전당포 것보단 상태가 훨씬 나았다. 게다가 영상 속 인물은 누가 봐도 박건우였다. 제 몸만 한 골프 가방을 메고 어디론가 가고 있었다. 방청석이 순간 술렁였다. 김경준의 표정은 굳어졌다. 고규범은 최인돈의 손을 꼭 잡더니 고개를 격하게 끄덕였다. 오늘 재판이 만족스러운 모양이었다.

"검찰 측, 추가로 제출할 증거가 있습니까?"

김경준은 고개를 가로저었다. 예정대로 검찰의 구형이 시작됐다.

"피고인 고규범은 국회의원이라는 막강한 지위를 이용해 방산업체로부터 입법 로비를 받아 이를 실행키 위해 여러 국회의원들을 접촉했을 뿐 아니라 그 대가로 업체 관계자로부터 2400만 원에 이르는 명품 백을 받아 국회의원의 도덕성에 대한 국민의 기대를 저버리고 사익을 추구하였으므로 징역 3년의 실형을 선고해주시길 요청드리는 바입니다."

재판부는 2주 뒤 판결을 선고하겠다고 했다. 고규범은 환히 웃으며 검정색 제네시스를 타고 법원을 떠났다. 오후엔 국회 국방위원회 회의장에서 모습을 드러냈다. 재판의 부담을 털어냈다고 보는지 밝은 모습이 TV 화면에 그대로 담겼다.

「15일 서울중앙지법에서 열린 고규범 의원에 대한 6차 공판에서 변호인은 방위산업체 박건우 전무가 고 의원과 함께 명품 숍에 들어가지 않았다는 알리바이를 입증하며 법정 내 분위기를 다시 한번 반전시켰다.」

다음 날 고도일보 사회면 톱기사는 이렇게 시작됐다. 이로써 양쪽은 공수를 한 번씩 주고받았다.

스코어는 1:1. 결론은 이제 판사의 몫이었다.

*

서울중앙지검 출입 장민수 선배로부터 전화가 걸려 온 건 그다음 날이었다. 장민수는 김경준 검사와 저녁 식사를 하기로 했는데 법원 담당인 송가을 기자도 함께 보고 싶어 한다며 시간이 되는지 물었다. 검사가 굳이 법원 출입 기자를 만나자고 하는 것은 드문 일이었다.

"법원 기자라고 판사만 만나라는 법은 없어. 검사 같이 보는 거, 균형 감각을 갖추기 위해서라도 좋은 거야. 그리고 너도 법원 좀 하다가 지검으로 넘어와야지. 법조 바닥에서 메인 취재처는 거기가 아니라 여긴 거 알지? 법원은 검찰이 넘긴 거 뒤치다꺼리하는 곳이고 재판 단계까지 갔을 땐 사람들 관심도 없어진다는 거 너도 이제 알 때 됐잖아."

장민수의 말은 늘 합리적으로 들렸지만 요즘 들어 이상

하게 걸리는 대목이 하나둘 생기기 시작했다. 이날 발언도 영 마음에 들지 않았다. 장민수에게서 마음에 들지 않는 구석을 발견하는 것은 어떤 이유에서인지 우울한 일이었다.

"게다가 김경준은 지금 제일 주목받는 검사거든. 잘나간다고. 사귀어두면 좋을 거야. 같이 가는 걸로 안다?"

장민수와 나는 이틀 뒤 저녁, 한 고깃집을 찾았다. 별도의 룸이 있는 식당이었다. 룸 안에는 김경준이 먼저 도착해 앉아 있었다. 법정에서만 보던 김경준을 식당에서 마주하니 어색했다. 검사복을 벗은 모습은 처음이었다.

"아이고. 어서 오십시오. 송 기자님. 정말로 뵙고 싶었습니다. 요즘 저희 재판 취재하시느라고 고생이 많으시죠? 하하."

피고인 고규범 앞에서 쩌렁쩌렁 울리던 목소리는 어디가고 없었다. 세상 이렇게 살가울 수가 없었다. 법정 안 카리스마는 찾아보기 어려웠다.

"목소리가 많이 다르시네요. 법정에서 뵐 땐 목소리가 엄청 인상적이었거든요. 약간 테너처럼 울림이 커가지고요."

"그건 일종의 테크닉입니다. 정치인들 재판할 때만 내

놓는 기술이죠. 기 싸움이 보통이 아니거든요. 목소리가 작으면 그만큼 접고 들어가는 느낌이 들더라고요. 정치인들은 단순해서 목소리 큰 놈, 진짜로 목소리 크고 자신감 넘치는 사람 앞에서 주눅이 들어요. 그렇게 재판 한번 하고 오면 저도 목이 다 쉽니다."

김경준은 작은 목소리로 조곤조곤 말했다. 고기도 직접 구웠다. 후배들 앞에서도 항상 본인이 굽는다고 했지만 고기를 자르는 본새가 영 어색했다.

우리는 폭탄주를 말기 시작했다. 세 잔을 똑같이 말아 동시에 원샷으로 마셨다. 세 명이 번갈아가며 말았다. 장민수가 마는 게 간이 제일 셌다. 열 잔 정도 마셨을 때 장민수가 말했다.

"우리 송 후배, 제가 아끼는 후배인데요. 술을 그렇게 잘하는 건 아닌데 오늘따라 잘 마시네요. 이 친구도 우리 부부장님이 마음에 드는 모양입니다. 하하."

내가 술을 잘하는 건 아니라는 말이 아주 틀리지는 않았지만 굳이 그 말을 자사 선배가 내뱉을 필요가 있었을까? 왠지 얄미웠다. 장민수나 나나 똑같은 기자고 연차도 불과 1년밖에 차이가 나지 않는데 한참 후배인 양 다루는 게 마음에 들지 않았다. 단지 여성이라는 이유로 술을 잘하는

216

건 아니라는 선입견을 갖고 있는 건 아닌지 걱정도 되었다. 솔직히 따지면 그동안 어느 술자리에서든 장민수만큼은 마셔왔고 더 마실 자신도 있었다.

"저도 술은 잘 못 합니다. 검사 생활하면서 많이 늘었지요. 송 기자님 뵈니 제 초년병 시절이 생각나는군요."

셋 다 술이 좀 올랐을 때였다. 김경준은 뭔가 할 말이 있는지 입을 자꾸만 삐죽거렸다.

"실은 고규범 사건 말입니다. 하, 이건 재판에 증거로 내놓기가 참 거시기해서 말인데요. 이걸 말씀을 드려야 할지 말아야 할지……."

"아, 뭡니까, 형님. 말을 꺼내셨으면 마저 하셔야죠. 에이, 찜찜하게 하다 마실 거예요? 우리 유능한 송 기자가 들어보고 알아서 잘 판단할 겁니다."

"실은 말이죠. 고규범이 그날 명품 백을 받아서요. 부인에게 준 게 아닙니다. 소문이 돌았다고는 하던데……."

여기까지 들은 뒤 장민수는 내게 눈짓을 했다. 정신 똑바로 차리고 잘 들으라는 의미인 건 누가 봐도 알 수 있었다.

"사실 고규범에게 애인이 있습니다. 그러니까, 속된 말로 세컨드죠. 문제의 명품 백은 바로 거기로 전해졌고요. 그래서 저희가 고규범의 집을 압수수색했을 때 그 망할 백을 발견하지 못한 겁니다. 법정에 증거로 딱 내놨어야 했는데……. 고규범은 백의 행방을 모른다고 발뺌하는데, 애인설은 이미 여의도에 팽배한 얘기고요. 저희가 계속 추적을 하고 있기는 하나 시간이 꽤 걸릴 것 같아요. 그런데 선고 날짜는 이렇게 잡혀버렸고……. 이런 부분을 언론에서 잘 헤아려주신다면 좀 더 진실에 다가갈 수 있을 것 같은데요."

김경준이 나를 부른 이유가 명백해졌다. 곧바로 입증하는 건 어려우니 정치권발로 기사를 써보라는 얘기였다. 김경준이 할 말을 다 했을 때 나는 화장실에 다녀온다고 하고 자리를 떴다. 화장실에 가서 휴대전화 메모장 앱을 열었다. 분주하게 그의 말을 받아쳤다. 취기가 오르는지 글씨가 종종 흐릿하게 보였지만 내용은 정확했다. 룸에 돌아가보니 김경준과 장민수는 어깨동무를 하고 있었다. 형님, 아우 하며 둘도 없는 사이인 양 친한 척을 했다. 속이 울렁거리는게 술 탓인지 아닌지 헷갈렸다. 각자 택시를 타고 집으로 돌아왔다. 집 앞 편의점에서 카페모카를 한 컵 샀다. 속이 울렁거리다 끝내 허한 느낌이 들어서였다.

다음 날 김경준 관련 메모는 통째로 사회부장과 국장에

게 전달됐다. 국장과 부장단의 편집회의에도 안건으로 올라갔다. 사회부장 김성혁의 피드백은 이랬다.

"당장 김경준 워딩만으로 쓰긴 어렵고. 정치권을 추가 취재 해서 그 '애인'이라는 존재에 더 접근해야만 쓸 수 있겠다. 지르기는 위험해. 송가을 너는 일단 재판 취재에 집중하고, 추가 취재는 우리 정치부 기자들이랑 경찰팀 선수들에게 맡기도록 하자. 진전되는 것 있으면 공유할 테니 그리 알고."

장민수는 "다른 사람도 아니고 검사의 워딩이니 믿을만하다, 녹여서 바로 기사에 쓸 수 있다"고 우겼지만 김성혁은 강경했다.

"장민수. 너 검사가 하나 던져 주니까 옳거니 싶냐? 저거 다 언론 이용해서 여론전 하려는 거야. 장사 하루 이틀해? 검사면 지들이 명확한 증거를 확보해서 법정에서 싸워야지, 꼭 저렇게 법정 밖에서 미끼를 던지려고 한다니까? 물론 경우에 따라 내용이 합리적이고 크로스체크가 필요없을 정도면 그거, 물 수도 있어."

"이번 건이 바로 그런……."

"아니야. 추가 취재 해야 해. 일단 정치부 기자들을 믿어보자."

이번만큼은 확실히 장민수가 합리적이지 않다는 생각이 들었다.

*

최인돈 변호사의 전화를 받은 건 이틀이 지난 뒤였다. 최인돈과는 다른 재판 취재로 몇 번 통화한 적이 있었다. 고규범 재판이 시작된 뒤로는 한 번도 얘기를 나눈 적이 없었다.

"최 변호사님, 오랜만이네요. 그런데 무슨 일이시죠?"

"송 기자님, 요즘 우리 의뢰인 기사 쓰시느라 고생이 많으시죠? 기사 자알 보고 있습니다. 그런데 저희가 요즘 격조했습니다. 하하."

최인돈은 "격조함을 뒤늦게 메우고자 한다"며 내게 저녁 식사 자리를 제안했다. 그날 마침 저녁 약속이 없다고 하자 자기도 좋다고 했다.

퇴근 뒤 서초동의 한 이자카야에서 만났다. 역시 룸이 따로 갖춰진 곳이었다. 서초동에는 이처럼 룸이 갖춰진 식당이 유독 많았다. 최인돈과 단둘이 마주 앉아 있으려니 어색함이 밀려왔다. 우리는 사케와 안주 몇 가지를 시켰다. 최인돈이 고른 사케는 '간바레 오토상'이었다.

"송 기자님, 법원 취재 힘드시죠? 방청석에 앉으셔서 재판 내용을 일일이 체크하시고 기사로 풀어내시고……. 고도일보 기사가 항상 정확하기 때문에 꼭 먼저 챙겨보고 있습니다. 그리고 딴 데보다 많이 쓰시더라고요."

최인돈이 먼저 입을 열었다. 그의 진단은 정확했다. 무슨 이유에서인지 고도일보는 고규범의 재판 기사를 늘 사회면 톱 자리에 올리며 타사에 비해 가장 많은 지면을 배치하곤 했다. 국장의 취향인지 정치권 또는 법조계와의 어떠한 관계가 작동한 것인지 이유는 몰랐지만 자세히 알고 싶지도 않았다. 재판을 취재하는 것만으로도 머리가 터질 것 같았다.

"변호사님, 저번 재판 잘 봤습니다. 골프장 CCTV 가져오신 거요. 어떻게 그런 반격을 준비하셨는지, 검찰이 많이 당황한 것 같더라고요."

최인돈은 신난다는 표정을 지으며 다시 입을 열었다.

"그거요? 우리 새끼 변호사들이 얼마나 고생했는지 모릅니다. 사실 지금 박건우 전무가 검찰에 코가 꿰여서 저희한테 100퍼센트 협조해주고 그러는 상황이 아니거든요. 우리가 무죄가 나야 지도 무죄가 나는 건데, 검찰이 협박을 많이 해놓은 모양이더라고요."

"어떻게요?"

"별건 수사를 더 걸었겠죠. 검찰 놈들이 항상 하는 수법입니다. 그래도 그날 박 전무가 실은 골프장에 간 것 같다, 어디 CC다, 이런 한두 마디를 수소문 끝에 겨우 들어가지고 현장에 달려간 것이고요. 다행히 검찰 손을 타지 않았는지 CCTV가 고스란히 남아 있었어요. '분위기가 반전됐다' 기사를 이렇게 쓰셨지요, 아마? 송 기자님 기사가 다른 언론사보다 좋았습니다. 아주 정확하십니다."

최인돈은 정말 쉴 새 없이 떠들었다. 꼬치 모둠과 오뎅탕에는 손도 대지 않은 채 연신 사케를 입안에 털어 넣었다. 그의 시케 잔을 채우는 것만도 보통 일이 아니었다. 잔을 아예 큰 잔으로 바꿔놓고 싶었다. 한 번만 따라도 되게.

"참, 송 기자님. 김경준이라고 혹시 아시는지요? 그 뺀질뺀질하게 생긴 검사 말입니다."

그는 갑자기 떠올랐다는 듯한 어투를 구사했지만 준비된 멘트 같았다. 어딘가 어색한 인트로였다.

"그럼요. 그 재판을 몇 번이나 취재했는데 모를 리가 있나요. 법정에서 두 분이 매번 붙으시잖아요. 연수원 동기라고 들었어요, 두 분."

"다행히 아시는군요. 연수원 시절부터 그 녀석은 뭔가 달랐어요. 엄청 정의에 차 있는 척하는데 결국 위에서 시키는 대로 하는 모범생일 뿐이었죠. 지금 검찰 그 기수에서 가장 엘리트로 꼽힌다고는 하는데, 글쎄요. 그 친구가 과연 좋은 검찰 간부가 될 수 있을지 잘 모르겠습니다."

"두 분 사이가 별로 안 좋으신가 봐요."

"제가 사람 보는 눈이 있거든요. 고규범 의원 재판도 괜히 맡은 게 아닙니다. 그분은 크게 될 인물입니다. 저는 진작 알아보았죠."

어느새 간바레 오토상 900밀리리터가 바닥을 드러냈다. 600밀리리터는 최인돈이 마신 것 같았다. 엊그제 폭탄주의 타격이 남아 있는지, 많이 마시지 않았는데도 알딸딸함이 올라왔다. 반면 최인돈은 멀쩡해 보였다. 여전히 말이 많았다.

"사실 그 녀석, 요즘 얘기가 많습니다. 몇 달 전 일인 것 같은데, 연수원 후배들과 술자리가 있었던 모양이에요. 거기서 있었던 일인데. 이거를 말씀드리는 게 맞을지 저도 고민이 많이 됩니다만……."

최인돈의 얼굴에 갑자기 미묘한 미소가 번졌다. 그것은 다소 음흉하면서도 꽤 잔잔한 느낌의 미소였다. 그의 미소에 묘하게 빠져들었다.

"말씀하셔요. 무슨 일이 있었는데요?"

"그렇게 물으신다면, 제가 말씀을 드리겠습니다. 지금 로펌에서 일하고 있는 후배가 있는데, 아, 여성이고요. 성추행 비슷하게 일이 있었던 모양입니다. 그러니까 김경준이 가해자라는 얘기인데요."

"성추행요?"

"네. 그런데 아무래도 김경준이 검사잖아요. 변호사에겐 갑이죠. 사과를 했다는 것 같긴 한데 아무튼 결국 이 여성 후배가 문제 삼지 않기로 하고 넘어갔다고 해요. 영 껄쩍지근하단 말이죠. 정확히 왜 문제 삼지 않기로 했는지는 알려지지 않았고요. 위계에 의한 포기 같은 것이 아니었는지, 제가 피해자를 직접 아는 것은 아니지만 같은 시대를 살아가는 법조인으로서 너무나 걱정이 돼서 말이죠."

술이 다 깼다. 그에게 자세한 정황과 피해자 정보를 물었다. 최인돈은 열심히 대답했다. 속사포처럼 말을 뱉던 최인돈은 마지막 말만큼은 무슨 이유에서인지 아주 느리게 내뱉었다.

"한번, 취재를 해보시지요."

그는 잔에 남은 사케를 입안에 몽땅 털어 넣으면서 계

속 미소를 지었다. 집에 가는 택시 안에서 휴대전화 메모장에 열심히 내용을 복기했다. 자꾸 최인돈의 알 수 없는 미소가 떠올랐다. 이번에도 속은 좋지 않았다.

*

다음 날 최인돈의 메모는 통째로 김성혁에게 전달됐다. 김성혁은 이를 국장에게 전달했다. 김성혁은 나와 장민수를 신문사로 불렀다. 김경준 의혹을 어떻게 취재할 수 있을지 논의해보자는 것이었다. 사실관계부터 파악해야 했고 무엇보다 피해자의 의사가 중요했다. 고규범 '애인' 관련 취재의 진척 상황도 공유하겠다고 했다. 특별취재팀이 꾸려질 기류도 엿보였다. 양쪽 제보를 종합해 취재하자는 것이다. 고규범의 1심 선고는 이제 일주일이 채 남지 않았다. 장민수와 나는 각각 기자실에서 나와 택시를 함께 탔다.

"야, 결국 최 변호사도 김 부부장이랑 똑같은 일을 하는 거잖아? 나는 법정 안 싸움도 중요하지만 법정 밖 싸움도 의미 있다고 보거든? 더 치열하고. 결국 법정에 낼 수 없는 증거나 다른 타격거리, 이런 것 가지고 장외 싸움을 하는 건데, 그 자체로도 중요한 팩트가 되고 고규범의 진실에

225

다가가는 데도 결국 연결되잖아. 진짜 재밌지 않냐?"

"맞아요. 그런데 결국 유죄냐 무죄냐는 법정 안 증거만으로 판단해야 하는 거잖아요. 정해진 룰 안에서는 공격이 여의치 않으니 언론을 이용하고 여론을 등에 업어보려고 저 야단법석을 떨고 있는 거고요. 근데 법정 밖 이슈는 사실 소용없어요. 판사는 법원에 제출된 증거만으로 판단하니까요."

"너 꼭 판사처럼 말한다? 야, 법원 출입한다고 너무 출입처에 매몰되면 안 되는 거거든? 그리고 과연 그럴까? 판사가 100퍼센트 법정 안 내용으로만 판결한다고? 나는 그렇게 안 본다."

출입처에 매몰이라……. 어딘가 기분 나쁜 말이었지만 곱씹어볼 대목이기도 했다. 매일 법원으로 출근해 종일 판사들을 만나면서 그들의 얘기만 듣다 보니 나의 중심이 서초동, 거기에서도 법원에 치우쳐 있다는 느낌을 얼핏 받은 적이 있다. 보통 권력을 쥔 취재원에게는 비판적 태도를 유지하곤 하지만 유독 판사에게는 호의적인 태도가 앞섰다. 그것이 애초 법원에 대해 내가 가지고 있던 느낌이 호의에 가까웠기 때문이라는 것을 부인하긴 어려웠다. 게다가 실제 만나보니 스마트하면서도 헌신적이고 바른 판사들이 많았다. 재심 사건을 맡았던 정지윤이 대표적이었다. 지금은 변호사가 됐지만……. 사실 취재원과는 '불가근불가원' 원칙을 유지해야 하는데 쉽지 않았다.

"선배가 어떤 취지로 하는 말인지는 알겠지만요."

"더 들어봐. 결국 판사도 자기 승진 따져봐야 하고 동아줄 뭘 잡을지 계산해야 하고 지금 정권이 어느 쪽인지도 다 봐야 한다고. 형사합의22부, 23부에서 주요 재판 처리하는 엘리트 판사들은 결코 제출된 증거만으로 판단하지 않아."

"그러면요?"

"여론을 본다고. 적당하게 무리하지 않는 판결로 마무리할지 아니면 이참에 존재감을 제대로 발휘할지. 이런저런 판단, 정확히는 계산해서 판결하는 거지. 판사 출신 국회의원들이 괜히 여럿인 줄 아니? 물론 묵묵하게 일상 재판을 처리하는 공무원 판사가 다수지만 잘나가는 판사들은 다 여우야. 야심가고."

"글쎄요. 판사보다는 검사 출신 국회의원이 훨씬 많지 않나요? 검사야말로 기소권 가지고 정치적 판단에 따라 움직이잖아요. 그나마 덜 오염된 게 판사, 법원인 거 같은데요."

"물론 검찰이 더 정치적이긴 하지. 의혹도 그동안 많았고. 그런데 지금까지 판사들 이슈가 별로 안 드러나서 그렇지, 꼭 그렇지만은 않다는 게 내 감이다. 두고 봐라. 판사라고 그렇게 고고하지만은 않아. 법원 믿었다가 크게 델 날이 올 거다."

"글쎄요······."

"특히 법원행정처 다녀온 엘리트 판사들 절대 믿지 마. 내가 볼 때 그 인간들, 조직 논리에 사로잡혀서 언젠가 큰 잘못을 저지르고도 남아. 이미 벌어지고 있는데 우리가 모르고 있을 수도 있지."

"그래도 법원이 최후의 보루라고 생각하는데요. 물론 장담할 순 없는 일이지만, 아직까지는요."

"하하. 기대가 클수록 실망도 큰 법이지."

"아니 뭐, 혹시 취재하고 있는 게 있어요? 저 모르게? 법원의 부정적인 거에 대해서?"

"글쎄다. 그냥 감? 내가 그래도 너보다 1년 더 이 바닥에서 굴렀잖나."

그놈의 1년 타령······. 하지만 딱히 반박할 말이 떠오르지 않았다.

"선배는 그럼, 우리가 어떻게 해야 한다는 거예요?"

"어떻게 하긴 뭘 어떻게 해. 법정 싸움은 그거대로, 장외 싸움은 또 그거대로 다 열심히 취재하면 되지. 판사는 종합해서 판결할 테고 국민은 더 크게 종합해서 잘 판단할 테니까. 우리는 우리 할 일, 취재만 열나게 하면 되는 거야."

"양쪽 얘기 다요?"

"어. 고규범 애인 이슈든 김경준 성추행 의혹이든 다 취재하면 된다고. 우리에게 모찌를 찔러준 이들의 의도까지 포함해서 말이야. 그럼 진실에 조금 더 다가갈 수 있겠지. 하…… 근데 김경준 건 사실로 드러나면 검찰 완전 뒤집힐 텐데 골치 아프겠다. 아이고, 머리야."

어느덧 택시는 신문사 앞에 도착했다.

*

고도일보는 결국 대규모 특별취재팀을 꾸리기로 했다. 편집국에 들어가니 이미 결론이 나 있었다. 정치부장이 브리핑을 시작했다. 정치부만 15년을 한 선배였다. 정치부 기자 세 명과 경찰팀 기자 네 명, 법조팀 소속인 나와 장민수가 나란히 회의실에 앉아 그를 쳐다봤다. 김성혁은 뒤쪽에 앉았다. 회의실 유리벽 너머로 구석에 앉아 있는 경찰팀 피라미 기자들이 보였다. 잔뜩 쫀 표정으로 타자를 두드려대는 모습을 보고 있자니 예전의 내 모습이 떠올랐다. 그래 봤자 불과 사오 년 전인데, 한참 옛날처럼 느껴졌다.

"법조팀에서 훌륭한 모쩌를 물어 왔는데요. 고규범 애인 문제는 아주 중요한 제보입니다. 아시다시피 이 자는 삼선 찍고, 서울시장을 거쳐 대통령 하려고 플랜을 짜고 있고 추종 세력도 만만찮거든요. 지금까지 부인과 관련해 순애보 이미지를 잘 쌓아왔고요. 그런데 뒤로 호박씨였다? 국민을 속여왔다? 정치판 전체를 뒤흔들 수 있는 사안입니다!"

정치부장은 이 상황이 흥미진진해 죽겠다는 표정으로 말을 이어갔다.

"고규범 세력이 무너지면 정계 개편이 이뤄질 수 있고요. 다음 대선에도 지대한 영향을 미칠 수 있습니다. 자, 우리는 이 애인을 반드시! 찾아야 합니다."

듣다 보니 이상했다. 초점은 오로지 고규범의 애인이었다. 장민수가 입을 열었다.

"선배, 그런데 지금 애인이 있냐 없냐 뿐만 아니라, 명품 백이 어디로 갔는지, 입법 로비로 뇌물을 받았는지 총체적으로 봐야 하는 거 아닌가요? 대가성 여부가 중요한 거잖아요."

정치부장이 답했다.

"그야 그렇지. 그래서 지금 애인을 찾아보자는 거잖아? 애인의 실체를 밝혀야 그 놈의 2400만 원짜리 백이 어디로 갔는지 알 수 있는 거잖아. 여자들은 그 백이 뭐라고, 2400만 원이나 주고 그걸 사네 마네, 받네 마네 하냐고. 그 애인 혹시 연예인 아니야? 그럼 진짜 대박인데."

정치부장의 태도는 여러모로 마음에 들지 않았다. 나도 한마디 보탰다.

"근데 선배 말만 들으면 애인 문제, 그니까 선정적인 차원에서 대중의 구미를 당길 만한 내용으로 취재 방향이 흐를 것 같은 우려가 들어서요. 물론 정치부 선배들이 어련히 잘 취재하겠지만, 지금 중요한 건 애인 자체가 아니잖아요. 그리고 김경준 성비위 의혹은 취재 안 해요?"

한정된 인력으로 특별취재팀을 운영하다 보면 취재 방향이라는 게 매우 중요하게 작용하곤 했다. 그런데 어째 정치부장의 관심사는 우리와 다른 것 같았다. 회의장에 온 정치부 기자들은 모두 나보다 선배들이었다. 정치부 막내 기자만 해도 장민수 선배보다 2년 먼저 입사했다. 언론사는 어느 조직보다 '짬밥'을 중요시 여기는 곳이지만 그렇다고 선배들 앞에서 주눅이 들 필요는 없었다. 내가 "어련히"라고 할 때 한 정치부 선배는 내게 눈을 부라리며 입을 이죽 거렸다.

"하하. 지금 선정적이라고 했나? 그래. 애인 기사가 제 대로 발굴되면 클릭 수도 많이 나오고 대박 나겠지. 그치만 그것 때문에 취재하자는 게 아니잖아, 지금. 요새 정치판이 얼마나 긴박하게 돌아가고 고규범이 그 중심에서 얼마나 큰 역할을 하고 있는지, 공사가 다망하신 법조팀 기자님들 은 잘 모르실 텐데 말이야. 일단 애인부터 찾고, 그 누구야, 김, 뭐? 김경준이라고 했나? 그 부부장 검사의 성범죄니 뭐 니 하는 것은 나중에 취재해도 늦지 않아. 근데 부장도 아 니고 부부장은 또 뭐냐? 아무튼 자, 움직입시다!"

"선배! 선배!"

"부장! 이건 아니죠."

장민수와 나의 목소리가 동시에 튀어나왔다. 뒤에 앉아 듣고 있던 김성혁이 자리에서 일어나 정치부장에게 손짓을 하더니 그를 데리고 나갔다. 10분 뒤 김성혁만 회의장으로 돌아왔다.

"여러분 의견 잘 들었고. 김경준 성비위 의혹과 고규범 의 이른바 애인 문제를 동등하게 취재하기로 정리했어. 애 인과 관련해 흥미 위주의 내용이나 선정적인 것을 최대한 배제한 채 드라이하게 가기로 했고. 너희들은 명품 백이 대가성 뇌물로 전달됐는지 여부를 중심으로 취재하면 되겠다. 알겠지?"

취재팀은 정치부와 경찰팀 기자 여섯 명으로 꾸려졌다. 법조팀 장민수도 이후 추가로 투입됐다. 원래 장민수를 넣을 계획은 없었지만 정치부 기자들의 행태를 옆에서 살펴보기 위해 투입시켰다는 게 김성혁이 우리 둘에게 따로 해준 설명이었다.

"정치부장 저 자식은 요즘 들어 클릭 수에 그렇게 목숨을 걸어. 국장이 클릭 수 잘 안 나온다고 만날 갈구는데, 잘 나올 부서가 정치랑 사회밖에 없거든. 아까 내가 데리고 나가서 정리는 했는데, 포기 안 할 거야. 정치부 새끼들은 저 자식 지시를 따로 받으려 할 테니까, 민수 네가 옆에서 잘 보고, 이상한 거 있으면 나한테 얘기하라고."

나는 재판 취재에 집중하되 김경준과 최인돈의 행태를 예의 주시 하기로 했다. 특별취재팀에 배속된 장민수는 당장 내일부터 지검이 아니라 회사로 출근하게 됐다. 장민수가 김성혁에게 물었다.

"선배, 그런데 고규범 선고가 일주일 뒤잖아요? 그 전에 뭔가 성과가 나오면 좋을 텐데 쉽지 않을 것 같아요."

김성혁은 "어차피 장기전"이라고 했다.

"일주일 만에 특별취재가 끝날 리 없고, 1심 결과가 중요하긴 하지만 어차피 양쪽 다 항소할 테니까 2심, 3심까지 갈 거야. 고규범이 삼선 도전할 때쯤에나 형이 확정되지 않을까 싶다. 아까 들었지만 삼선 찍고 서울시장 거쳐서 대통령 하겠다는 계획인데……. 이번 1심 결과가 첫 변곡점이라고 할 수 있겠지만 끝은 아니란 말이지. 1심 어떻게 나는지 일단 보자고."

*

일주일 뒤 서울중앙지법 307호 법정. 피고인 고규범의 일곱 번째 재판이자 선고 공판이 열렸다. 방청석에 앉아 펜을 만지작거리고 있는데 김경준이 먼저 법정에 들어왔다. 검사석에 앉아 정면을 바라봤다. 그의 정면인 맞은편 자리에는 피고인도 변호인도 앉아 있지 않았다. 재판 시작 시각에 맞춰 올 모양이었다. 김경준은 문득 무언가가 떠올랐는지 오른쪽으로 고개를 돌려 방청석을 바라봤다. 나와 눈이 딱 마주쳤다. 김경준은 오른손으로 오른쪽 귀를 만지작거리며 살짝 미소를 지어 보였다. 왠지 '취재는 잘되고 있죠?'라고 은근히 묻거나 '왜 고규범 애인 기사가 아직도 안 나와요? 벌써 1심 선고잖아요.'라고 채근하는 것 같았다. 민망한 기분이 들어 고개를 숙여 노트를 쳐다봤다. 적을 것도 없는데 괜히 펜을 움직거렸다.

재판 시작을 3분 남겨두고 최인돈이 고규범과 함께 들어왔다. 최인돈의 콧등에는 또 땀방울이 몇 개 맺혀 있었다. 최인돈은 자리에 앉자마자 왼쪽으로 고개를 돌리더니 대놓고 나를 찾았다. 결국 눈이 마주쳐버렸다. 최인돈은 한쪽 입꼬리를 요상하게 올리더니 '씩' 웃었다. 내가 미소로 화답해주길 바라는 것 같았다. 심지어 일종의 동료 의식을 요구하는 듯도 했다. 부담스러워 다시 노트를 바라봤다. 김경준이 최인돈의 미소를 보진 않았을까 걱정이 되었다. 나와 그의 만남을 눈치챌까 봐 신경이 쓰였다.

기다리던 판사가 들어왔다. 김경준과 고규범, 최인돈 그리고 방청석의 기자들은 모두 일어나 판사를 향해 예의를 갖췄다. 부장판사가 판결문을 읽기 시작했다. 그는 무려 10분에 걸쳐 판단 근거를 줄줄이 나열했다. 피고인과 변호인, 검사, 기자, 방청객 모두가 부장판사의 말을 한마디도 놓치지 않으려 귀를 기울였다. 이제 마지막 한 문장만 남았다. 모두가 기다리는 바로 그 문장. 둘 중 하나였다. "유죄를 선고한다." "무죄를 선고한다." 부장판사는 숨을 크게 들이 마셨다. 그의 입에서 드디어 그 한 문장이 튀어나왔다.

"이 모든 사정을 감안하여 본 재판부는 이와 같이 선고 한다. 피고인 고규범에게……."

〔사령〕

'장관 후보 스폰서 의혹'을 보도한
장민수, 송가을에게
고도일보 이달의 기자상을 수여한다.

상금 50만원

송가을을 탐사보도팀으로 이동 발령한다.

〔전〕 법조팀 → 〔명〕 탐사보도팀

고도일보

3부
탐사보도팀

12.
미국에서 만난 탈북 청년

법조팀에서 탐사보도팀으로 옮긴 뒤 뭔가 글로벌하면서도 멋진 아이템을 발굴해야겠다는 생각에 사로잡혀서, 아침 9시에 출근하면 늦은 오후까지 대부분 시간을 해외 사이트를 뒤지는 데 사용했다. 이 행위는 누가 보기에도 허세에 가까운 것이었지만 은근한 만족감을 느끼게 해주어 벗어날 수가 없었다. 해외 사이트를 돌아다니다 보면 '나도 곧 국제분쟁 전문 기자나 특파원이 될 수 있지 않을까' 하는 상상을 은연중에 하게 됐는데, 그러다 보면 어설픈 영어 실력마저 네이티브 스피커급으로 향상되는 기분까지 느껴졌다. 그 짓거리를 3주 정도 하다 '지금 뭐 하고 있나' 싶어질 때쯤 기사 하나를 발견하게 됐다. 미국 지역 언론에 실린 단신 기사였다.

미국 서부 조용한 시골 마을에서 살인이 벌어졌다. 특이하게도 가해자는 탈북자였다. 그런데 피해자도 탈북자였다. 북한에서 탈출해 미국에 정착하려던 일가족에게 비극이 일어난 것이었다. 말다툼 끝에 남편이 아내를 살해했고 남편은 자살한 사건이었다. 그들에겐 20대 초반의 아들이 하나 있었다. 부모를 잃은 탈북자, 그의 이름은 Park Dong Cheol, 박동철이었다. 박동철은 그렇게 홀로 낯선 땅에 남겨졌다.

남한에서 발견한 미국의 북한 가족 이야기는 초짜 탐사보도팀 기자의 마음을 사로잡았다. 박동철을 찾아내어 만나기로 결심했다. 탈북자 가족이 왜 한국을 정착지로 선택하지 않고 미국에 갔는지, 어쩌다 이런 비극이 벌어졌는지 취재하고 싶었다. 기획안을 올렸다. 고도일보는 나의 계획을 전적으로 지지해주었다. 500만 원 안팎으로 취재 비용을 책정해줬다.

2주 만에 미국행 비행기에 몸을 실었다. 중력의 감소가 몸으로 느껴지자 '괜히 시작했나' 하는 생각이 창밖의 먹구름과 함께 몰려왔다. 미국에는 난생처음 가본다. 내게도 낯선 곳이었다. 그 넓은 땅에서 생면부지의 탈북자를 찾아내는 것은 쉬운 일이 아니다. 어느 정도 사전 취재는 해두었지만 박동철을 진짜 만날 수 있다는 보장은 없었다. "박동철, 박동철……." 그의 이름을 되뇌며 잠을 청했다. 양옆에 한국인이 앉은 것이 왠지 모를 안도감을 주었다.

박동철이 사는 곳 근방에 도착한 것은 비행기를 세 번 갈아탄 뒤였다. 시골 공항에 마흔 명가량이 탄 작은 비행기가 착륙했을 때 탑승객 중 동양인은 내가 유일했다. 대도시도 관광지도 아닌 이곳에 동양인이 오지 않는 건 당연해 보였다. 그 모습이 신기했는지 백인 남성이 다가와 말을 걸었다. 30대 초반으로 보였다. 주황색 머리카락이 아름다운 청년이었다. 콧등에 난 주근깨는 귀여웠다.

"Hi. How is it going?"

원래 알던 사이인 양 그는 환한 미소를 지어 보였다. 대충 "좋다. 너의 비행은 어땠냐"고 답했다. 그는 "정말 좋았다"며 또 물었다.

"Where are you from?"

이것은 참으로 자신 있는 질문이었다. 초등학생 시절 영어 학원에서부터 수백 번 묻고 답하던 바로 그 질문 아니던가.

"Ko.re.a. I'm from Korea."

단호한 답변에 그는 잠시 당황한 듯했다. 돌아오는 질문에 내가 더 당황할 수밖에 없었다.

"North? or South?"

생각지 못한 반응이었다. '코리아' 하면 당연히 대한민국을 떠올릴 줄 알았는데 이 미국 청년은 아닌 모양이었다. 왠지 모르게 자존심이 상했다. 아름다운 주황색 머리카락은 이제 보니 지독한 곱슬이었다. 어쨌든 답은 해야 했다.

"South. South. Republic of Korea."

사우스 코리아가 노스 코리아보다 경제적으로 훨씬 발전했으며 국민 삶의 질도 더 낫다는 말을 해주고 싶었으나 영어 실력이 거기까지 미치지 못했다. 다만 "Do you know Park Dong Cheol?"은 꺼내볼 만해 보였다. 이곳 인구가 2만 명에 불과하니 잘하면 알 수도 있을 것 같았다. 그런데 묻기도 전에 그를 데리러 온 차가 공항에 도착해버렸다. 간단한 인사를 나눈 뒤 백인 청년을 떠나보냈다. 내게도 데리러 올 사람은 있었다. 캐리어에 걸터앉아 그를 기다렸다.

*

　그의 이름은 최두호. 이 시골 지역에 정착한 한인 교포다. 젊은 시절 미국으로 이민 가 고생 끝에 대형마트 두 곳을 운영하게 됐다는 게 사전에 이메일로 주고받은 내용이었다. 독실한 기독교 신자인 그는 인도적 차원에서 종종 탈북자들을 도왔다고 했다. 탈북자들의 망명 신청을 돕고 통역을 담당했다는 것이다. 탈북자들만큼이나 내게도 낯선 미국 땅에서 그는 유일한 동아줄이었다. 사전 취재 단계에서 최두호를 찾아낸 것은 행운이었다. 남한의 탈북 단체를 통해 최두호를 미리 소개받지 못했다면 미국 땅을 밟을 엄두를 내지 못했을 것이다. 최두호는 박동철을 직접 알진 못하지만 자신이 도왔던 다른 탈북자들에게 수소문을 해보겠다고 했다.

　"기자님이 도착하실 때쯤엔 박동철의 주거지를 확인할 수 있도록 조치를 최대한 취해놓겠습니다. 할렐루야."

　마지막 이메일은 이렇게 끝났다. '할렐루야'라는 말이 어느 때보다도 마음에 들었다.

　공항 입구에 회색 SUV 차량이 들어왔다. 얼핏 차량 안쪽에 동양인의 얼굴이 보였다. 회색 차량은 내 앞에서 멈춰 섰다. 키가 180센티미터는 돼 보이는 60대 남성이 차에서 내렸다. 48킬로그램인 내가 셋쯤 모여야 비등해 보일 정도로 그는 거구였다.

"송 기자님이시군요. 드디어 뵙습니다. 반가워요. 웰컴!"

가벼운 포옹을 나눈 뒤 그는 캐리어를 트렁크에 실었다. 오늘 밤 그의 집에서 묵을 예정이었다. 은혜로운 이 기독교 신자는 북한에서 온 동포뿐 아니라 남한에서 온 동포에게 자비를 베푸는 것을 망설이지 않았다. 40분가량 달려가는데 창밖엔 별다른 풍경이 보이지 않았다. 나무가 많았고 간간이 집이 보일 뿐이었다.

"미국은 처음이시랬죠? 미국 땅 참 넓어요, 그렇죠? 아직도 이렇게 남은 땅이 많습니다. 누구든 새로운 삶을 도전하기에 가장 좋은 나라가 바로 여기예요. 저도 쉽진 않았지만 이렇게 잘 정착을 했지 않습니까."

그는 자부심이 가득 찬 표정으로 말을 이어갔다.

"우리 북한 동포들에게도 그런 기쁨이 주어지면 좋을 텐데 여러모로 어렵더라고요. 그 친구 기사 저도 읽었습니다. 정말 안타까운 일이죠. 어쩌다 그런 일이……. 참, 기자님은 한국에서 고향이 어딥니까?"

고향은 전북 전주고 스무 살 때 대학에 가기 위해 처음 서울에 올라왔으며 졸업과 동시에 고도일보에 들어와 지금은 혼자 원룸에서 자취 생활을 하고 있다는 얘기를 술술 털어놓았다. 길게 얘기했지만 결론은 그냥 외로운 30대 자취생이라는 것이었다. 남자 친구가 있냐고 묻는다면 있다고 거짓말을 할 생각이었지만 그는 묻지 않았다.

최두호는 자신의 고향은 강원도 철원이며 스물일곱 살에 미국에 와서 산전수전을 다 겪었다는 얘기를 해주었다. 지금은 아내, 딸과 함께 살고 있다고 했다. 간간이 보이던 집이 자주 보이더니 이윽고 이 지역의 다운타운에 도착했다. 상점의 불은 다 꺼져 있었고 걸어 다니는 사람은 보이지 않았다. SUV 차량은 한 2층집 앞에 멈춰 섰다.

"여기가 바로 저의 스위트 홈입니다."

문이 열리자 최두호의 부인과 딸이 나를 맞아주었다. 40평은 족히 돼 보이는 2층집에서 1층은 주방과 거실, 2층은 침실과 서재로 쓰이고 있었다. 부엌에는 생선튀김이 접시 위로 한가득 쌓여 있었다. 비리지 않은 생선 냄새가 온기와 함께 밀려왔다.

"어서 오세요. 말씀 많이 들었습니다. 우리 딸이 기자님 페이스북을 찾아봤는데 지리학을 전공하셨다죠? 아직 시집 안 가셨죠? 이런 거 물으면 실례려나요? 미국 사람은 이런 거 안 묻는다고 남편한테 배웠는데…… 내가 참지 못하고 별걸 다 여쭤요. 호호호."

부인은 최두호만큼이나 따뜻했고 말은 조금 더 많았다.

"차린 건 별로 없지만 많이 드세요. 이곳에 호수가 있어서 생선이 아주 좋아요. 미국에서 다섯 번째로 큰 호수라고 했지, 여보? 호수야 강이야 뭐야. 나 아직도 헷갈려, 여보. 호호호."

최두호의 딸은 인근 지역 대학에 재학 중이라고 했다. 전공은 유리 공예였다. 세 식구의 환대에 미국에 온 이유를 잊어버릴 뻔했다. 이대로 '출장 신청서'를 '휴가 신청서'로 변경한 채 며칠 머물다 가면 좋겠다는 생각마저 들었다. 2층 서재 바닥에는 매트리스가 미리 깔려 있었다. 그렇게 아늑하게 느껴질 수가 없었다. 짐을 풀었다.

최두호는 누군가와 한참 통화하더니, 3년 전 자신이 미국 입국을 도왔던 한 탈북 남성이 박동철과 잘 아는 사이라며 '박동철의 주소를 확인해 내일쯤 알려주겠다'고 했다는 소식을 전했다. 그 탈북 남성은 '내일 내가 모시는 형님이 찾아갈 테니 꼭 환대해달라는 메시지도 전해놓겠다'고 했다고 한다. 이 집은 천국이며 최두호는 예수이자 부처였다. 깊은 잠에 빠졌다. 꿈에서 커다란 호수와 작은 물고기가 보였다.

*

다음 날 우리는 회색 SUV 차량을 타고 15킬로미터 떨어진 집으로 향했다. 바로 박동철의 집이었다. 어제와 달리 최두호는 긴장한 모습이었다. 미간에 힘이 잔뜩 들어가 있었다.

"송 기자님. 솔직히 막상 그런 힘든 일을 겪은 친구를 만난다니 약간은 떨리는군요. 뭐…… 괜찮을 겁니다. 다 사람 사는 세상이니까요. 전해 듣기론 착하고 매우 성실한 친구라고 해요. 걱정하지 마십시오."

뒷좌석에는 맥주 여섯 캔 꾸러미가 실려 있었다. 버드와이저였다. 박동철과 대화를 나눌 때 사용하기 위해 최두호가 미리 준비한 것이라고 했다.

"송 기자는 술 잘하나요?"

"저 기자잖아요. 술로는 어디 가서 크게 지지 않아요.

한국에서 폭탄주는 일상이었어요. 열다섯 잔은 거뜬히 먹었고요."

"하하. 나중에 일이 잘 풀리면 한국에서 만나 소주나 한잔하면 좋겠어요. 송 기자는 기사를 잘 쓰고, 이 친구는 이제 미래를 찾고, 나중에 통일도 되고……."

박동철이 묵고 있는 곳은 1층짜리 건물이었다. 빨간 벽돌집이었다. 아담하고 주위 집들과 잘 어울렸다. 한 손에 맥주 꾸러미를 든 최두호는 다른 손으로 초인종을 눌렀다. 나는 최두호 뒤에 딱 달라붙어 문이 열리길 기다렸다. 아빠 뒤를 졸졸 따라다니는 어린애 같았다.

"Hi! Nice to meet you! Welcome! 어서 오세요!"

문이 열리자 한 청년이 보였다. 마른 체격이었지만 몸은 다부졌다. 키는 175센티미터 정도 돼 보였고 얼굴은 까무잡잡했다. 귓불은 여유 공간 없이 날렵했다. 그는 우릴 향해 한껏 환하게 웃고 있었다. 미소가 어찌나 환한지 제대로 찾아온 게 맞나 싶을 정도였다. 범죄 피해자 가족의 암울한 모습은 전혀 찾아볼 수 없었다.

우리 셋은 박동철의 식탁에 둘러앉았다. 박동철은 최두호가 친한 탈북자 형님의 미국 정착을 도운 은인이라는 얘

250

길 들었다면서 자신도 감사의 인사를 전하고 싶다고 했다.

"와서 살아보니 미국이라고 좋은 사람들만 있는 것은 아니더군요. 한국인은 말할 것도 없고요. 이렇게 좋은 분 만나기가 쉽지 않더라고요. 우리 형님을 도와주셔서 정말 감사합니다. 저희 가족이 탈북할 때 그 형님께 신세를 많이 졌거든요. 선생님은 좋은 분이십니다."

맥주 한 캔을 단숨에 들이마신 최두호는 큰 소리로 웃으며 박동철의 어깨를 두드렸다. 그러고는 때가 됐다고 봤는지 나에 대해 설명하기 시작했다. 박동철은 한국 기자를 처음 본다고 했다. 면접 보는 취업 준비생처럼 나는 허리를 최대한 곧추세웠다.

"우리 박 군이 올해로 스물셋이랬지? 아주 듬직해 보여. 여기 이분은 한국에서 온 기자야. 아주 유능한 저널리스트라고. 우리 송 기자가 서른이 넘었댔나? 서른셋이랬죠?"

"아뇨. 서른둘요, 둘."

"아, 그러면 그냥 누나라고 하면 되겠군. 남한이나 북한이나 다 똑같으니 모국에 누나 한 명 생겼다고 여기면 되겠어. 얼굴은 어째 송 기자가 더 어려 보이는구먼."

이번엔 내 차례였다. 박동철의 이야기를 이곳 지역 기사를 통해 알게 됐으며 탈북자들이 한국 말고 미국에 가는 게 흥미롭다는 것과 함께 당신이 겪은 사건 이야기를 자세히 전하고 싶어 비행기를 타고 여기까지 날아왔다는 얘기를 장황하게 늘어놨다. 미리 준비한 멘트였는데도 술술 잘 나오질 않았다.

"그러니까요, 음……. 남한과 북한은 서로 이해해야 할게 참 많거든요. 남한으로 오는 탈북자도 많은데 미국을 택한 이유와 과정이 궁금하고요. 너무 안 좋은 일을 겪으셨지만 그 이야기를 통해 우리가 서로를 알고 좀 더 이해하게 된다면 우리 동포에게 결과적으로 좋지 않을까 이런 말씀을 드리고 싶어요."

중간중간 '죄송하다'는 말을 열 번 넘게 했다. 사건이 발생한 지 불과 한 달밖에 지나지 않았다. 비극을 떠올리는 것 자체가 고통스러울 그에게, 남한에서 찾아온 기자가 달가울리 없었다. 박동철은 술은 먹고 싶지 않다며 맥주 캔에 손을 대지 않았다. 그저 빨간 버드와이저 캔을 가만히 응시할 뿐이었다. 그의 침묵에 숨이 막혔다. 맥주를 한 모금 넘기며 그의 입술 사이가 떨어지길 기다렸다. 문득 아무 성과 없이 한국으로 돌아갈 수 있겠다는 불안감이 엄습해 왔다.

"오늘은 제가 일이 있어 어렵고요. 내일 만나죠. 좋아요! 멀리서 여기까지 오셨는데, 말씀드릴게요, 제가."

*

다음 날 오전 10시 박동철은 차를 몰고 최두호 집 앞으로 왔다. 나를 데리러 온 것이었다. 박동철이 도착하기 직전 최두호는 할 말이 있다고 했다.

"송 기자. 어제 봤을 때 박동철이 밝은 모습을 보이고 있었지만 말이야. 전해 듣기로는 심리적으로 좀 불안한 상태라고 하더라고요. 박 군에겐 아무래도 충격이 여전할 테니까."

최두호는 꽤 심각한 표정이었다. 반말과 존댓말을 오가며 말을 이었다.

"그 가족을 알았던 한인들에게 더 수소문해봤는데 부인은 곧잘 영어를 터득했는데 남편은 어려워했고 종종 싸우는 것 같았다고 하더군. 그런데 사실 모든 집이 그렇게 살아가니까……. 대체 왜 그랬는지는 솔직히 말해 우리 박군도 잘 모를 거야. 안 그래요? 잘하겠지만, 차분하게 물어보는 게 좋을 것 같아요. 알겠죠?"

나는 "잘 알겠다"고 답하고 집을 나섰다.

박동철의 차는 회색 승용차였다. 연식이 10년은 족히 돼 보였다. 조수석에 앉아 뒷자리를 살펴봤다. 연장통 같은 게 보였다. 차량 시트에는 검은 기름도 묻어 있었다. 다시 앞을 보다 박동철과 눈이 마주쳤다.

"아, 저건 공구함인데요. 미국에 와서 자동차 정비를 배우고 있습니다. 이 차도 직접 수리한 것이고요. 머플러라고 아시나요? 지난주에도 제가 고쳤어요. 오늘 마침 쉬는 날인데 기자님이 운이 좋으셨네요. 하하."

실제로 운이 정말 좋다는 생각이 들었다. 한국에서부터 그렇게 고대하던 장면이 눈앞에 펼쳐지고 있었다. 일단 만났으니 절반 이상은 해낸 셈이었다. 이야기를 끌어내는 게 남은 과제였다. 우리는 일단 아침 겸 점심을 먹기로 했다. '우리'라는 말이 왠지 낯설지가 않았다.

"제가 쉬는 날이면 종종 가는 곳이 있습니다. 기자님은 브런치라고 들어보셨는지요? 한국 기자시면 영어를 잘하시겠죠?"

나는 브런치가 남한에서도 매우 인기 있는 문화로 이미 자리 잡았으며 나도 쉬는 날이면 서울의 서래마을로 브런치를 먹으러 간다는 얘길 들려줬다. 서래마을에 브런치를 먹으러 갈 때는 너무 잘 차려입으면 안 되지만 그렇다고 또

후줄근한 모습으로 가면 안 된다는 얘기도 해줬다. 박동철은 내 얘기를 재미있어했다.

회색 승용차는 대형 버스 앞에서 멈췄다. 버스를 개조해 브런치 가게로 꾸민 식당이었다. 버스에는 커다란 무지개 그림이 그려져 있었다. 버스 문을 밀고 안으로 들어가자 고소하고 달콤한 냄새가 진동했다. 노랑머리의 60대 여성이 바에 혼자 앉아 팬케이크를 먹고 있었다. 역시 노랑머리의 젊은 여성이 홀로 주방 겸 바를 지키고 있었다. 우리를 보더니 환한 미소를 지어 보였다. 우리는 햇살이 잔뜩 들어오는 창가 자리에 마주 앉았다. 박동철은 익숙한 듯 스크램블드에그와 샐러드가 추가된 팬케이크를 시켰다. 나는 직원에게 "Me too"라고 말했다.

"동철 씨, 미국 음식은 입에 맞으시나요?"

"아주 잘 맞습니다. 북한에서 나와 중간에 태국에 머물렀는데 거기 음식은 영 먹을 게 못 되었거든요. 미국에서 먹는 음식은 그렇게 맛있을 수가 없습니다. 어릴 때부터 먹었던 것처럼 먹으면 속도 편하고 좋습니다. 하하."

팬케이크에 메이플시럽을 뿌리며 박동철은 말했다. 박동철을 따라 나도 시럽을 잔뜩 따랐다. 팬케이크가 촉촉하게 적셔지자 왠지 긴장이 풀리는 것 같았다.

"한국, 아 남한에서는 매운 걸 많이 먹거든요. 떡볶이라고 들어보셨는지 모르겠어요. 김치볶음밥이랑 순대 이런 것도 맛있고요. 다음에 남한에 오시면 제가 맛집 투어 시켜 드릴게요. 외국에서 관광객들도 많이 오거든요. 미국인도 많이 오고요."

브런치를 다 먹은 뒤 우리는 카페에 가기로 했다. 회색 승용차를 타고 이동하면서 박동철은 이 지역에 대해 상세히 설명해주었다. 가장 싱싱한 생선을 파는 가게, 예전엔 냉장고를 만들었지만 지금은 문을 닫은 공장을 차례로 지나쳤다.

"저기 핫도그 간판 보이죠? 여기서 아주 인기입니다. 소시지에서 육즙이 탁 나오거든요. 이곳 미국 사람들은 그런 걸 좋아해요. 기자님도 미국까지 오셨으니 한번 드셔보면 좋을 텐데요."

박동철은 이 지역에 대해 모르는 게 없었다. 다운타운 한복판에 위치한 카페는 식당과 달리 사람들로 북적였다. 역시 햇볕이 드는 자리에 앉아 우리는 아메리카노를 마셨다. 이곳 메뉴판에는 카페모카가 없었다. 미국에서 처음 마셔보는 커피는 씁쓸했다. 나는 남한에서는 스타벅스 체인점이 인기이며 점심때면 줄을 서서 주문할 정도라는 얘기를 해주었다. 박동철은 그러나 스타벅스가 무엇인지는 잘 모른다고 했다.

*

박동철은 더 멋진 곳을 보여주겠다고 했다. 이 지역에서 가장 유명한 곳이랬다.

"여기에 미국 땅에서 다섯 번째로 큰 호수가 있습니다. 미국 땅이 어마어마하게 큰데 여기서 다섯 번째로 크면 얼마나 크겠어요. 쉬는 날 브런치를 먹고 제가 항상 찾는 곳인데요. 거기 가면 그렇게 평화로울 수가 없어요. '아, 여기가 진짜 미국이구나!' 이런 걸 기자님도 가면 바로 느낄 수 있을 겁니다. 제대로 미국을 경험하실 수 있는 거죠."

'아, 여기가 진짜 미국이구나!' 할 때 박동철은 하늘을 올려다봤다. 그렇게 행복할 수 없는 미소를 지으며.

"기자님이 기분 나쁘실 수도 있지만…… 남조선 땅은 솔직히 말해 코딱지만 하잖아요. 전에 아버지랑 지도로 봤는데 서울이니 부산이니 거의 다 붙어 있더고만요. 아마 이 호수 안에 남조선 땅이 통째로 들어갈지도 모르겠습니다. 하하."

257

어제 최두호의 부인이 말한 곳 같았다. 그곳에서 잡혔다는 생선을 먹은 터라 왠지 모를 익숙함이 느껴졌다. 우리는 다시 회색 승용차를 타고 20분을 달려갔다. 차에서 내리자마자 멀리서 비릿한 물 냄새가 밀려왔다. 5분쯤 걸었을까. 눈앞에 거대한 호수가 펼쳐졌다. 사실은 바다처럼 보였다. 수평선 끝이 캐나다에 닿을 듯 저 멀리 보였다. 난생처음 보는 광경이었다. 강인지 호수인지 바다인지 알 수 없는 거대한 물웅덩이에 푸르거나 검은 물이 넘실거렸다. 푸르거나 검은 물은 호수처럼 완전히 잔잔하지도 바다처럼 온전히 출렁거리지도 않았다. 그저 미묘하게 일렁일 뿐이었다.

"와, 동철 씨. 이런 거 태어나서 처음 봐요. 이게 호수라고요? 바다 같은데……. 진짜 어메이징한데요?"

왠지 영어를 섞어가며 말해야 할 것 같았다. 놀라는 나를 박동철은 만족스럽다는 표정으로 바라봤다. 박동철은 호숫가의 다리로 나를 안내했다. 나무로 만들어졌는데 저쪽 끝은 닿는 곳이 없는 잔교였다. 멀리서 보니 낮은 다이빙대처럼 보였다. 다리 끝에 도달하면 호수 깊은 곳에 가장 가까이 다가갈 수 있었다. 수면이 햇빛에 반사되는 바람에 다리 끝과 호수의 경계선은 명확히 보이지 않았다. 다리 끝은 마치 세상 끝처럼 막연하게 느껴졌다.

"Nice catch!"

갑자기 박동철이 큰 소리로 외쳤다. 다리 중간에 낚시하는 백인 중년 남성이 있었다. 그가 마침 물고기를 낚아채자 박동철이 손뼉을 치며 내뱉은 말이었다. 백인 남성의 낚싯줄은 포물선을 그리며 수면 위로 올라왔다. 그 끝에는 손바닥만 한 물고기가 대롱대롱 매달려 있었다. 물고기의 비늘은 호수 수면처럼 은은하게 반짝였다. '나이스 캐치'를 외치는 박동철의 목소리는 1박 2일 동안 들었던 것 중에 가장 크고 경쾌했다.

우리는 백인 남성 옆에 나란히 쪼그려 앉아 반짝이는 물고기를 바라봤다. 물고기는 파닥파닥 몸부림을 쳤으나 백인 남성의 손에서 빠져나가기엔 역부족이었다. 백인 남성의 손은 물고기 세 마리를 족히 쥐고 남을 정도로 컸다.

"Excuse me, Sir. What's this name?"

"Bass."

박동철은 유창한 영어 발음을 구사했다. 백인 남성은 배스에 대해 설명하기 시작했다. 박동철은 물고기가 어디에서 왔는지 물었다. 박동철은 원래부터 호수에 서식하던 물고기도 있지만 인근 강에서 거슬러 올라온 것도 있다며 잔뜩 아는 척을 했다. 백인 남성은 잘 모른다고 했다. 백인 남성에게 물고기의 고향은 관심 대상이 아닌 듯했다. 백인 남성은 대신 박동철에게 "What's your name?"이라고 물었다. 박동철은 미소 지으며 답했다.

"James. James Park."

끝에 도달한 우리는 나란히 바닥에 걸터앉았다. 발밑으로 일렁거리는 물결이 보였다. 물속에서 본다면 우리의 다리는 대롱대롱 매달려 있을 것이다. 나는 이제 질문을 해야 했다.

"동철 씨. 어려운 얘기겠지만 그날 얘기를 해줄 수 있어요?"

그가 이야기를 시작했다. 나는 그의 동의를 얻어 녹음기를 켰다.

*

"우리 집은 북한에서도 단란했습니다. 어느 겨울 동생이 아파 죽은 뒤 우리는 탈북하기로 했죠. 병원 한 번 제대로 못 가보고 죽었거든요. 아버지가 먼저 탈북한 뒤 연변에서 돈을 모았어요. 공사장에서도 일하고 농사도 짓고 닥치는 대로 일을 했다고 해요. 그 돈으로 어머니와 제가 탈북할 수 있었고요. 정말 감사한 일이죠. 우리는 걸어서 태국으로 갔습니다. 가짜 신분증을 만드는 데 또 큰돈을 썼지요. 아, 어제 같이 뵌 최두호 선생님이 제가 아는 형님을 도와줬잖아요? 태국에 갈 때 브로커한테 사기당할 뻔했는데 그 형님이 막아줬어요. 우리 주변에는 나쁜 브로커들이 정말 많았어요."

박동철은 휴대전화를 꺼내더니 그 형님과 찍은 사진을 보여주었다. 박동철만큼이나 다부져 보이는 남성이었다.

"태국에서 남조선으로 갈지 말지를 결정해야 했어요. 친척 중에 진즉 남조선으로 간 사람들이 있었는데 거기서도 사는 게 팍팍하고 쉽지 않다고 하더라고요. 차별도 많다하데요. 아버지가 말했어요. '어차피 고생하는 거 제일 큰 땅, 제일 부자인 나라로 가보자.' 아버지는 갑자기 미국으로 가자고 했어요. '김일성이 가장 철천지원수라고 한 나라에 가서 보란 듯이 잘 살아보자, 동철아.' 이 말이 나도 마음에 들었어요. 이쪽 동네 돌아가는 거를 자본주의라고 하잖아요. 그거에 제대로 한번 부딪쳐보기로 한 거죠. 자본주의 나라 중 1등 나라에서 말이에요. 그래야 진짜, 새로 시작할 수 있을 것 같았어요."

아버지에 대해 말할 때 박동철의 표정에선 반감이 느껴지지 않았다. '그가 어머니 살해자라는 것을 기억에서 지워버린 게 아닐까' 하는 생각이 들 정도였다.

"태국 수용소에서 한 달을 머물며 난민 심사를 받았어요. 100명 정도가 한 공간에서 지냈는데 그렇게 시간이 안 갈 수가 없었어요. 미국은 관대한 나라더군요. 우리를 받아주었고 결국 여기로 오게 됐어요. 처음 미국 땅을 밟았을 때, 캬! 공기부터 다르더라고요. 우리를 도와줬던 선교단체 분들이 공항에 마중 나와 있었어요. 장미 꽃다발을 줬어요. 난생처음 받아보는 꽃이었어요. 그때는 세상을 다 가진 기분이 들었어요. 아메리칸드림이라고 들어보셨죠?"

박동철의 'Dream' 발음은 진짜 미국인의 그것과 유사했다. 박동철의 입가에 옅은 미소가 번졌다.

"어머니는 세탁소에 일자리를 구하시고 아버지는 생선가게에서 일하게 됐어요. 우리는 ABCD부터 시작해야 했어요. 영어라는 게 쉽지 않더군요. 나이 드신 분들이 새 말을 배우는 건 더 어려운 일이었어요. 부모님이 일자리를 구했어도 돈이 바로 모이는 건 아니었죠. 미국 사람들은 남조선, 그러니까 한국 사람들을 차별한다는데, 한국 사람들은 우리를 좀 다르게 보는 것 같더라고요.”

“다르게요?”

“자기들과는 다른 존재로요. 미국인 앞에서 긴장을 해야 했는데 한국인 앞에서는 더 심했어요. 한 동포라고는 하는데…… 재밌지 않습니까?”

한국인 얘기를 할 때 박동철의 미간은 살짝 찌푸려졌다.

“그래도 2년 지나니까 영어도 늘고 돈도 알게 되고 친구들도 서너 명 생기더군요. 저도 자동차 정비소에 자리를 잡으면서 이제는 잘돼가고 있다고 생각했는데…… 그날 밤 갑자기 그 일이 생겨버린 거예요.”

박동철은 수평선을 응시했다. 햇빛은 더욱 반짝거렸고 물과 하늘의 경계는 여전히 모호했다. 낚시하던 백인 남성은 만족할 만큼 잡았는지 주섬주섬 짐을 챙기고 있었다.

“그날 밤에는 내가 좀 늦게 들어갔어요. 왜 그랬는지 모르겠어요. 일이 많았던 것 같아요. 더 빨리 도착했어야 했는데 그러지 못했어요. 집에 도착해 보니 어머니는 부엌 바닥에 쓰러져 있었어요. 두 눈을 뜬 채로 누워 있었는데 숨을 쉬지 않았어요. 입술에는 푸른 기가 보였어요. 무슨 정신이었는지 모르겠어요. 그냥 막 소리를 지르고 911에 신고를 하고 아버지를 찾았는데 아버지도 침실에서…… 구급차가

오고 경찰이 오고……. 정신이 하나도 없었어요. 아버지가 어머니의 목을 졸랐다고 하더라고요. 아버지는 이후 스스로 목을 맸대요."

박동철은 멍한 표정으로 수평선을 바라봤다. 불과 한 달 전 일인데도 아득한 옛일을 떠올리는 듯한 모습이었다.

"그 끈은 아버지가 일하는 가게에서 생선 박스를 묶을 때 쓰는 거였어요. 전에 본 적이 있어요. 남는 게 있으면 가끔 들고 오셨거든요. 뭐라도 챙기고 아껴야 한다면서……. 그런데 그 끈으로 자기 목을 묶어버렸다는 거예요. 분홍색 끈이었어요."

기다리지 못하고 그의 말을 끊어버렸다.

"죄송한데, 혹시 왜 그러셨던 건지 짐작이 가세요?"

박동철은 말을 바로 잇지 못했다.

"두 분이 종종 싸우시긴 했지만 그 정도는 아니었거든요. 그때 무엇이 아버지를 그렇게 화나게 했는지 도저히 모르겠어요. 어렵게 어렵게 여기까지 와서 대체 왜……. 사실 화가 나죠. 그래요, 실은 저, 화가 나요."

나는 박동철의 손을 잡아주었다. 그의 손결은 물고기의 비늘처럼 차갑고 까칠했다.

"선교단체 분들이 도와줘서 장례를 잘 치렀어요. 그냥

그게 다예요. 나는 이유를 모르겠고 이제는 영원히 알 수 없게 됐어요. 누구를 원망할 수도 없게 돼버렸어요. 그렇잖아요."

그는 사건이 발생한 2층집을 정리하고 인근의 1층 집으로 옮겼다고 했다. 선교단체의 도움으로 정신과 상담을 받고 있다는 얘기는 거의 마지막에 나왔다.

"동철 씨. 남한에서 온 저와 북한에서 온 동철 씨가 어쩌다 여기 미국에서 이렇게 만나게 됐을까요? 저는 취재를 마치면 남한으로 돌아갈 테지만……. 동철 씨는 어쩌세요. 계속 미국에 계실 예정인가요? 혹시 한국이나, 아니면 다른 곳으로 갈 생각은 없어요? 여기를 떠나시는 것도 새 출발의 방법이 될 수 있을 것 같아서요. 도움이 필요하시면 알려주세요. 그리고 다시 한번 정말로 죄송합니다. 부모님의 명복을 빕니다."

그러나 박동철은 미국에 남겠다고 했다.

"한국요? 남조선이라고 제 고향은 아니잖아요. 북으로 다시 갈 수도 없고요. 연변에 외가 친척들이 있긴 하지만 거기도 제가 마음 둘 곳은 아니거든요. 어머니와 아버지를 이곳 공동묘지에 묻었어요. 옆에 나란히 묻히셨죠. 외로워도 제가 여기를 지켜야죠. 그렇게 돼버렸습니다. 이제 미국

265

이 제 고향이나 마찬가지예요. 진짜 미국인이 될 수 있을지는 모르겠지만……. 어떻게든 살아가지겠죠. 저도 노력할 거고요."

박동철이 눈을 마주치며 말했다.

"기자님, 아니 누님이라고 할까요? 누님은 누님의 고향으로 돌아가세요. 가셔서 기사 잘 쓰시고요. 근데 남조선 사람들이 제 얘기를 관심 있게 읽어줄까요?"

"그럼요. 동철 씨가 겪은 일들이 남한 사람에게 많은 메시지를 줄 것 같아요. 용기 내주셔서 정말 감사합니다."

"그렇군요. 오늘 제가 말한 게 얼마나 도움이 됐을지 모르겠지만 좋은 기사 기대할게요, 누님."

*

박동철은 이날 할 일이 있다고 했다. 어머니의 묘비를 고르는 것이었다. 어머니의 묘비는 특별하고 멋진 것으로 마련해주고 싶다고 했다. 우리는 회색 승용차를 타고 묘비를 파는 상점에 갔다. 상점 플로어에는 30여 개의 묘비가 진열돼 있었다. 백인인 상점 직원은 박동철과 간단한 상담을 마친 뒤 대리석으로 만든 묘비 앞으로 그를 데려갔다.

"이게 100달러 정도 하는데 아무래도 나중에 닳기는 닳을 거라고 이분이 설명하는군요. Hey, show me the other one, please."

직원은 이번엔 검정색 돌로 만든 묘비를 보여줬다. 회색 묘비보다 훨씬 단단해 보였다. 매끄러운 표면에서는 은은하게 빛이 났다.

"이건 아주 오래간다는군요. 뭐라더라. 해외에서 가져온 어떤 돌인데, 직원 말로는 영원히 닳지 않는대요. 'forever'라고 했어요. 진짜일까요? 가격은 세 배인데 저는 이걸로 하고 싶네요. 어머니가 좋아하실 것 같아요."

검은 묘비를 가만히 들여다보았다. 아무것도 적혀 있지 않은 묘비 표면에 뭔가 일렁이는 게 보였다. 강인지 호수인지 바다인지 알 수 없었던 그곳에서 보았던 것과 비슷했다. 푸르거나 검은 물은 묘비 속에서 호수처럼 완전히 잔잔하지도 바다처럼 온전히 출렁거리지도 않았다. 그저 미묘하게 일렁일 뿐이었다.

13.

위안부를 위한 눈물

약속대로 인천국제공항 출국장 C구역에 도착했다. 머리카락이 하얀 노인 열두 명이 벤치에 앉아 있었다. 누가 시킨 게 아닌데도 앞뒤로 여섯 명씩 나란히 앉았다. 공무원들은 참가자 도착 현황을 체크하느라 정신이 없었다. 시민단체 관계자 한 명만 더 도착하면 '전출'이라고 했다. 일본 삿포로를 향한 이번 여행은 남들이 보기엔 이렇게 이상한 조합으로 시작되었다. 기자는 나 하나였다.

7, 80대인 이 노인들은 일본에 강제 동원된 피해자들의 자녀들이다. 그러니까 노인이 아주 어렸을 때 이들의 부친들은 일본에 강제로 끌려가 탄광에 들어가고 철도를 깔아야 했다. 가족들은 가장이 돌아오길 기다렸지만 끝

내 소식은 들려오지 않았다. 평생 기다리던 사이 어느덧 1910~1920년대생 부친이 자연사하고도 남았을 시간이 되어버렸다. 모친들은 모두 세상을 떠났다. 이들마저 이젠 노인이 돼버렸다.

일본 땅을 찾아 부친의 혼을 기리며 제사 한번 지내는 게 이들의 소원이었다. 한 지방자치단체에서 이를 지원하는 프로그램을 만들었다. 공무원 세 명과 과거사 관련 시민단체 활동가 한 명이 달라붙었다. 지난해에 이어 이 프로그램의 두 번째 출발이었다. 혼자 개척해야 했던 미국 출장에 비하면 이번 출장은 널널함 그 자체였다. 공무원들이 짜놓은 일정을 쭉 따라가기만 하면 됐다. 삿포로라는 장소도 매력적이었다.

탐사보도팀 후배가 손을 들었지만 데스크는 "송가을을 보내겠다"고 했다. 미국 출장 뒤 내놓은 「탈북자의 아메리칸드림」 기사가 큰 반향을 일으킨 데 대한 보은성이라는 건 말하지 않아도 모두가 알았다. 탐사보도팀에는 한 명이었지만 신문사 전체로 보면 내게도 이제 후배가 꽤 생겼다. 특히 여성 후배들이 많았다. 작년에는 여섯 명의 신입 기자가 들어왔는데 남성 기자는 한 명에 불과했다. 20년 전만해도 여성 신입이 한 명 있을까 말까 하던 게 나 때 들어 남녀 비슷한 숫자로 바뀌었고, 요즘엔 역전 현상이 굳어지고 있었다. 나는 "돌아올 때 병아리빵이랑 로이스 초콜릿을 사 오겠다"며 탐사보도팀 후배를 달랬다.

「탈북자의 아메리칸드림」 기사를 내보낸 뒤 박동철과 는 종종 카카오톡 메시지를 주고받았는데 자동차 정비 기 술을 꽤 더 익힌 모양이었다. '남조선에 한번 가보고 싶다.' '오면 내가 서래마을에도 데려가고 여기저기 다 안내하겠 다.' 이게 가장 최근에 나눈 대화였다.

노인 열두 명 중 여덟 명은 남성, 네 명은 여성이었다. 공무원 세 명은 모두 남자였다. 각각 30대와 40대, 그리고 50대였는데 50대 공무원 이도욱은 이번 팀의 총괄자였다. 40대 김건석은 진행 실무를 맡았고 30대 서인기는 노인들 을 챙기기로 했다. 시민단체 활동가 배철우 역시 남성이었 는데, 일본 역사 전문가라고 했다. 그는 50대였다. 이들은 첫 번째 프로그램 때도 호흡을 맞추었다고 했다. 그땐 다른 언론사에서 2년 차 막내가 동행했는데 고도일보에서 이번 에 베테랑 기자를 보냈다며 좋아했다.

공항에서부터 노인들은 말이 없었다. 긴장한 듯했다. 이들의 멘트를 따는 게 나의 임무이기도 했지만 대화를 하며 긴장을 풀어드리고 싶었다. 얼추 내가 손녀뻘 되는 것 같았다. 벤치 끝자리에 앉아 있는 남성 노인에게 말을 걸었다. 눈을 마주치며 물었다. 바깥 날씨는 흐렸다.

"아버님. 동행취재를 하게 된 고도일보 송가을 기자인데요. 어디 불편하신 데는 없으시고요?"

노인은 몸 상태가 아주 좋으며 다만 약간 긴장될 뿐이라고 했다. 몸 상태가 아주 좋아 보이진 않았다. 오른손에 미세한 떨림이 보였다. 얼굴엔 검버섯이 잔뜩 나 있었다. 표정도 좋지 않았다. 창밖의 먹구름이 노인의 얼굴에 내려앉았다. 금방이라도 울어버릴 것 같았다. 그런 얼굴은 아이 같기도 하고, 노인 같기도 했다.

"실은…… 그때 아버지가 삿포로까지 배를 타고 갔다고 해요. 사흘이 꼬박 걸렸대요. 얼마나 열악한 상황이었으면 그렇게 오래 걸렸는지……. 그런데 여기 공항에 와서 들어보니까 두세 시간이면 일본에 바로 도착한다 하데요? 나는 이렇게 편히 갈 수 있는데 우리 아버지는 그때 일본에 끌려가며, 핏덩이였던 나 고국에 놔두고 힘겹게 가면서 어떤 생각을 했을까. 그 생각을 하니까 지금 마음이 참 그렇습니다, 기자 양반. 아버지께 너무나 죄송하고……."

총괄자 이도욱이 다가왔다.

"송 기자님. 출발부터 열심히 하시는 건 좋은데요. 이분들 벌써 울리시면 곤란합니다. 일본 가면 진짜 눈물을 많이 쏟으실 거라서요. 미리부터 기운 빠지시면 저희가 힘들어요. 보시다시피 워낙 고령이셔서요. 양해 부탁드립니다."

더 이상의 인터뷰는 진행하지 않았다. '쉬운 출장'이라며 가벼운 마음으로 왔던 게 미안해졌다. 우리는 함께 비행기를 탔다. 2시간 40분 만에 삿포로 공항에 도착했다. 공항 인근 숙소에 짐을 풀었다. 첫날은 쉬기로 했다. 여름이었는데도 삿포로의 날씨는 서늘했다.

다음 날 아침 우리는 20인승 미니버스에 함께 올라탔다. 첫 방문지는 폐탄광촌이었다. 삿포로 시내에서 두 시간가량 달려야 도착할 수 있었다. 버스에 속도가 붙자 시민단체의 배철우가 일어나 마이크를 잡았다.

"지금 가시는 곳은 일본 북부 지역의 작은 탄광촌인데요. 1940~1950년대 일본에서 군수물자가 많이 필요할 때 활성화됐던 곳이고요. 지금은 가보시면 아시겠지만 사람이 거의 살지 않습니다. 탄광촌이었는지도 알기 어려울 정도로 모든 게 정리돼버렸어요. 자, 30분쯤 더 가면 마을에 도착하니까요. 주무시는 분 계시면 서로 깨워주세요."

자는 사람은 아무도 없었다. 30분 뒤 버스는 한 마을 입구에 섰다. 버스에서 내리자마자 우리는 미리 준비한 모기 퇴치용 팔찌를 하나씩 팔에 찼다. 연두색 팔찌를 하나 찼을 뿐인데 방충망을 뒤집어쓴 것처럼 든든했다.

일이 층짜리 가옥 20여 채가 옹기종기 모여 있는 작은 마을이었다. 지금은 4개의 가옥에만 사람이 살고 있고 나머지는 다 폐가랬다. 비가 왔었는지 바닥은 젖어 있었다. 마을 입구에서 200미터 정도만 도로포장이 돼 있었다. 나머진 흙길이었다. 신발에 진흙이 덕지덕지 달라붙었다. 붉은색과 검정색이 섞여 있는 흙이었다. 나는 한 여성 노인의 손을 잡고 그를 부축하며 걸었다. 주민은 보기 어려웠다. 지나가는 개도 안 보였다. 15분 정도 걸어 들어가니 더 이상 가옥도 보이지 않았다. 다만 야트막한 높이의 돌산이 보였다. 돌산 한쪽에 지름 3미터가량의 구멍이 뚫려 있었는데 나무 판자로 막혀 있었다. 이곳이 한때 탄광 입구였다는 것은 설명 없이는 알기 어려웠다. 안이 어떤 모습인지 상상이 되지 않았다.

"여기가 이 동네 탄광으로 들어가는 입구였고요. 3년가량 운영된 것으로 기록이 남아 있습니다. 물론 강제 동원된 한국 인부가 누구였는지는 어느 기록에도 제대로 남아 있지 않고요. 죄송하지만 우리 선생님들 부친이 여기 계셨을 수도 있고 아닐 수도 있습니다. 그래도 한마음으로 같이 영혼을 위로해주시는 것으로 하고요. 이곳 탄광은 일본이 패전을 선언한 직후 폐쇄됐습니다. 마을도 보시다시피 그 뒤로 쇠락했고요. 버려진 땅이지요."

내가 부축하던 여성 노인이 탄광 입구 바로 앞으로 향했다. 땅이 어찌나 질척거리는지 한 발을 떼는 데 한참이 걸렸다. 노인은 나무판자 사이 아주 작은 틈에 자신의 눈 한쪽을 갖다 댔다. 다른 한쪽 눈은 손으로 가린 채 안을 가만히 들여다봤다. 안쪽은 그저 깜깜할 뿐 아무것도 보이지 않았다. 곧이어 노인의 작은 어깨가 들썩이기 시작했다.

"아이고…… 우리 아부지가…… 이런 데서 일했다는 것이여……. 이렇게 깜깜하고 좁은 곳에 갇혀 있었다는 것이여……. 우리 불쌍한 아부지……. 나를 그렇게 예뻐하셨다는디……. 이런 데서 얼마나 무서우셨을꼬……. 얼마나 집에 가고 싶으셨을꼬……."

눈물은 금세 전염됐다. 다른 노인들도 하나둘 울음을 터뜨렸다.

"아버지…… 아버지……. 불효자를 용서하십시오. 제가 이제야 왔습니다……."

"아버지…… 저 명석이어요. 막둥이가 여기 왔어요. 저도 이제 이렇게 머리가 하얗게 셌어요. 엄마가 그렇게 아버지를 기다리고…… 대문도 절대 잠그지 않고…… 우리가 평생을 그렇게 살았어요, 아버지……."

"아버지…… 엄마는 15년 전에 돌아가셨어요. 돌아가시면서도 아버지 얘기를 하셨어요. 시신이라도 찾아야 하는데 그걸 못 해서 어떡하냐고……. 낯선 일본 땅에 그렇게 비석도 없이 묻히게 해서 어떡하냐고……. 어디 계신 거냐고……."

수첩을 꺼내 노인들의 말을 옮겨 적었다. 툭, 툭, 툭. 수첩 위로 물이 떨어지며 글씨가 번졌다. 내 눈물인지, 미처 내리다 만 빗물이 한두 방울 떨어진 것인지는 나도 알 수 없었다. 이번 취재에 수성 펜을 들고 온 것은 실수였다는 생각이 들었다.

다 같이 눈물을 쏟아버린 뒤 우리는 돌산 뒤쪽의 평지로 향했다. 40대 공무원 김건석은 배철우와 한 달 전 이곳을 사전 답사했다고 했다. 이번엔 김건석이 설명을 맡았다.

"선생님들. 여기는 우리 정부가 강제 동원 피해자들 유해 발굴 사업을 일본 시민단체 협조로 진행할 때 작업했던 곳인데요. 이곳에 신원을 알 수 없는 유해 여러 구가 묻혀 있었고, 마을 사람들 증언으로는 탄광에서 일하던 한국인들 시신이라고 합니다. 바로 수습이 가능한 몇 구는 한국으로 보내졌고요. 현재도 발굴 작업이 진행 중입니다. 이건 아주 장기적인 작업인데 그 뒤로 원활히 진행되진 못해서요. 일본 정부가 협조적이지가 않아요. 아무튼 오늘은 여기서 첫 제사를 지내도록 하겠습니다."

30대 서인기는 준비해 온 제수용품을 깔기 시작했다. 질퍽거리는 진흙 위로 돗자리가 깔렸고 한국에서 공수해온 사과와 배, 대추, 명태포, 떡 등이 차례로 상 위에 올랐다. 아버지 사진을 보존해온 이들은 영정 사진처럼 액자에 넣어 와 앞쪽에 놓았다. 흑백사진 속 아버지들은 20대의 앳된 모습이었다. 노인들은 누가 시키지 않았는데도 여섯 명씩 두 줄로 서서 절을 했다. 굳은 표정이었다. 무릎에 진흙이 잔뜩 묻었지만 아랑곳하지 않았다. 몇몇은 엎드린 상태에서 쉬이 일어나질 못했다. 흐느끼는 소리와 함께 어깨가 심하게 들썩일 뿐이었다.

"아이고…… 아이고……."

"아버지…… 우리 아버지……. 사랑하는 우리 아버지……."

곧이어 사방에서 곡소리가 들려왔다. 수첩 위로 또다시

물방울이 떨어졌다. 글씨가 번질까 봐 연신 손으로 물기를 닦아내야 했다. 쉬운 취재일 거란 예상은 확실히 틀린 것이었다.

*

첫날 일정만으로도 노인들은 지친 기색이 역력했다. 저녁 6시, 우리는 삿포로 시내에서 겨우 찾은 한식당에서 김치찌개를 먹었다. 내 옆자리에 앉은 노인은 식사하다 말고 주머니에서 지갑을 꺼냈다. 지갑 안에는 아버지의 20대 사진과 자신의 20대 사진이 함께 들어 있었다. 아버지의 사진은 낮에 영정 사진 속에서 보았던 것과 같았다.

"기자님, 한번 보십시오. 닮았지요?"

진한 눈썹과 쌍꺼풀 있는 눈, 높지 않은 코가 두 사람이 틀림없이 부자 관계라는 것을 말해주고 있었다. 노인들은 저녁 7시부터 숙소로 들어가 휴식을 취했다.

이도욱은 김건석과 서인기 그리고 배철우에게 한잔하자고 제안했다. 그 제안은 내게도 전해졌다. 우리 다섯은 삿포로 시내에 있는 한 고깃집에 자리를 잡았다. 양고기를 파는 곳이었다. 맥주를 한 잔씩 시켰다. 분위기는 어두웠다.

낮의 여파인 듯했다. 이도욱은 이번이 두 번째인데도 감정적으로 참 힘들다고 했다.

"저분들 평생 힘들게 사셨잖아요. 그게 아버지를 잃어서 그리워하고의 문제뿐만 아니라, 경제적으로도 힘드셨더라고요. 졸지에 가장 없이 엄마 혼자 아이들 줄줄이 키우게 됐으니 얼마나 고된 시간들이었겠어요."

이도욱은 긴 한숨을 내쉬고는 말을 이어갔다.

"어떤 아버님은 그렇다고 자기 아버지를 미워할 수도 없고 그럼 일본, 그 썩을 놈들을 미워해야 하는데, 일본은 손에 잡히지 않으니까 대체 누구를 붙잡고 욕을 하고 주먹질을 할 수 있는 거냐면서 평생 마음에 불덩이를 이고 살아왔다고 하시더라고요."

이도욱의 눈시울이 붉어졌다. 옆에 앉은 김건석도 할 말이 많은 듯했다.

"일본 새끼들, 제대로 사과하는 것도 없고……. 저도 이 일 하기 전에는 그저 일본은 나쁜 놈, 그런 정도로만 알았는데 진짜 너무하더라고요. 이 프로그램 진행에 협조도 잘 안 해주고요. 진짜 이런 생고생이 없었죠. 화가 납니다."

이도욱이 다시 말을 받았다.

"지금 탄광에 강제 동원된 아버지들은 그나마 가족들

이 적극적으로 찾으려 하고 국가에 요구하고 했던 분들이 많아요. 그런데 위안부로 끌려가서 행방을 알기 어려운 분들도 계시다고요, 지금. 그분들 가족들은 목소리를 못 내오셨죠. 딸이 위안부로 갔다는 것 자체를 쉬쉬해야 했으니까요. 그분들 생각하니 또 분통이 터지네요."

배철우도 공감했다.

"맞습니다. 위안부 가족들은 '우리 딸 찾아달라'는 말도 제대로 못 한 분들이 많죠. 겨우 한국 땅을 다시 밟은 피해자분들도 사회적 편견 때문에 과거를 숨기고 숨죽이며 사신 분이 많아요. 그 와중에 미국 의회에 가서 증언하고 적극 활동하신 분들, 진짜 대단하십니다. 그분들을 혁명가라고 부르고 싶어요. 역사와 사회, 지독한 편견과 싸워온 혁명가죠."

말이 없던 서인기도 입을 열었다.

"노벨평화상 줘야 해요, 그분들. 너무 존경스럽습니다. 우리 프로그램을 확대해서 그분들 가족도 초대해보면 어때요? 위안부 피해자 버전으로 확대해보는 거죠."

이도욱은 "그거 참 좋은 아이디어다"라고 했다.

술이 들어가서인지 나도 한마디 보태고 싶어졌다.

"여성을 성적 대상화했던 역사적 폭력, 진짜 끔찍하죠.

특히 전쟁 국면에서 여성의 삶은 착취와 비극의 연속이었어요. 지금은 많이 달라졌다고 하지만 일상에서 여성들은 차별과 폭력을 완전히 없애기 위해 고군분투하고 있죠. 근데 쉽지 않더라고요."

이도욱은 크게 공감하는 듯했다. 눈시울은 더 붉어져 있었다.

"여성을 향한 성적 대상화, 딱 맞는 말이에요. 요즘도 나쁜 새끼들 너무 많습니다. 저도 딸을 키우고 있지만 나중에 사회에 내놓을 거 생각하면 걱정이 앞선다니까요. 그렇지만 포기하면 안 되고, 함께 열심히 투쟁해야죠. 같이, 한 번 해보시자고요."

배철우가 끼어들었다. 그의 눈도 촉촉해져 있었다.

"하…… 눈물이 나네요, 눈물이. 이 대목에서 왜 노래 한 곡조를 뽑고 싶어지죠? 제가 노래를 좋아해가지고. 이 상황에선 뭐가 좋을까. 〈아리랑〉 같은 거? 일본 삿포로 한복판에서 〈아리랑〉을 부르면 안 어울리려나. 일본 놈들 다 들으라고 큰 소리로 불러보고 싶은데……. 그리고 나서 외쳐보면 어떨까요? 강제 동원해서 탄광에 박아 넣은 사람이나, 감히 위안부로 삼은 우리 누나들이나 다 니들이랑 똑같이 소중한 사람이었다고."

이도욱은 노래는 부르지 않는 게 좋겠다고 했다.

"여긴 사람들이 너무 많고요. 다 일본 사람들이잖아요. 나중에 한국에 가면 부르시죠. 기회를 드리겠습니다. 송 기자님도 한국에서 자리 한번 같이 하시죠. 오늘 밤 이 감정은 돌아가서도 두고두고 생각날 것 같군요."

*

이튿날 아침 우리는 다시 미니버스에 올랐다. 이번 목적지는 삿포로 시내에서 어제 갔던 탄광과는 반대 방향으로 두 시간 떨어진 곳이었다. 대형 공동묘지였다. 한국인 피해자들이 대거 묻힌 곳이라고 했다. 이날은 날씨가 개어 화창했다.

삿포로 시내를 벗어나니 창밖 풍경이 달라졌다. 첫날과 달리 다소 여유를 찾은 것인지 풍경이 이제야 눈에 들어왔다. 키가 크지 않은 나무들이 많이 보였다. 꼭 휴대전화 이모티콘에 등장하는 나무 같았다. 어떤 나무는 세모난 게 꼭 '수박바' 아이스크림 모양이었다. 달걀처럼 동그란 나무도 있었다. 정원사가 손질한 게 아닐 텐데 자연 그대로 눈이 부시게 아름다웠다. 완벽한 풍경이었다. 좀 더 가다 보니 보라색과 분홍색, 노란색의 꽃밭이 펼쳐져 있었다. 끝이 보이지 않을 정도로 넓었다. 천국에 누군가가 밭을 만든다면 아마도 이렇게 생겼을 것 같다는 생각이 들었다. 꽃들은 화려하면서도 은은한 색감을 띄었다. 햇빛을 받아 반짝거리는 게 환상적이었다. 버스에서 노인들은 오늘도 말이 없었다. 그저 창밖 풍경을 바라볼 뿐이었다. 내가 저들이라면 '세상에 이렇게 아름다운 게 많은데 우리 아버지들은 제대로 다 보지도 못하고 돌아가셨구나' 싶어 마음이 많이 아플 것 같았다.

버스가 멈춘 곳은 큰 규모의 공동묘지 앞이었다. 얼핏 보기에도 비석이 100개는 넘어 보였다. 인근 서너 개의 마을에서 함께 사용하는 묘지라고 했다. 마을과 마을 사이에 철도가 깔리면서 수백 명의 한국인이 강제로 동원됐다고 했다. 철도를 까는 일은 위험하고도 어려운 일이어서 많은 이들이 짧은 시간 안에 다치거나 숨졌다고도 했다. 배철우의 설명이었다.

"그때마다 숨진 노역자들을 이곳에 묻었다고 하고요. 안타깝게도 비석이 마련된 묘지는 이곳 현지인들 것이고, 한국인의 경우 여기에 많이 묻혔다는 사실만 전해져올 뿐 어디에 누가 묻혔는지 정확히 기록이 남아 있는 게 없습니다."

　노인들의 팔에는 다시 한번 모기 퇴치용 팔찌가 채워졌다. 잘 관리가 되지 않는지 묘지 사이에 풀이 높게 우거져 있었다. 키가 큰 꽃들도 여기저기 피어 있었다. 노란 꽃이 많았다. 팔찌를 찼는데도 모기가 주변을 떠나지 않았다.

　"일본은 모기도 독하구면."

　한 노인이 제 손등 위 모기를 쳐내며 말했다.

　"공무원 양반. 우리는 그럼 어느 묘비 앞에서 제사를 지내야 하는 거요?"

　다른 노인이 말했다.

　"저희가 저번에 사전 답사를 왔을 때 일본 시민단체의 도움으로 작은 위령비를 하나 마련해두었습니다. 제일 안쪽에 있는데요. 오늘 제사는 거기서 지내시게 될 겁니다. 좀 더 가시죠."

　이도욱이 답했다.

　한참을 걸어 공동묘지 끝에 도착했을 때 누가 봐도 만든 지 얼마 안 돼 보이는 묘비를 발견할 수 있었다. 내 가슴 높이 정도 되는, 크지 않은 묘비였다. 묘비엔 '재일 강제 동원 대한민국인 위령비'라고 한자로 적혀 있었다. 일본 시민단체가 돕지 않았다면 이것조차 만들 수 없었을 것이라고 했다. 소수지만 일본인 중에도 강제 동원 피해자를 도우려는 이들이 있었나. 반면 일본 정부는 진상규명과 피해자 지원에 소극적이었다.

서인기는 다시 한번 돗자리를 깔았다. 제수용품들이 상위에 놓였다. 노인들은 이제 알아서 두 줄로 자리를 잡았다. 절을 했다. 당신들의 아버지가 과연 이곳에 묻혔는지 아닌지도 알 수 없고, 확률상 이곳에 묻혀 있을 가능성은 매우 낮음에도 노인들은 온 힘을 다해, 천천히 절을 했다.

"아이고…… 아버지……."

"아버지…… 우리 불쌍한 아버지……."

한참이 지나도 곡소리가 잦아들지 않았다. 첫 번째 제사 때보다 더 커진 것 같았다.

숙소로 돌아간 노인들은 금세 잠이 들었다. 2박 3일의 일정이 고된 모양이었다. 공무원들과 나도 오늘은 일찍 잠자리에 들기로 했다. 다음 날 아침 일찍 공항으로 이동해야 하기 때문이었다. 호텔 침대에 누워 있는데 갑자기 한국에 있는 아빠 생각이 났다. 평소 연락도 잘 안 하다가 이렇게 일본에 와서야 떠올리게 되는 게, 내가 생각해도 어이없고 웃겼다.

아빠에게 카카오톡을 보냈다. '나는 출장 와서 잘 있다. 내일 아침 비행기로 돌아간다. 건강 잘 챙기시라' 따위의 무의미한 메시지였다. 전송 버튼을 누르기가 무섭게 메시지 창에 숫자 '1'이 사라졌다. 바로 확인한 모양이었다. 아빠는 '자랑스러운 우리 딸. 건강히 조심히 잘 돌아오라'고 답장을 보내왔다. 아빠를 바로 보지 못하는 건 이곳 일본에서나 한국에 돌아가서나 마찬가지였다. 나는 서울에 혼자 살고, 아빠는 고향 집에 있기 때문이다. 그럼에도 비행기가 한국에 당도하고 내 두 발이 한국 땅을 밟게 되면 그 진동이 그대로 고향 집에까지 전달될 수 있을 것 같았다. 빨리 한국에 돌아가 '쾅' 하고 땅을 밟고 싶어졌다.

이날 밤 꿈에는 키가 큰 노란 꽃들이 나왔다. 꽃들 사이로 낡고 오래된 묘비들이 보였다. 낡고 오래된 묘비들 사이에 홀로 반짝이고 있는 새 묘비가 나타났다. 노란 꽃 어디에선가 노란 나비가 튀어나와 날아다녔다. 언젠가 고열을 앓았을 때 눈앞에 나타났던 바로 그 나비였다. 아마 중학생 때였을 것이다. 땀을 뻘뻘 흘리던 내가 밤새워 횡설수설하던 와중에 '노란 나비'라는 단어만큼은 또렷하게 뱉었다는 게 아빠의 얘기였다. 그날 아빠는 한숨도 자지 못하고 나를 간호했다. 노란 나비는 알록달록한 삿포로의 들판을 한참

배회하다 결국 공동묘지로 돌아왔다. 새 묘비 위에 앉았다.

*

　뒤풀이하자는 연락은 김건석으로부터 왔다. 한국에 돌아와 기사를 한 바닥 쓰고 이틀이 지난 뒤였다. 어르신들 제사를 취재한 르포 기사는 사회면 톱기사로 작지 않게 실렸다. 기사는 이렇게 시작됐다.

　「낯선 땅 삿포로의 탄광 입구에서 노인들은 굳은 표정으로 침묵을 지켰다. 백발 노인들은 절을 하기 위해 엎드린 뒤 쉽게 일어나지 못했다. 곧이어 통곡이 삿포로 하늘을 가득 채웠다⋯⋯.」

　"기사를 잘 써주셔서 만족도가 높았어요. 대변인실에서도 이 정도면 기사가 잘 나간 거라고 하고, 무엇보다 어르신들이 기자님께 정말 고마워하셨습니다. 한국 왔으니까 한국식으로 소주에 삼겹살 어떠십니까? 회포 풀어야죠."
　김건석의 제안을 거절할 이유가 없었다. '취재할 때뿐만 아니라 취재를 마친 뒤에도 종종 연락하고 만나며 취재원을 관리해야 한다'는 선배 장민수의 충고를 나는 기억하고 있었다.

　사흘 뒤, 서울시청 뒤편의 삼겹살집에 우리는 모였다. 서인기, 김건석, 이도욱과 배철우까지 모두 참석했다. 우리 다섯은 별 탈 없이 출장이 마무리되고 기사도 잘 나가게 된 것을 자축했다. 그사이 동지애 같은 게 생긴 듯했다. '소맥' 폭탄주를 몇 바퀴 돌렸다. 각자 여덟아홉 잔쯤 마셨다. 알딸딸한 게 기분이 좋았다. 그때 하나 생각난 게 있었다.

　"그때 삿포로 고깃집에서요. 이 프로그램을 확대해서 위안부 피해자 가족분들께도 기회를 드리자, 그런 얘기 나오지 않았나요? 진짜 추진해보시는 건 어떨까요?"

　내 말에 서인기는 활짝 웃으며 화답했다.

　"제가 그랬죠! 제가 냈던 아이디어입니다. 진짜 실행되면 좋을 것 같아요. 계속 같은 버전으로 프로그램을 운영하면 사실 기사도 비슷비슷하잖아요. 홍보에도 한계가 있고……. 정말 해보면 어떨까요?"

　이도욱도 마음에 드는 모양이었다.

　"좋소! 위안부 피해자들은 정말 잊혀서는 안 되는 존재예요. 그리고 폭력은 여전하잖아요. 여성들이 잘 사는 세상,

우리 딸을 생각해서라도 만들어야죠. 서 주무관이 한번 기획안 올려봐. 도지사님도 찬성하실거야. 우리 그런데 점점 일이 많아져서 어떡하지? 그래도 이건 나라를 위한 일이고, 인류의 화해와 치유를 위한 일이니까! 자부심 가지고 해보자고! 하, 오늘 참 기분이 좋네요."

취기가 한껏 오른 뒤 우리는 노래방에 가기로 했다. 이도욱은 배철우가 삿포로에서 노래를 부르지 못했던 걸 언급하며 "노래 부르게 해드리겠다는 약속을 오늘 꼭 지키겠다"면서 우리를 노래방으로 안내했다. 배철우는 "그럼 2차에 가서 〈아리랑〉을 기필코 부르고야 말겠다"고 했다. 삼겹살집 바로 옆 건물 2층에 노래방이 있었다. 한 시간짜리 룸을 하나 잡았다.

나는 노래방 소파에 가방을 내려놓고 화장실로 향했다. 볼일을 보고 거울을 보는데 두 볼이 발그레 달아올라 있었다. 술을 좀 깨고 가야지 싶었다. 찬물로 볼을 적셨다. 술 때문에 속은 쓰렸지만 기분이 좋았다. 좋은 사람들을 만난 것 같았다. 이제 나도 어느 정도 베테랑 기자가 되었고 좋은 사람을 알아볼 안목이 생겼으며 그런 사람들을 만날 기회도 늘어난 것 같았다. 이렇게 좋은 취재원들이 쌓여가는 게 기자 생활의 큰 기쁨이란 생각이 들었다. 〈아리랑〉……. 좋아하는 노래는 아니지만 배철우와 함께 '떼창'을 한번 해보는 건 어떨까. 손을 씻고 노래방 룸으로 향했다. "아리랑~아리라앙~" 입에서 노래가 절로 흥얼거려졌다.

방문을 열었다. 순간 두 발이 땅바닥에 붙어버렸다. 말이 안 나왔다. 소리를 지를 수도 없었다. 몸이 그대로 굳어버렸다. 문을 밀기 위해 폈던 팔을 다시 접을 엄두도 나지 않았다.

노래방 룸 안에서 이도욱과 배철우는 각각 도우미 여성을 한 명씩 껴안고 블루스를 추고 있었다. 그러니까 이들은 내가 화장실에 다녀오는 사이 여성 두 명을 불러 접대 도우미로 삼고 있었던 것이다. 정신이 없어서 도통 무슨 노래인지 알아차리진 못했지만 〈아리랑〉은 분명히 아니었다. 이도욱과 배철우는 몸을 여성들에게 밀착시킨 채 흐뭇한 표정을 짓고 있었고 서인기는 소파에 앉아 무심한 표정으로 두 50대 남성의 블루스를 바라보았다. 김건석은 노래방 책자를 뒤적이느라 바빴다.

춤을 추던 이도욱과 눈이 마주쳤다. 문을 닫지도 않은 채 그대로 뛰쳐나왔다. 계단을 빠른 걸음으로 내려와 1층에 도착했다. 빨리 택시를 타야 했다. 너무 당황해, 당장 이곳을 떠야겠다는 생각밖에 들지 않았다. 택시를 기다리는 그 짧은 순간 별생각이 다 떠올랐다. 돌아가서 물 한 바가지를 끼얹어주고 와야 하는 것 아닌가? 나름 베테랑 기자인 내가 이대로 도망치듯 현장을 떠나버리는 건 영 자존심이 상하는 일 아닌가? 위안부를 걱정하고 여성의 성적 대상화를 비판하던 자들이 대체 뭐 하는 짓이냐고 제대로 한 소리 해주고 왔어야 했던 것 아닌가?

그때, 뒤에서 남성의 목소리가 들렸다. 이도욱의 목소리였다. 마침 택시가 잡혔기에 돌아볼까 말까 망설여졌다. 그런데 여기까지 쫓아온 걸 보면 사과를 하려는 게 틀림없었다. 사과하면 바로 받아줘야 하나 고민이 됐다. 짧은 시간 안에 자신들의 잘못을 깨우쳤으니 받아주긴 해야겠다는 생각이 들었다. 그래야 집에 가서 마음이 편할 것 같았다. 물론 사과를 받아주더라도 유감 표시는 적극적으로 해야겠다고 생각했다. 그것이 베테랑 기자라면 마땅히 해내야 할 적절한 대응 같았다.

'다른 여자 후배들도 나중에 이런 일을 당할 수 있잖아. 내가 똑 부러지게 처리해서 선례를 남기자. 잘 대처해서 후배들에게 경험담을 얘기해주자. 이제 후배들이 많잖아. 자, 당황하지 말고 일단 사과를 받되, 경고를 확실하게 하

고…….'

뒤를 돌아봤다. 그러자 이도욱이 말했다.

"송 기자님, 가방! 여기 가방 놓고 가셨어요. 가방 가져 가셔야죠. 그럼 조심히 들어가시고요! 아, 아까 그 위안부 프로그램 진행하게 되면 연락드리겠습니다!"

14.
북한 여공

"홀어머니 두고 시집가던 날…… 칠갑산 산마루에…… 울어주던…… 산새 소리만…… 어린 가슴속을 태웠소……."

거대한 회색 철문의 손잡이를 돌렸다. 철컥. 문틈 사이로 하얀 형광등 빛이 새어 나왔다. 빛과 동시에 노랫소리도 흘러나왔다. 아무 소리도 나지 않고 그저 엄숙할 줄 알았는데 아니었다. 굳이 노래가 들려온다면 북한의 혁명가요 따위가 들려올 것 같았는데 그것도 아니었다. 공장을 가득 메운 소리는 1989년 대한민국을 휩쓸었던 노래 〈칠갑산〉이었다. 드드드드드드……. 노래 사이사이로 미싱 소리가 들려왔다. 문틈을 벌리고 내 몸을 밀어 넣었다.

이곳은 중국 연변의 대형 공장. 2, 30대 여성 230명이 쉴 새 없이 미싱을 돌리는 곳이다. 여성들은 해외 유명 브랜드 블라우스에 자수를 박는다. 1970~80년대 한국에서 흔히 보았던 '여공'과 다를 바 없는 모습이다. 특이한 점은 이들의 국적이 조선민주주의인민공화국이라는 것이다. 이들은 북한 사람이다. 중국 외화를 벌기 위해 북한이 중국 접경 지역에 파견한 노동자들이다.

'북한 여공의 중국 외화벌이' 아이템은 탐사보도팀의 오래된 취재거리였다. 내가 이 팀에 오기 전부터 기획회의 테이블 위에 여러 번 올라왔다고 했다. 그러나 아무도, 도무지 엄두를 내지 못했다. 북한의 철통같은 보안 속에 한국 기자가 공장 안에 발을 딛는 것 자체가 불가능할 것이라 여겨졌기 때문이었다. 그사이 중국, 일본 언론들은 북한 여공의 중국 파견이 증가하고 있다며 보도를 늘려왔다. 대부분 중국 고위당국자의 워딩을 인용한 기사였다. 중국인인 공장 주인들이 싼 인건비와 야무진 손 기술 때문에 북한 여공의 파견을 선호한다는 내용도 있었다. 공장 주인들은 해외 브랜드로부터 OEM 물량을 받아 옷과 신발 따위를 완성해 전 세계에 납품하고 있었다. 외신 보도에 따르면 북한 파견

노동자의 인건비는 월 1500위안 정도로 중국인의 절반에 불과했다.

탐사보도팀장은 "이 취재, 더는 못 미루겠다"고 했다. 그리고 선택된 게 하필 나였다.

"기자라고 밝히고 가면 공장 안은 물론 근처에도 못 가 볼 텐데……. 네가 가면 아무래도 딱 또래 여성 근로자들을 취재하는 거니까 접근이 자연스러울 것 같다."

그러면서 일단 가보라고 했다. 내켜 하지 않는 내 표정을 읽었는지 팀장은 이렇게 말했다. "물론, 실패해도 좋아. 일단 시도하는 데 의미를 두자고." 실패해도 좋다……. 신문사 입사한 뒤 처음 듣는 소리였다. 보통은 '무조건 해 와' 였다.

"실패해도 좋다, 실패해도 좋다……." 이 말을 되뇌며 비행기에 몸을 실었다. 휴대전화 전원을 끄기 직전 카카오 톡 메시지가 도착했다. 선배 장민수였다. 장민수는 나와 함께 법조팀을 나온 뒤 정치부로 옮겼다. 입사 뒤 나는 처음 으로 장민수와 다른 부서에서 일하게 됐다. 그 뒤로 전처럼 자주 보지 못하는 게 아쉬웠다. 정치부에 간 장민수는 더 바빠진 것 같았다. 서로 통 연락을 하지 못했다. 이번 메시 지는 의외의 것이었다.

'송! 너 연변 가서 북한 사람들 취재한다며. 그거 생각보다 만만찮고, 안전한 취재가 아닐 수 있어. 거기까지 회삿돈으로 갔으니 뭐라도 성과 내야 한다는 생각에 무리하지 말고. 네 안전이 가장 우선이니까 부담 갖지 말고 그냥 되는 만큼만 하고 와. 정신없을 테니 답장 안 보내도 됨.'

연변에서 공장단지를 찾는 것은 비교적 쉬웠다. '북한 여공 공장'을 찾는 것도 어렵지 않았다. 주변 중국인들에게도 그곳은 특이했다. 아침 7시면 숙소에서 여성들이 나와 바로 옆 공장으로 이동하는데 꼭 두 명씩 열 줄로 스무 명이 줄지어 다녔다고 했다. 점심시간이면 다시 스무 명씩 나와 역시 줄지어 숙소로 들어갔다. 개별 이동이 통제된 채 꼭 군인처럼 단체로 다니는 모습이 주위의 눈에 띌 수밖에 없었다. 공장단지의 중국인들은 하나같이 대형 의류 공장을 지목했다. 2층짜리 회색 건물이었다. 창문은 없었다.

건물 앞에 도착한 나는 일단 철문 손잡이부터 돌렸다. 한국에서 온 기자라고 하면 바로 쫓겨날 게 뻔했다. 일단 '일자리를 알아보러 온 조선족'이라고 할 요량이었다. 비행기에서부터 머리를 짜내며 생각해낸 계획이었다. 사실 말도 안 되는 계획이었지만 달리 다른 선택지가 없었다.

회색 철문이 등 뒤에서 닫혔다. '쿵' 소리가 났다. '왜 신문사에선 나를 이 위험한 곳에 보낸 것일까' '여기 갇혀서 소리 소문 없이 죽는 건 아니겠지' 별생각이 다 들었다. 다행히 아무도 나를 쳐다보지 않았다. 아직 나의 진입을 알아차리지 못한 듯했다. 음악 소리가 매우 컸다. 드드드드드드…… 미싱 소리도 만만치 않았다.

공장의 천장은 높았다. 한눈에도 3층 높이는 돼 보였다. 천장에는 길쭉한 형광등이 빈틈없이 매달려 있었다. 공장 안은 눈이 부실 정도로 환했다. 창문은 없었다. 안에만 있으면 밖이 낮인지 밤인지 알기 어려웠다. 맑은지 흐린지도 알 수 없었다. 축구장처럼 넓은 바닥에 작업대 200여 대가 놓여 있었다. 그 위엔 미싱 200여 대가 놓였다. 바닥에는 동선을 표시하는 스티커가 질서 정연하게 붙어 있었다. 구석에는 나선 모양의 계단이 보였다. 계단을 따라 올라가면 2층 높이에 사무실로 보이는 공간이 마련돼 있었다. 안에 사람이 있는지까지는 알아차리기 어려웠다.

작업대는 두 팔을 벌린 정도의 너비였다. 작업대 한 곳마다 여공이 한 명씩 질서 정연하게 앉아 있었다. 그들은 쉴 새 없이 손을 움직였다. 여공들은 모두 자주색 투피스를 입고 있었다. 칼라가 있는 윗옷에 정장 바지 차림이었다. 머리에는 흰색 천을 두르고 있었다. 하나같이 단정했다. 여공들의 모습이 어찌나 정갈한지 내가 해외 브랜드 사장이어도 이들에게 일감을 맡기고 싶을 것 같았다.

"무슨 일이십네까?"

그때였다. 오른쪽 구석에서 한 남성이 나타났다. 위아래로 남색 투피스 차림이었다. 몸집은 작았지만 몸이 단단해 보였다. 그는 미간을 한껏 찌푸린 채 나를 노려보았다. 한국에서 사전 취재를 했을 때 한 탈북자가 해준 조언이 생각났다. 4년 전 연변 공장에서 일한 적이 있는 여성이었다. 그는 공장을 탈출했다. 우여곡절 끝에 한국에 온 이였다.

"거기 공장에 남성 관리인들이 있습니다. 딱 보면 아실 거예요. 여성 스무 명이 보통 한 조고, 남성 관리인은 3개조, 그러니까 육십 명당 한 명씩 붙습니다. 여성들이 공장밖으로 나가 저처럼 탈북자가 되거나 딴짓을 하는 것을 감시하기 위한 인력이죠. 그들은 매의 눈을 가진 자들입니다. 싸움도 잘하고, 무서운 사람들이에요. 맨손으로 사람도 죽여봤다고 하더라고요. 공장 안에 들어가시면 여공들이야 일하느라 바쁠 거고 그 사람들을 제일 조심해야 합니다."

남성은 두 눈을 치켜뜨고 나를 위아래로 훑어보기 시작

했다. 끝자리에 있던 여성들 서넛이 일손을 멈추고 이쪽을 바라봤다. 나를 걱정스러워하는 표정이었다. 자기들끼리 귀엣말을 하는 모습도 보였다. 정신을 똑바로 차려야 했다. 여러 차례 생각하고 대비했던 바로 그 순간이었다.

"아, 여기에 일자리를 알아보러 왔습니다. 저는 조선족인데요. 한국에서 일하다가 비자 문제로 연변 고향에 돌아왔는데 중국에서 일자리 구하기가 쉽지 않아서요. 듣기로 여기서 저처럼 한국말 잘하는 여성들이 우대받으며 일한다 하데요?"

남성은 고개를 갸우뚱했다. 일손을 멈추는 여성들이 늘어났다. 여기저기에서 웅성거리는 소리도 들렸다. 공장에 단 한 발만 들였을 뿐인데 이대로 쫓겨날 것인가. 그럴 순 없었다. 다시 입을 열었다.

"사장님 한 번만 만나게 해주시면 안되겠습니까? 제가 저기 저 언냐들보다 손재주가 아주 좋습네다. 한국말도 이렇게 잘하고요. 한 번만 부탁드리옵네다."

조선족 말투인지 한국 말투인지 북한 말투인지 알 수 없는 말투였다. 나도 모르게 아무 억양이나 뱉어대고 있었다. 손끝이 달달달 떨리는 게 스스로에게도 느껴졌다. 들키지 않으려 뒷짐을 지었다. 식은땀은 나지 않았다. 계절이 가을인 게 다행이라면 다행이었다. 남성이 입을 열었다. 여전히 나를 경계하는 듯한 표정이었다.

"그것은 나의 소관이 아닌데⋯⋯. 여기서 잠시 기다리시라요. 어디 가지 마시고요."

남성은 2층 계단으로 향했다. 남성이 움직이자 이쪽을 바라보던 여공들은 재빨리 고개를 숙여 다시 미싱에 집중했다. 남성과 눈을 마주치지 않으려 애쓰는 것 같았다. 남성은 요란스럽게 계단을 밟더니 사무실 안으로 쏙 들어갔다. 이때다 싶었다. 맨 끝자리에 있는 여공에게 얼른 다가갔다. 그는 미싱을 멈추지 않은 채 나와의 대화에 응했다.

"언니, 안녕하세요? 제가 일자리를 알아보러 왔는데요."

"네. 근데 어려우실 텐데요. 여긴 다 한 소속이라서요."

"실은 알고 왔습니다. 다들 북한에서 오신 거죠?"

"네."

"북한 어디요? 개성?"

"아뇨. 저는 평양요. 거의 평양 사람들이 많아요."

"가족들은 다 거기 계시고요?"

"그럼요."

"가족들 보고 싶겠다. 언니들……."

"보고 싶죠."

"여기 일은 안 힘들어요?"

"힘들죠. 그래도 다 가족들 생각해서 열심히 하는 거죠."

"여기서 일하면 가족들한테 도움이 많이 돼요?"

"그럼요. 내가 다 먹여 살리고 있는데요."

"그렇구나. 멋지다."

"고향에서 다들 여기 오려고 줄 서 있습네다. 아무리 봐도 이만한 벌이가 없거든요."

"그럼 뽑혀 오신 거네요?"

"그럼요. 아무나 못 옵네다. 집안 좋은 사람들이 많이 오죠. 저희 집은 아니지만."

"네. 근데 혹시, 몇 살이세요? 나이 이런 거 물어봐도 되나……."

"저요? 스물셋입네다."

"앗, 진짜? 나는 서른둘인데……."

"네? 서른둘요?"

여공은 나를 힐끔 쳐다보더니 말을 이어갔다.

"그렇게 안 보이는데……."

"네. 근데 30대예요. 하하."

"그럼 우리 조장 언니랑 나이가 같네요."

"조장 언니요?"

"저쪽에 저 단발머리……."

"그러고 보니 다들 저보다 어려 보여요."

"거의 다 20대입네다. 스물셋, 스물넷. 다 또래들이에요. 언니는 언니 중에서도 왕언니네요."

"언니라는 말 좋네요. 하하."

한참 대화를 나누다 2층 사무실을 올려다봤다. 사무실은 컨테이너 박스를 개조한 것이었는데, 위쪽에 커다란 창이 나 있었다. 창문을 통해 1층의 여공들을 한눈에 내려다볼 수 있는 구조였다. 창문 안쪽으로 아까 관리인 남성의 뒷모습이 보였다. 그는 뒷짐을 지고 서 있었다. 자세히 보니 그 앞에 누군가의 머리 윗부분이 보였다. 벗겨진 머리였다. 사무실 안에 누군가 앉아 있었던 모양이었다. 곧이어 머리의 주인이 자리에서 일어나 제 모습을 드러냈다. 60대로 보이는 남성이었다. 거구였다. 거구 남성은 창문 쪽으로 걸어오더니 나를 내려다봤다. 우리는 5초가량 서로를 응시했다. 〈칠갑산〉 노래는 끝난 지 오래였다. 여전히 어떤 노래가 공장을 가득 메웠다. 귀를 기울여보니 이번엔 〈돌아와요 부산 항에〉였다. 나는 그에게 씩 하고 미소를 지어 보였다. 왠지 그래야 할 것 같았다. 입술이 파르르 떨렸다.

관리인 남성은 나를 2층 사무실로 안내했다. 사무실에는 테이블과 소파가 놓여 있었다. 거구 남성과 나는 소파 옆자리에 나란히 앉았다. 거구는 관리인에게 내려가보라고 손짓했다. 두 사람 사이에 묘한 긴장감이 느껴졌다. 관리인이 자리를 뜨자 거구는 나를 향해 입을 열기 시작했다.

"내가 여기 사장이오. 그런데 일자리를 알아보러 왔다고?"

뜻밖에 한국말이 들려왔다. 사전 취재 때 공장 주인들은 다 중국인이라고 들었다. 그렇다면 이 사람은 중국 국적의 조선족인가 싶었다. 만약 맞는다면 정말 낭패였다. 조선족 출신이라는 나의 위장이 쉽게 들통날 수 있기 때문이다. 최대한 말을 줄여야겠다고 생각했다.

"네? 네."

"내가 여기서 2년 넘게 공장 운영하면서 이렇게 혼자 찾아온 사람은 한 번도 없었는데? 내가 하도 이상하고 신기해서 한번 보기나 하자고 했소. 대체 어떻게 여길 찾아온 것이오? 신문에 광고를 낸 것도 아닌데 말이야."

"여기가 중국 공장인데도 한국말 하는 여공들이 많다고 해서 왔습니다. 한국말 하면 다른 공장보다 취업이 잘 된다고요."

"그니까 그쪽은 조선족이라고?"

"네? 네. 맞습네다."

조선족 말투로 대답해보았다. 내가 들어도 어색했다.

"한국말 여공 어쩌고 그런 얘기는 어디서 들었고? 그거 큰일 날 소리인데……."

순간 뒷목 어딘가가 '쭈뼛'했다. 예상치 못한 질문이었다. 바로 대꾸를 못 하고 있는데 거구, 아니 사장이 바지 주머니를 뒤적거렸다. 담배를 꺼내더니 불을 붙였다. 꽉 막힌 컨테이너 안에 연기가 퍼져나갔다. 다행히 내게 생각할 시간을 벌어주었다.

"그게요. 사촌 오빠가 근처 공장에서 일하는데 여공들이 같이 왔다 갔다 하는 걸 봤다고 합니다. 그런데 한국말 하는 걸 들었나 봐요. 제가 한국에서 전에 돈을 많이 벌었는데 비자 때문에 고향에 돌아와서 계속 놀고 있으니까 그 꼴을 못 보겠나 싶었는지 이 공장에 한번 가보라고 하더라고요. 한국말 하는 사람들 공장 같으니 너가 가면 취업 잘 될 수도 있다면서. 제가 하루라도 노는 걸 못 본다니까요."

담배 연기를 내뿜던 사장이 갑자기 큰 소리로 웃기 시작했다. 껄껄거리는 소리가 1층 여공들에게까지 들릴 것 같았다. 정확히 어느 대목이 그의 웃음 포인트를 건드렸는지는 도무지 알 수 없었다.

"이거 참 재밌는 젊은이일세. 그래, 올해 몇 살이고? 미싱 일은 전에 해봤고? 아이고. 내 정신 좀 봐. 차 한 잔을 그래도 드렸어야 했는데 말이야."

사장은 사무실 구석의 정수기 쪽으로 천천히 걸어갔다. 정수기 옆에는 종이컵과 커피가 놓여 있었다. 커피 포장이 왠지 익숙했다. 노란색의 저것은……. 맥심! 바로 맥심 모카골드였다! 모카골드가 연변 북한 여공 공장 2층 컨테이너 사무실 구석에 놓여 있을 줄은 상상도 못 했다. 노란 모카골드를 맞닥뜨리니 갑자기 마음이 편해졌다. 그렇게 반가울 수가 없었다.

사무실 구석구석을 살펴봤다. 그러고 보니 한국 물건들이 꽤 보였다. 청소기가 놓여 있었는데 삼성 제품이었다. 오디오에는 LG 마크가 새겨져 있었다. 그 옆으로는 CD 케이스 몇 장이 놓여 있었다. 맨 위 케이스에는 'VoL. 1 주병선 앵콜 무대'라고 적혀 있었다. 그가 CD를 틀면 스피커를 통해 공장 전체로 음악이 퍼지는 것이었다. 음악 선택권은 오직 사장에게만 있었다. '〈칠갑산〉이 주병선 노래인가 보구나.' 연변에 와서야 처음 알게 된 사실이었다.

사장은 두 번째 담배를 꺼내 물었다. 연기를 내뿜으며 말했다.

"한국에선 어디서 일했어요? 서울? 경기도? 실은 내가 한국인이거든. 조선족들은 한국에서 주로 식당 일을 많이 하긴 합디다만."

"네? 중국 공장인데 한국인이 사장이라고요?"

"그렇다니깐. 한국에서 한국 사람 많이 봤으면 알 거 아니야. 나는 누가 봐도 한국인인데. 오랜만에 한국에서 온 사람을 만나니까 반갑구먼."

"네……. 저는 한국 여기저기……."

"근데 조선족 말투도 아니고 말이야. 영 이상한데 말이야."

또다시 '쭈뼛'했지만 처음보다는 덜했다. 한국인이라니 왠지 마음을 놔도 될 것 같았다. 심지어 이제라도 고도일보 기자라고 털어놔도 될 것 같았다. 이곳에 처음 발을 디뎠을 때만 해도 '혹시 중국 사장이 북한 관리인과 짝짜꿍해서 나를 중국 공안이나 북한 쪽에 넘겨버리면 어쩌나' 하는 걱정이 앞섰는데 이제 놔버려도 될 것 같았다.

"사장님, 실은 제가 사정이 있어가지고요. 실은…… 말씀드릴 게 있는데요."

"하하. 내 이럴 줄 알았어. 처음부터 딱 봐도 이상했다니깐? 내가 그래서 일부러 보자고 한 거야. 당신 조선족 아니지? 그럼 뭐야. 혹시 미우패션에서 온 거 아니야?"

미우패션은 유럽에서 꽤 유명한 의류업체다. 여기서 미우패션이 왜 등장하는지 어리둥절했다.

"이거 확실히 냄새가 나는데……. 거기서 요즘 중국에 직접 공장을 운영하려고 한다며. 중국인 사장들에게 일감 안 맡기고, 그 중간 대금 좀 아껴보겠다고……. 그래서 이 동네 미싱 공장들 상황 어떤지 조사하러 온 거 아니야? 스파이처럼? 어?"

나는 미우패션 직원은 결코 아니며 그렇다고 조선족도 아니라고 털어놓았다. 그는 손목시계를 보더니 지금은 바이어와의 약속이 있어 공장을 떠나야 한다고 했다. 그러면서 다시 만날 생각이 있으면 저녁에 연변 시내에서 보자고 제안했다.

"단, 조건이 있어. 솔직히 얘길 해야 한다고. 대체 젊은 사람이 뭔 속셈인지는 모르겠지만. 더 이상 거짓말은 안 돼."

나는 좋다고 했다. 우리는 연변의 한 양꼬치 집에서 만나기로 했다. 사장의 지시에 따라 북한 관리인은 나를 즉각 공장 밖으로 내보냈다. 여공들과 대화할 틈은 더 주어지지 않았다. 회색 철문이 '쾅' 하고 닫혔다.

*

양꼬치 집은 연변 시내에서도 골목 사이에 숨겨진 작은 가게였다. 문을 열고 들어가니 8개의 테이블이 보였다. 거구 사장은 이미 도착해 맨 오른쪽에 앉아 있었다. 왼쪽에는 양꼬치 집 사장으로 보이는 60대 여성이 앉아 있었다. 테이블 위에는 작게 썰린 생 양고기 조각이 가득 쌓여 있었다. 여성은 30센티미터가량 되는 긴 철 꼬치에 양고기 조각을 일일이 끼우고 있었다. 무심한 표정이었다. 생고기의 비린내가 진동했다.

"어이, 여기로 오시지요. 조선족 아닌 양반!"

사장과 마주 앉았다. 테이블 위에는 재떨이가 놓여 있었다. 이미 많이 피워댔는지 꽁초가 한가득이었다. 중국산 담배였다. 담뱃갑에는 'tar 3'이라는 글씨가 선명했다.

"한국에 있을 땐 담배를 이렇게 많이 피우지 않았는데

여기 와서 늘었지 뭐요."

　결국 나는 솔직하게 사정을 털어놓기로 했다. 거구 사장의 인상이 그리 나쁘지 않았던 점이 나의 고백을 부추겼다. 나는 실은 고도일보 탐사보도팀 기자이며, 북한 여공을 취재하러 비행기 타고 여기까지 왔는데 공장 안 접근이 용이치 않자 말도 안 되는 조선족, 일자리 타령을 늘어놓은 것이라고 말해버렸다. 그러곤 "거짓말해서 죄송하다"고 덧붙였다. 내내 심각한 표정으로 듣던 사장은 나의 말이 끝나자 실실 웃기 시작했다.

　"허, 허허……. 허허허……. 이거 웃기는 상황일세. 기자인건 또 전혀 생각을 못 했거든. 워낙 기자처럼 안 생기셔가지고 말이야. 이제 존댓말을 써야겠구먼."

　사장의 이름은 장만석. 올해로 예순세 살인 그는 서울 동대문 창신동에서 미싱업체를 운영하다 북한에 개성공단이 생기자 사업을 키우기로 했다. 직원 200명 규모의 공장을 차려 세계 유수의 브랜드로부터 물량을 받아 공장을 돌렸다. 그러나 개성공단은 정권 교체와 함께 문을 닫아버렸고, 많은 한국인 사장들은 길거리에 나앉아야 했다.

　"그래서 다들 간 게 필리핀이니 말레이시아니 베트남

이니 이런 동남아거든요. 이미 개성공단의 저임금에 수익 구조는 맞춰져버렸는데 한국에 다시 돌아간들 그만큼 인건 비를 줄일 순 없으니까."

장만석 역시 동남아로 갔지만 사업이 잘 되지 않았다고 했다. 동남아 근로자들의 미싱 솜씨는 그의 성에 차지 않았다. 개성공단 근로자들을 따라잡지 못했다. 게다가 언어 문제도 컸다.

"그때 내가 사업을 하다 알게 된 중국 형님이 있었는데, 차라리 연변에 공장을 차리라 하더구먼요. 내가 '중국이나 동남아나 인건비는 그럭저럭 비슷한데 중국은 법만 더 깐깐하다, 뭐 하러 거기에 차리냐'고 하니까 한다는 소리가 다 길이 있다고, 동남아보다 더 싼 노동력이 거기에 있다는 거예요. 그게 바로 북한 노동자였던 거죠. 생각도 못했던 거였죠."

"그래서 여기에 공장을 차리신 거군요. 그런데 제가 알기로는 한국 정부의 허락 없이 북한과 사업을 하거나 북한 사람들과 접촉을 하면 국가보안법이나 5·24 조치 이런 거에 걸린다고 하던데요?"

"역시 기자 양반이라 그런지 잘 알고 있구먼. 그렇지. 걸리지."

"제가 여기 취재 올 때도 혹시 그런 거에 걸리진 않을까 걱정했거든요. 하물며 한국 사람이 북한 사람들을 고용해 공장을 돌리는 건 더 어려울 것 같은데요? 한국 정부의 허락을 받은 것인가요?"

"하이고, 턱도 없는 소리죠. 원래 있던 개성공단도 다 철수시키는 판에 북한 사람들 쓰는 공장을 열게나 해주겠습니까? 북한 쪽도 마찬가지죠. 한국인이 사장인데 북한 여공들을 올려보낼 리 만무하죠. 한국 사람 밑에서 일하다가 사상이라도 오염되면 어쩌겠습니까."

"그럼 대체 어떻게 한 거예요?"

"그 중국 형님이 제안해준 방법이 있었죠. 바로 바지사장을 내세우는 겁니다. 그러니까 중국인 한 명을 법인 대표로 서류에 올려서 사업자등록을 받았어요. 결국 우리 공장은 공식적으로는 중국인 공장이에요. 믿을 만한 중국인 동생 이름을 올려놓았죠."

"그럼 북한에서도 몰라요? 진짜 사장이 실은 한국인이라는거?"

"처음에 계약할 땐 당연히 몰랐죠. 다 그 동생이 나서서 계약서를 작성했으니까요. 그런데 동생은 애초에 공장 운영이란 걸 할 줄 아는 사람이 아니었고 실제로도 젬병이었죠. 아는 형님이라며 내가 한 번씩 와서 공장을 만지작거리다가 점점 머무는 날들이 많아졌어요. 관리인들한테는 나도 중국 국적 조선족인 양 애매하게 행동했는데 금방 들통이 나더군요."

"들통났다고요?"

"내가 한국인인 걸 눈치챈 것 같았어요. 하지만 이미 계약서대로 공장이 잘 돌아가는 상황이었고 관리인과 나 사이에 친분도 어느 정도 쌓인 뒤였죠. 공장을 굴리고 북한 여공들에게 인건비를 제공하는 데 실질 사장의 국적은 사실 큰 문제가 되지 않았어요. 우리는 이것을 우리끼리의 비밀로 하기로 했어요. 관리인들한테는 돈도 좀 썼고요. 사실 조금은 아니었고."

"그렇게 된 거군요. 근데 그렇게까지 할 필요가 있었어요? 너무 복잡하고 위험한 상황 같아요."

"공장 운영하는 거 보통 일이 아닙니다. 핵심은 결국 인건비죠. 북한 인건비는 중국 절반밖에 안 해요. 그게 얼마나 큰 건지는 기자 양반처럼 사업 안 해본 사람은 잘 모를 겁니다. 그리고 북한 애들이 일을 원체 잘해야 말이죠."

"아…… 실력 차이도 나는군요."

"그럼요. 동남아 애들은 북한 애들보다 느리고, 매듭도 깔끔하지 못하고……. 누구라도 이 돈에 이 솜씨라면 북한 노동자를 무조건 선호할 겁니다. 아주 야무집니다. 그 망할 놈이 국가보안법만 아니면 더 많은 한국 사장들이 더 수월하게 돈을 벌 수 있을 텐데 말이죠."

"사장님의 노하우를, 그러니까 바지 사장을 내세워 국가보안법을 피하는 방법을 다른 분들에겐 말 안 하셨나요?"

"미쳤습니까? 누구 잡혀갈 일 있습니까? 절대로 말 안 했죠. 알음알음 소문은 나 있겠지만……. 그래서 말인데 기자님도 내 신원은 비밀로 해주셔야 합니다. 기자 양반이 신분을 솔직히 밝혔기에 나도 내 얘기를 한 거란 말입니다. 이거 실명으로 기사 쓰면 나 잡혀갈지도 몰라요. 그러니 서로 약속 좀 합시다. 그리고 나는 내 나름의 자부심이 있습니다. 틈새를 이용해 산업을 일구고 있는 거거든요. 그놈의 국가보안법은 개나 줘버리라 해요, 진짜."

"말로만 듣던 국가보안법이 이렇게 현실을 제약하고 있는지는 몰랐어요."

"그러게요. 나는 조국을 사랑하지만 한국도 실은 바보죠. 이 좋은 돈 벌 기회를 날려버리고 있는 거 아니에요. 지금은 아니고, 언젠가 다시 남북 관계가 좋아지면 내 얘기를 앞에 나서서 할 수 있을 때가 오겠죠. 단, 처벌 시효가 지난 뒤에야 말이죠."

장만석은 양꼬치를 6인분 시켰다. 양꼬치는 이 정도는 먹어야 먹었다고 할 수 있다고 했다. 생고기를 막대기에 꽂던 여성이 분주히 한 상을 차렸다.

"이 누님이 우리 공장 사장의 누나 되시는 분입니다. 그래서 여기서 보자고 했어요. 마음껏 얘기할 수가 있거든요. 딴 데선 안 돼요."

연변에서 먹는 양꼬치는 어딘가 달랐다. 왠지 더 쫄깃한 것 같았다. 문득 양들이 몽골 들판을 활기차게 뛰어다니는 장면이 떠올랐다. 실제 몽골 들판에 양들이 사는지는 확실하지 않았다. 우리는 맥주를 시켰다. 약간의 취기가 오르자 용기가 생겼다.

"사장님, 혹시요. 여공들 인터뷰를 할 순 없을까요? 공장 운영이나 이런 건 아까 보기도 하고 취재가 어느 정도 되었지만, 당사자들 목소리를 충분히 듣지 못해서요. 익명 전제로 딱 한 명만 인터뷰할 수 없을까요?"

"절대 안 됩니다! 그건 안 되는 일이에요!"

장만석은 버럭 소리를 질렀다.

"안 그래도 몇 년 사이에 여공들 서너 명이 개별적으로 공장을 나갔다가 돌아오지 않았단 말입니다. 말 그대로 탈북을 한 거죠. 중국 땅이니까 더 쉬웠던 거고요. 우리 공장은 아니고, 옆에 다른 공장들 얘깁니다. 거기 사장은 진짜로 중국인이죠. 실은 맘만 먹으면 여기선 탈북이 얼마든지 가능하거든요. 그 여공들 잡으려고 관리인들이 연변 시내를 이 잡듯 샅샅이 뒤지고 한바탕 난리 난리가 아니었어요. 그런데 남한 기자랑 인터뷰하게 연결시켜달라고요? 그랬다가 애들 허파에 바람이라도 들어가면 어쩌려고요. 우리 공장에서 애들이 탈북이라도 하게 되면 얼마나 골치가 아프겠습니까. 절대로, 그건 꿈도 꾸지 마십시오."

어찌나 강경한지 더 얘길 꺼낼 수가 없었다. 그는 대신 여공들과 관련해 그동안 보고 들은 걸 전해주기는 하겠다고 했다.

"그냥 딱 그 또랩니다. 20대 초반 여성들요. 매일 재잘거리고 지들끼리 뭐가 그렇게 웃긴지 깔깔거리고……. 옆에서 보고 있으면 딸 또래 같고, 귀엽고 그렇죠. 어떨 때 보면 관리인한테도 지들 친구처럼 구는데, 얼마나 웃긴지 모릅니다. 저번에는 보니까 관리인을 가운데 세워놓고 '위대하신 우리 관리인 동지는' 하면서 치켜세우는 손동작을 하는데 평소에 무표정이던 관리인도 얼굴이 새빨개져가지고 여공들 사이에서 아무 말도 못 하고 있더라고요. 은근히 웃고 있는 것 같기도 하고. 내 참 그 꼴을 보자니 너무 웃겨서 말이죠."

낮에 공장에서 보았던 관리인을 떠올려보았다. 근엄하고 무서운 모습밖에 떠오르지 않았다. 그가 여성들 사이에 둘러싸여 얼굴이 빨개진 모습은 도무지 상상이 되지 않았다.

"한 달에 한 번씩 제가 대신 쇼핑을 갑니다. 애들한테 필수품을 적어 내라고 해요. 그럼 제가 한꺼번에 사 와서 나눠 주는 것이죠. 숙소 비용은 북한에서 대는데, 개인 용품 사용 비용은 월급에서 제합니다. 이 친구들이 한 달에 1500위안 정도 받아도 개인용품 쓰죠, 관리인한테 뜯기죠, 돈이 북한 가족들에게 도달하기까지 또 수수료 뜯기죠, 실제로는 한 500위안 떨어진다고 해요. 그래도 평양에서는 그게 큰돈이니까 여기 오는 게 남는 장사인 거죠. 그러면 개인 용품 비용은 아낄 법도 한데, 그런 게 없어요. 펑펑 써요."

"안 아끼고 뭘 사는데요? 궁금하네요."

"가만 봅시다. 저번에 애들이 써낸 게 여기 어디 있는데……."

장만석은 바지 뒷주머니를 뒤적거렸다. 자그마한 포켓

수첩 사이에 쪽지 하나가 껴 있었다. 손바닥만 한 종이에 목록이 손 글씨로 적혀 있었다. 볼펜으로 썼는데, 줄마다 글씨체가 달랐다.

향수. 반드시 프랑스제. 중국제 안 됨. 메이드 인 프랑스 확인.

생리대. 날개 있는 것으로. 저번에 사 온 것도 좋음.

한국 화장품. 스킨. 크림. 미샤나 잇츠스킨.

로레알 립스틱. 코랄색. 256호.

샴푸. 한국제. 꽃향기로. 비싼 거 말고.

편지지 많이.

알사탕. 알 굵은 거.

한국 화장품에는 별표가 쳐 있었다. 연변에서 한국 화장품을 구하는 건 어렵지 않은 일이라고 했다. 로레알의 코랄 립스틱은 내가 좋아하는 제품이기도 했다. 텍스처가 촉촉해 가을과 겨울에 바르기에 제격이었다.

"저번에 향수를 사 갔는데 중국제를 샀다고 어찌나 눈을 흘기며 뭐라 하던지……. 결국 2주 뒤에 프랑스제를 사가고 나서야 나랑 눈을 제대로 다시 맞추더군요. 명색이 내가 그래도 사장인데 말이죠."

"딱 진짜 제 또래들 같네요. 제가 북한 사람에 대해 너무 선입견을 가지고 있었나 봐요. 뭔가 다르고, 막 움츠려 있고, 무조건 각이 잡혀 생활하는 그런 걸 상상했었거든요."

"아마 송 기자님하고도 비슷할 겁니다. 연애도 하거든요? 이건 진짜 비밀인데……."

"네? 연애요? 어떻게요?"

가장 흥미진진한 대목이었다.

"옆 건물 공장을 혹시 보셨는지 모르겠습니다. IT 공장인데, 컴퓨터 칩을 조립하고 그러는 데예요. 거기에 수가 많진 않지만 북한 젊은 남성들이 일부 파견을 와 있거든요. 거기는 외화벌이보다는 기술을 배우게 하려고 보낸 것 같더라고요. 다들 대학도 나오고 그랬다는 걸 보니까……. 아, 이 얘기는 다 여공들에게 들은 겁니다. 그런데 밤에 숙소에서 관리인 눈을 피해 몰래 나와서 건물 사이 어두운 데서 만나고 하는 걸 내가 본 적이 있죠. 거의 이 시간대쯤이었던 것 같은데……. 관리인이 찾을 수도 있으니까 아주 짧게 만나고 헤어지고 그러더라고요. 커플이 여러 쌍 있는 모양이에요. 실은 어제도 그러고 있는 걸 봤거든요."

장만석의 얘기를 들을수록 그들과 직접 얘기를 나누고 싶어졌다. 한국에 돌아가 르포 기사를 써야 하는데, 아까 여공과 나눈 대화는 짧아도 너무 짧았다. 좀 더 온전한 기사를 위해선 인터뷰가 더 필요했다. 우리는 맥주 네 병을 나눠 마셨다. 조금 더 취하자 다시 한번 용기를 낼 수 있었다.

"사장님. 딱 한 번만, 한 명만 얘기를 나눌 수 없을까요? 제가 실은 낮에 공장에서 한 분과 짧게 얘기를 나누긴 했는데 못 여쭤본 게 많아서요. 아주 잠깐이면 됩니다. 사장님."

장만석도 이제는 조금 취한 것 같았다. 눈이 살짝 풀려 있었다.

"아무래도 낮보다는 밤이 관리인 눈을 피하기가 더 쉽긴 한데……. 그럼 지금 가서 만나야 할 텐데 말이죠."

숯불 위에서 빙빙 돌아가는 양꼬치를 한참 바라보더니 결심한 듯 입을 열었다.

"딱 5분입니다. 더는 안 돼요."

*

장만석의 승용차를 타고 공장으로 향했다. 음주 운전이었지만 그도 나도 아랑곳하지 않았다. 단속하는 경찰도 없었다. 단속 같은 건 한 번도 없었다고 했다. 우리는 공장에서 조금 떨어진 곳에 차를 세웠다. 5분가량 걸어가자 낮에 보았던 회색 건물이 보였다. 장만석의 공장에서 2미터 떨어진 곳에 다른 회색 건물이 있었다. 아까 말한 IT 공장이었다. 건물과 건물 사이는 그늘이 져서 어두웠다. 바로 앞까지 다가가니 사람의 형상이 보였다. 두 사람이었다. 장만석이 양꼬치 집에서 말한 바로 그 장면이었다. 젊은 남성과 젊은 여성이 추리닝 차림으로 마주 서서 대화를 하고 있었다. 우리의 존재를 발견했는지 이윽고 종알종알 소리가 갑자기 멈추었다.

"거기, 누구시와요?"

젊은 여성의 목소리였다. 조금 더 다가가니 눈앞의 어둠이 걷혔다. 뽀얀 얼굴들이 보였다.

"나요. 장 사장. 거기 누구야. 가만 보자. 아······ 우리 미선이냐?"

"사장님이 이 시간에 여기 웬일이세요. 왜 집에 안 가시고요."

"잠깐 공장 순찰 나왔지. 근데 옆에는 누구냐?"

남성은 황급히 자리를 뜨더니 옆 건물 쪽 어둠 속으로 사라져버렸다. 얼굴을 보고 말고 할 틈도 없었다. 여성의 얼굴은 확실히 확인할 수 있었다. 앳된 얼굴이었다. 머리는 양 갈래로 묶었다.

"사장님. 저를 못 본 걸로 해주시와요. 저, 관리인한테 들키면 죽습네다."

"아, 내가 너를 고발하려고 여기 온 건 아니고. 관리인한테는 절대 말하지 않을 테니 안심하면 되고……. 관리인보다 내가 더 니 편인 거 알지?"

여성은 고개를 끄덕였다.

"저기 미선아, 근데……. 대신 청이 하나 있다. 여기 옆에 있는 언니가 한국에서 온 기자 양반인데 말이야. 한두 가지 궁금한 게 있다고 하니까 잠깐만 대답해줄 수 있을까? 짧게 짧게. 그럼 내가 입 다물게. 송 기자님. 이 친구는 지금 여기 온 지 2년이 다 돼가는 애여서 이러저러한 걸 잘 압니다. 고참이에요."

"사장님. 근데 저 지금 나온 지 5분이 다 돼가서요. 이제 숙소로 들어가야 합네다."

내가 얼른 끼어들어야 했다. 시간이 없었다. 무얼 물어야 할지 빨리 결정해야 했다. 그때 떠오른 게 이거였다.

"미선 씨. 중국에 벌써 2년이나 계셨으면요. 그동안 왜 탈출을 안 하셨어요? 사실 지금도 하려면 가능할 것 같긴 한데……. 왜 탈출을 안 하세요? 그러니까 제 말은, 위험한 시도라는 건 알고 있지만요. 여기서 일상을 보내는 가운데 탈출을 하고 싶으실 것 아니에요."

여성은 정말이지 어리둥절한 표정을 지었다. 장만석이
옆에서 거들었다.

"그니까 우리 한국 기자님은 그게 궁금하구먼. 왜 탈북
하지 않냐고. 솔직히 우리끼리 얘기지만 맘만 먹으면 기회
가 있었을 텐데 말이야."

여성은 두 눈을 껌뻑였다. 입을 연 건 한참 뒤였다.

"제가 왜 탈북을 해야 하나요? 우리 집은 평양이고, 우
리 가족들은 모두 다 거기에 있고, 그곳이 저의 조국인데요?
왜 떠나야 한다는 것인지 도통 모르겠습네다. 아, 가난하고
살기 어렵다는 생각 때문에? 우리 조국이 부귀하지 못해 먹
고살기가 힘들다고는 하지만⋯⋯. 그런데 남조선이라고 다
들 살기 좋고 행복한가요? 그것도 아니라고들 하던데요."

말문이 막혔다. 전혀 생각지 못한 답변이었다. 북한 사
람이라면 응당 탈북을 하고 싶어 하고 남한이든 미국이든
다른 나라로 떠나 자유를 얻고 싶어 할 거라고 생각했다.
무조건 탈출을 꿈꿀 것 같았다. 미국에서 만난 탈북자 박동
철이 생각났다. 그와 그의 가족은 목숨을 걸고 탈북하지 않
았는가. 이 여성에게 탈북은 그들이 거친 과정보다 훨씬 수
월한 것이었다. 숙소와 공장에서 갇혀 지내긴 하지만 일단

북한을 떠나 있는 상태 아닌가. 그런데 '왜 해야 하냐'는 질문이 되돌아왔다. 나는 당황할 수밖에 없었다. 여성은 쐐기를 박았다.

"제가 사는 곳이 저의 집이지요. 그게 북조선이냐 남조선이냐의 문제는 아니지 않습네까. 저의 집은 조선민주주의인민공화국에 있습네다. 기자님 질문이 아리송한 게 좀 이상한 것 같습네다."

여성은 확신에 찬 표정으로 말했다. 더는 이 대화를 이어가기 어려웠다.

"그럼 한 가지만 더요. 꿈이 뭐예요?"

시간도 없는데 왜 이 바보 같은 질문이 거기서 튀어나왔는지 모르겠다. 하지만 이 순간 꼭 이것을 물어야 한다는 느낌이 분명히 왔다.

"꿈이요? 하하. 여기서 돈 많이 많이 벌어가지고요. 사랑하는 사람이랑 결혼해서 행복하게 사는 것이지요. 아까 저 오라버니를 꼭 점찍은 것은 아닌데요. 저 오라버니여도 뭐 상관은 없고요. 우리 가족들이랑 남편이랑 매일 얼굴 쓰다듬으며 행복하게 잘 사는 게 제 꿈입네다. 이제 됐갔지요?"

여성은 어둠 속으로 사라졌다. 장만석은 나를 숙소에

데려다주었다. 여전히 음주 운전이었지만 우리는 아랑곳하지 않았다. 돌아오는 차 안에서 우린 별다른 말을 하지 않았다. 장만석은 "나중에 한국에서 만나 양꼬치에 소주 한잔하자"고 했다. 한국에서 소주 한잔……. 그러고 보니 미국에서 만난 최두호도 같은 말을 했었는데……. 이들에게 '한국에서 소주 한잔'은 어떤 의미일까. 자신의 집으로 향하기전 그는 말했다.

"저들에게도 조국은 조국인 모양입니다. 솔직히 나도 오늘 좀 놀랐수다. 저들에게 고향은 저쪽이고 그곳에도 그 나름의 꿈이 있나 봐요. 거기도 거기의 삶이 있나 보죠, 뭐. 우린 우리의 조국에서 만납시다. 그 조국과 이 조국이 하나된 세상이 오면 더 좋겠지만 말입니다. 언젠가 그런 날이 올까요? 그럼 나도 사업도 떳떳하게 더 잘 하고 어깨 좀 펼수 있을 것 같은데 말이죠."

장만석과 헤어지자마자 극심한 피로가 몰려왔다. 나중에 기사 쓸 걸 대비해 오늘 보고 들은 걸 바로 정리해야 했지만 몸이 따라주질 않았다. 씻지도 않고 침대에 누웠다. 휴대전화를 보니 부재중 전화가 두 통밖에 와 있지 않았다. 하나는 엄마, 다른 하나는 선배 장민수였다. 탐사보도 팀장은 내가 걱정도 안 되는지 전화 한 통 한 적이 없었다.

콜백을 하기에도 힘이 달렸다. 화장이라도 지워야 하는데 엄두가 안 났다. 나는 이미 잠의 경계선을 왔다 갔다 하고 있었다.

　이것이 그저 상상인지 환상인지 아니면 꿈인지는 모르겠지만 눈앞에 아까 만났던 미선 씨가 보였다. 프랑스 향수를 뿌리고 한국제 미샤 크림을 바른 미선은 남한인지 북한인지 알 수 없는 어느 곳에서 미소를 짓고 있었다.

15.
대통령의 올림머리

　김민정은 배우다. 8년 차 배우인 김민정은 독립영화부터 시작해 차근차근 필모그래피를 쌓았다. 주로 여린 캐릭터가 많았다. 〈열정 수녀〉에서는 권력에 맞서 싸우는 열혈 수녀 K가 아니라 K의 동료 역할을 맡았다. 착하고 조용한 수녀였다. K를 묵묵히 돕다가 한 번씩 예상 밖의 입담으로 관객들을 웃게 하는 캐릭터였다. 〈열심히 살지 않아도 괜찮아〉에선 상사의 핍박에 시달리는 막내 여성 사원을 연기했다. 무기력한 모습이 많은 직장인의 공감을 샀다. 〈겟 아웃 오브 히어〉에선 살인마에게 쫓기는 피해자를 연기했다. 극 중반에 결국 죽었다.

　몇 가지 제품의 CF를 찍기도 했는데 모로칸 오일이

90퍼센트 함유된 헤어 오일과 과즙 듬뿍 이온음료, 파스텔 색감의 자전거 따위였다. 팬들은 그를 민찡이라고 부른다. 여린 캐릭터를 많이 맡다 보니 남성 팬이 많았다.

민찡은 스스로 기로에 놓여 있다고 느꼈다. 이대로 여린 여성상으로 굳힐 것인가, 이미지 변신을 할 것인가. 그에겐 8개의 극본이 도착해 있었다. 요즘 그는 아침에 일어나 아점을 먹고, 집 앞 헬스장에서 근력 운동을 한 뒤 돌아와 찬찬히 극본을 읽는다. 김민정은 8개를 다 본 뒤, 주어진 역할이 모두 기존 이미지와 비슷하다는 걸 알게 됐다. 고민이 됐다. 이 중 하나를 골라야 하나, 새 역할을 찾아야 하나. 이미지 변신을 해야 할까, 한다면 잘 소화할 수 있을까. 답이 잘 안 나왔다. 이럴 땐 친구가 필요했다. 그에게는 둘도 없는 친구, 설영진이 있었다.

설영진은 국내 1위 증권사 '퓨처스퓨처(Future's future)'의 애널리스트다. 대학을 졸업하자마자 일을 시작했으니 벌써 14년이 됐다. 네이버에 '설영진'을 치면 기사도 여럿 나온다. 주로 성공한 커리어 우먼에 대한 기사다. 김민정과는 고등학교 동창이다. 설영진은 한 달에 한 번 평일에 휴가를 낸다. 미용실에 가기 위해서다. 이날이 그날이었다. 설영진은 주말에 미용실에 가는 걸 평일 오전 7시 30분 지하

326

철 2호선을 타는 것에 비유하곤 했다.

"주말에 도떼기시장 같은 데서 머리를 볶으면 머릿속까지 다 볶이는 것 같거든."

설영진은 이렇게 말했다. 설영진의 경력은 맑은 피부를 앗아갔지만 회사 생활에 운신의 폭은 넓혀주었다. 평일 휴가 정도는 마음대로 낼 수 있게 됐다. 김민정의 연락을 받고 설영진은 "마침 휴가 날인데 오후 1시에 미용실 예약이 돼 있으니 끝나고 3시 좀 넘어 들르겠다"고 했다. 김민정은 "올 때 당근 케이크 한 조각 사 오라"고 했다. 두 사람의 케이크 단골집이 청담동에 있었다. 김민정은 설영진이 다니는 미용실이 청담동에 있다는 걸 알고 있었다.

연봉 3억 원의 설영진은 아무 곳에서나 머리를 하지 않았다. 청담동에서도 최고급 미용실을 찾았다. 미용실 이름은 美&ME(미앤드미). 연예인들도 많이 찾는 곳이다. 중간 길이 파마에 70만 원을 받는 곳이었다. 컬이 매우 자연스러웠고 탱글탱글했다. 특히 C컬을 잘했다. 설영진은 중단발에 C컬 스타일을 유지했다. 가장 깔끔하면서 프로페셔널한 느낌을 주는 스타일 같았다. 설영진은 미앤드미의 솜씨가 마음에 들었다.

김민정은 설영진이 오기 전까지 집에서 영화를 한 편 볼 생각이었다. TV를 틀었는데 화면에 웬 배의 모습이 보였다. 뉴스 속보였다. 커다란 배에 무슨 사고가 난 모양이었다. 볼륨을 키웠다.

"제주도로 향하던 대형 선박 네모호에 사고가 발생해 해양 경찰과 소방 당국이 구조에 나섰습니다. 인천에서 출발한 네모호는 오늘 아침 8시 30분께 진도 인근 해역에서 '배가 기울고 있다'는 신호를 보내왔습니다. 배 안에는 제주도로 수학여행을 가던 고등학생 200여 명이 탑승해 있는 것으로 확인됐습니다. 저희 취재진이 경찰과 교육청 등에 확인한 내용이고요. 자, 이제 화면을 자세히 보시면 배가 기운 모습을 보실 수 있고요. 그 위로는 소방 헬기 두 대가 분주히 움직이는 모습이 보입니다……."

김민정의 손이 덜덜덜 떨렸다. TV 속 모습만으로는 배 안에 학생들이 진짜 타고 있는지 알아차리기 어려웠다. 뉴스 앵커는 20분이 지나도록 업데이트된 소식을 전하지 못한 채 똑같은 멘트만 반복했다. 스마트폰을 집어 뉴스 창을 열었다. '네모호'를 검색해 보이는 대로 기사를 모조리 읽었다. 기사마다 전하는 소식은 비슷했다. 답답한 마음에 설영진에게 전화를 걸었다. 12시 30분이니 아마도 미용실에 가고 있을 시간이었다.

"영진아, 너 1시 예약이랬지? 근데 뉴스 봤어? 큰 배에 사고가 났대. 사람들이 안에 타고 있다는데, 배가 막 기울고 있어. 진짜 이게 무슨 일인지 모르겠어."

"안 그래도 나도 폰으로 기사 보고 너무 깜짝 놀라서. 내가 지금 한가하게 머리를 하고 있을 때가 아닌 것 같아서 마음이 너무 안 좋네. 우짜냐, 진짜. 나 근데 이제 택시 내리거든? 오늘도 머리 두 시간 정도 걸릴 거니까, 3시에 끝날거야. 쉬고 있어. 당근 케이크, 이따 사 갈게."

*

12시 40분, 설영진은 택시에서 내렸다. 미앤드미 미용실은 4층짜리 건물의 3개 층을 통째로 쓰고 있었다. 설영진은 언제나 원장에게 시술을 받았다. 원장이 아니면 머리를 절대 내주지 않았다. 50대 여성인 원장은 미용 업계에서 꽤 유명한 사람이었다. 손기술이 뛰어나 일찍이 국제 대회에서 상을 많이 받았다. 인맥도 넓다고 했다. 설영진이 이 미용실을 다니게 된 것도 그 인맥 때문이었다. 설영진이 잘 아는 IT 기업 전무가 이 원장을 소개해줬다. 원장이 재계는 물론 정치권에도 발이 넓다고 하니 사귀어두면 나쁘지 않을 것이라고 했다. 증권사 애널리스트에게 인맥은 매우 중요했다. 능력의 주요 척도로 여겨졌다.

원장에게 직접 시술을 받는 건 쉬운 일이 아니었다. 한 달 전 예약은 기본이었다. 대신 원장은 약속을 철두철미하게 지켰다. 이곳을 드나든 2년 동안 예약을 펑크 내는 일은 단 한 번도 없었다. 예약 시각에 늦은 적도 없었다. 설영진은 머리 손질을 마칠 때마다 다음 달 예약을 미리 잡아놓았다.

원장은 2층을 혼자 사용한다. 1층은 늘 북적댔지만 2층은 여유로웠다. 프라이빗한 서비스를 원하는 고객에겐 딱이었다. 2층으로 가려면 엘리베이터를 따로 타야 했다. 건물 옆 오른쪽에 있는 별도의 문을 열고 들어가야 2층 전용 엘리베이터가 나왔다. 설영진은 버튼을 누르고 엘리베이터가 내려오길 기다렸다.

엘리베이터 문이 열렸다. 그런데 안에 바로 원장의 모습이 보였다. 누군가와 통화하며 내렸다. "네네, 지금 바로 출발합니다." 황급한 표정이었다.

"원장님! 어디 가세요?"

"아, 잠시만요."

원장은 휴대전화를 왼쪽 얼굴에서 잠시 뗐다.

"아이코. 우리 똑똑하신 애널리스트님. 제가 죄송해서 어쩌죠. 지금 너무너무 급한 상황이라, 올라가면 부원장이 안내할 거예요. 미안 미안!"

원장은 뒤도 돌아보지 않고 건물 밖으로 나갔다. 한 손에는 커다란 가죽 가방이 들려 있었다. 지퍼를 채우지 않아 틈새로 미용용품들이 삐죽삐죽 튀어나온 게 보였다. 다이슨 드라이기와 핑크색 헤어롤 따위였다. 건물 밖에는 그사이 검정색 차량이 도착해 있었다. 조수석에서 웬 정장 차림의 여성이 내려 뒷자리 문을 열어주었다. 원장은 그렇게 그 차를 타고 떠나버렸다. 설영진이 붙잡고 말고 할 겨를도 없었다.

서둘러 카운터에 가보니 평소와 달리 부원장이 있었다.

"오셨어요, 애널님? 저, 죄송한데요. 오늘은 그냥 돌아가셔야 할 것 같습니다. 원장님께서 오늘 파마가 어려울 것 같아요."

"네? 그게 무슨 소리죠?"

"급한 상황이 돼서, 오늘 원장님께서 직접 시술하시기

가 어렵게 됐어요. 금방 오실 것 같으면 기다리시라고 할 텐데 그것도 안 돼서요. 그래서 제가 이렇게 직접 양해를 구하려고 애널님 도착하시길 기다리고 있었습니다."

"안 그래도 원장님 방금 나가는 걸 봤는데요. 근데 왜요? 아니, 좀 알아듣게 말씀해주세요."

"아무튼, 죄송해요."

"아니, 제가 지금 이 일정 때문에 오늘 휴가를 낸 사람이에요. 저한테 시간이 얼마나 소중한데."

"잘 알죠. 평일에 휴가 내시고 오시는 거. 근데 그렇게 됐습니다. 다음 예약은 한 달 뒤가 아니라 저희가 조금 당겨서 3주 뒤 정도로 배려해드릴 수 있을 것 같아요."

"뭐라고요? 지금 이 머리로 3주를 버티라고요? 이 지저분한 머리로요? 너무 길고, 컬도 다 풀렸는데요?"

남들이 볼 때 설영진의 머리는 지금도 충분히 우아하고 볼륨이 넘쳤지만 설영진에게는 참을 수 없는 것이었다. 부원장은 죄송하다는 말만 반복했다.

"부원장님. 제가 2년째 여길 매달 다니고 있는 사람인데, 이런 무례한 경우는 처음이네요."

"무례한 거 맞는데요. 저희도 오늘 너무 특수 상황이라서요."

"특수 상황이요? 한 달 전 예약해놓고 이것 때문에 평일 휴가 쓴 저만큼 특수 상황일까요? 이유를 설명해주셔야 말씀하신 대로 양해를 하죠!"

설영진은 결코 지지 않았다. 부원장은 옆에 있던 한 명의 직원에게 손짓을 했다. '저리 가라'는 손짓이었다. 주위에 아무도 남지 않은 걸 확인한 뒤 부원장은 설영진에게 성큼성큼 다가와서 귀엣말을 하기 시작했다. 아주 작게 속삭였다.

"실은요. VIP요. VIP가 급히 부르셔서 갔습니다. 이 정도면 이제 이해가 좀 되시겠어요?"

"그 VIP요?"

"네. 진짜 그 VIP요."

원장이 진짜 그 VIP, 그러니까 대통령의 머리를 손질하고 있다는 건 설영진도 알고 있던 사실이었다. 2년간 한 달에 한 번, 원장과 둘이 두 시간을 보내며 나눈 대화가 적잖았다. 모든 대화는 머리를 손보며 이뤄졌다. 뒤에서 머리를 만지는 원장이 거울에 비친 설영진에게 얘길 하면, 설영진도 거울 속 원장에게 대꾸하는 식이었다. 사이가 가까워지자 원장은 자신이 아는 증권가 사람들은 물론 정치권 손님에 대해서도 얘기하기 시작했다. 설영진은 남 얘기 신경 쓰지 않는다는 표정으로 고개를 끄덕이면서도 내심 귀를 쫑긋 세웠다.

여섯 달쯤 전엔가, 원장은 자신이 청와대에 자주 드나든다면서 매번 같은 머리 모양을 만지고 있다는 얘기를 설영진에게 해주었다. 전과 똑같은 모양을 유지하는 게 관건이라고 했다. 여성 대통령이 취임한 지 2년쯤 지났을 때였다. 원장이 직접 그 대상을 언급하진 않았지만 영특한 설영진은 그것이 VIP, 즉 대통령의 머리를 손질한다는 얘기라는 걸 바로 알아들었다. 대통령의 머리 스타일은 단 하루도 바뀐 적이 없었기 때문이다. 이것은 비싼 가격에도 미앤드미 미용실을 더욱 고집하게 된 이유가 되기도 했다. 설영진은 3주 뒤로 예약을 다시 잡았다.

*

김민정 집에 도착한 설영진은 이 모든 얘기를 종알종알 늘어놓았다. 둘 사이엔 비밀이 없었다.

"너 내가 회사에서 얼마 받는지 알지? 분 단위로 시간을 따져가며 돈 버는 사람인 거 잘 알잖아. 오늘 너무 황당

334

해서, 내가 웬만하면 거기 거래 끊으려고 했거든. 근데 VIP 라니까 봐주기로 한 거야."

"그니까. 너처럼 시간이 중요한 사람한테 무례하긴 했지. 근데 VIP는 이 시간에 왜 머리를 하는 거야?"

"글쎄, 그 사정이야 내가 알 수 없으니까. 그냥 그런가 보지."

"지금 TV 보면 난리가 나도 보통 난리가 아니잖아."

"어? 배 기울어진 거? 그러니깐. 그거 지금 어떻게 돼가고 있어?"

"모르겠어. 아까는 다 구조됐다고 뉴스 자막 나왔는데 지금은 또 아니라는 식으로 얘기가 나오고. 언론도 우왕좌왕하고 있는 것 같아 지금. 뭐가 뭔지 하나도 모르겠어."

"정말 큰일이네 이거. 애들이 거기 배 안에 있는 거면 정말로 어떡하니."

"아니, 지금 빨리 지시해가지고 빨리 다 투입해가지고 빨리 빨리 해가지고 빨리 구해야 하잖아. 진짜 빨리 빨리."

"그러니깐. 애들 부모님들은 진짜 속이 타겠다. 벌써 시간이 꽤 지났는데 어떡하냐, 진짜."

"그런데 대통령이란 사람이 이 급한 상황에서 머리나 하고 있고 말이야. 지금 머리 할 시간이 어디 있냐고. 그게 말이나 돼? 대충 묶든가."

"아…… 난 그 생각은 못 했었는데. 네 말 듣고 보니 그러네, 진짜. 지금 분초를 다투는 상황 같은데……."

"그러니까. 지금 머리가 중요하냐고. 이거 생각할수록 너무너무 황당한 것 같아, 영진아."

"근데 야, 소문내진 말고. 뭐, 네가 어디 가서 그런 얘길 하진 않겠지만. 왜냐면 괜히 떠들었다가 네가 위험해질 수도 있어."

"내가 이런 얘길 누구한테 하겠어? 다른 배우들? 작가들?"

"아니, 걱정돼서 저번에 네가 그랬잖아. 무슨 블랙리스트니 뭐니 해가지고 너네 그쪽 판에서 진보 성향 제작자나 배우들을 막 배제하고 찍어내고 정부에서 그런 움직임이 있다며. 너 그런 거 진짜 조심해야 해. 지금 정부가 얼마나 무서운지 내가 여기저기서 주워들어가지고 조금은 알거든?"

"야, 왜 그래 너. 무섭게……."

"내 말 명심하라고! 블랙리스트니 뭐니 이런 거 안 되게!"

"알겠어."

"참, 너 극본 얘기 같이 하자고 했지? 지금 고민이……
이미지 변신?"

"응. 그랬는데……. 아까 TV 켜기 전까지만 해도 계속
그 생각이었는데……. 근데 지금은 극본을 읽고 말고 할 상
황이 아닌 것 같다. 저 사고, 진짜 심각한 상황 같아."

"그러니까 말이야. 당근 케이크도 입에 잘 안 들어가네.
일단 뉴스를 계속 보자. 속보가 뭐가 또 떴는지……."

"한 사람도 빠짐없이 구조가 빨리 돼야 할 텐데…….
너무 속상하다. 제발…… 제발……."

*

고도일보는 네모호 침몰 2주기를 맞아 특별취재팀을
꾸렸다. 2년 사이 사고의 개요는 어느 정도 세상 밖으로 드
러났지만 당시 정부의 대처가 왜 미흡했는지, 청와대는 제
대로 지시를 내렸는지에 대해선 명확히 밝혀진 게 없었다.
경력 7년 차에 접어든 나는 여기저기 이런저런 특별취재팀
에 단골로 불려 가곤 했다. 탐사보도팀에서 나만의 아이템
을 진득하게 취재하지 못하는 상황이 여러모로 아쉬웠다.

그래도 네모호 침몰 2주기 특별취재는 한번 제대로 해

보고 싶었다. 우리 모두에게 그랬듯 그날 그 사고는 내 인생에 변곡점이 되었기 때문이다. 물론 그 사고 뒤 나는 계속 기자를 하고 있고 다른 사람들도 각자의 길을 걸어가며 묵묵히 일상을 쌓아가고 있었지만 마음 한편 어딘가에 작은 가시가 박힌 듯한 느낌이 드는 것을 누구도 부인할 수 없었다. 그렇게 희생된 200여 명의 학생들을 떠올릴 때면, 슬프고 아리고 숨이 막히고 발이 아프고 머리가 무겁고 뒷목이 당기고 속이 울렁거리면서 콕콕 쑤시는 아주 확실한 통증이 느껴졌다. 이것은 우리의 일생에 분명하게 자리 잡아버린 아픔이었다.

고도일보에는 이미 다른 특별취재팀이 굴러가고 있었다. 정권 말기에 접어들면서 제보가 넘쳤다. 특히 대통령의 비선 실세가 국정을 좌지우지하고 있다는 근거가 여기저기서 포착되었다. 비선 실세 취재를 고도일보만 하는 것은 아니었다. 구독자 수 1위인 선진일보는 우리보다 한 달 먼저 특별취재팀을 꾸렸고, 민주일보는 우리보다 일주일 뒤 팀을 꾸린 것으로 파악됐다. 민주일보 김홍철이 거기에 들어갔는지 여부는 확인하지 않았다. 일부러 물어볼 필요는 없었다.

세 신문사는 각기 같은 목적의 특별취재팀을 꾸렸다는 사실만 알고 있을 뿐 어디가 얼마만큼의 '모찌'를 가지고 있는지는 자세히 알지 못했다. 비선 실세 취재와 네모호 침몰 취재를 병행하는 곳은 고도일보밖에 없었다. 신문사 안에선 "특별취재팀들에 기자들이 다 가 있어 일선 데일리 기사를 쓸 사람이 없다"는 볼멘소리가 나왔다.

네모호 취재는 크게 두 파트로 나뉘었다. 하나는 침몰 당시 공무원들의 업무 해태가 어떤 경로로 발생했는지, 왜 아이들을 구출하지 못했던 것인지 심층취재하는 것이었고 다른 하나는 네모호가 완전히 가라앉기까지 일곱 시간 동안 대통령은 대체 무얼 하고 있었냐는 것이었다. 둘은 나누어져 있지만 결국 하나로 연결되는 취재였다. 네모호가 가라앉기 시작한 오전 9시부터 오후 4시 사이 대통령의 행적은 제대로 밝혀진 게 하나도 없었다. 오후 4시 40분 대책 본부에 모습을 드러내기 전까지 대통령이 무얼 했는지 누구도 알지 못했다. "유선상으로 수십 차례 지시를 내리고 있었다"는 청와대의 설명은 충분하지 않았고 근거도 빈약했다. 나는 후자를 맡았다.

대통령의 행적을 쫓는 건 쉬운 일이 아니었다. 막연하게 움직일 순 없었다. 실마리라도 받아내야 했다. 대통령 일정표를 비롯해 일종의 자료가 필요했다. 청와대는 보안상의 이유를 들어 공식적인 정보 공개 청구에 응하지 않았다.

청와대 내부 제보자는 없었다. 취재는 벽에 막힌 듯했다.

나는 청와대를 관할하는 국회 행정안전위원회를 접촉해보기로 했다. 지푸라기라도 잡아보자는 심정이었다. 야당에 얘기되는 선수들이 많진 않았다. 눈에 먼저 들어온 건 홍순표 의원이었다. 야당에서 손꼽히는 실력파 의원이자, 진보 성향 정당 소속의 서울 재선 의원이었다. 과거 여당 시절 청와대 근무 경험이 있어 눈에 더 띄었다. 청와대 업무 루틴과 자료를 받아내는 방법을 잘 알 것 같았다. 지역구에서 인기가 좋아 삼선도 무난해 보였다. 일단 그 방에 먼저 찾아가보았다.

일 잘하는 방은 달라도 뭔가 달랐다. "고도일보 네모호 특별취재팀에서 왔는데요"만 듣고도 보좌관은 "대통령 일정표요?"라고 답했다. 여의도 바닥에서만 15년 차인 베테랑 여성 보좌관이었다. 여의도에서 이처럼 경력이 긴 여성 보좌관은 많지 않았다. 그는 두 명의 초선의원을 거친 뒤 지금의 홍순표 방에 합류했다고 했다. '홍순표 재선 성공의 일등 공신은 보좌진'이라는 말이 돌 정도로 철두철미하게 선거를 준비한 것으로 여의도에서 유명했다. 나이는 나보다 조금 많아 보였다.

"저희도 그거 구해보려고 많이 애쓰고 있거든요. 요즘

여기저기에서 비선 실세 보도도 조금씩 튀어나오면서 청와대 분위기가 심상치 않은가 보더라고요. 행정관들이나 말단 공무원들 사이에 틈새가 벌어질 법도 한데⋯⋯. 아직은 포착된 게 없어요. 저희가 일단 예의 주시하고 있으니까 한번 기다려보시죠. 고도일보라면 저희도 신뢰를 가지고 작업할 수 있을 것 같으니까요. 아, 의원님께 보고는 먼저 해야 하고요."

"네. 자료 실마리만 나오면 현장 취재는 저희가 촤라락 붙어서 제대로 할 수 있거든요. 의원실이나 저희나 목적이 같은 것 같으니까, 한번 협력해보아요."

처음 본 사이인데도 보좌관과는 왠지 죽이 잘 맞았다. 이틀 뒤 우리는 저녁을 먹기로 했다. 국회 앞 지하 1층의 식당에서 만났다. 낮에는 소고기뭇국을 비롯해 돈가스, 생선가스 등 식사류를 팔지만 밤에는 술집으로 변신하는 곳이었다. 우리는 돈가스 하나를 안주 삼아 맥주를 빨기 시작했다.

"보좌관님은 그런데 왜 대통령의 일곱 시간을 알아보기 시작하신 거예요? 행정안전위에 그것 말고도 사안이 많잖아요."

"그게⋯⋯. 뭐랄까요. 분노라고 하기는 좀 뭐하고, 그냥 마음 한 구석이 막 불편하고, 억울하고, 그런 감정이 그날 그 사고 뒤로 계속 드는 거예요. 그러다 사고 날짜가 다가오면 그게 극대화되고……. 의원님이 하라고 먼저 시키신 건 아니었는데, 이심전심이랄까요. '저 이거 좀 해보겠습니다' 했더니 알겠다고, 한번 잘해보라고 응원해주시더라고요. 다른 일에서도 저를 빼주시고요. 집중할 수 있게 해주셨죠."

"저랑 비슷하네요. 그렇게 분초를 다투던 그때 대통령이 무얼 했는지 진짜 알고 싶었거든요. 우리 국민이 진짜 집단 우울증에 걸려버렸잖아요. 그날 뒤로……."

"실은 기자님. 이건 확실하지가 않아서 말씀을 바로 못 드렸는데, 하나 걸렸던 말이 있어서요."

"뭔데요?"

"전에 〈보좌진〉이라는 드라마, 기억하세요? 국회를 배경으로 했던……."

"네. 저는 못 봤지만 재밌는 드라마라고 들었어요."

"아무래도 저희가 주인공이라서 그런지 흥미진진하더라고요. 그거 여기 국회에서 찍었잖아요. 주말에요. 그걸 찍을 때 한 배우분이 보좌관의 일상을 알고 싶다고 저에게 동행취재 비슷한 걸 요청해오셨거든요. 저랑 비슷한 또래인데 어찌저찌 연이 닿았어요. 그래서 그…… 김민정이라고 아세요? 민찡이라고 불리는……. 왜 전에 수녀 역할도 맡았고요."

"당연히 알죠! 제가 영화 분야에 꽝이긴 해도 그 정도는 알죠, 왜 모르겠어요. 〈갯 아웃 오브 히어〉! 거기서 내내 도망만 다니다가 중간에 그냥 죽잖아요. 진짜 황당한 영화였어요."

"저는 그 영화는 안 봤는데요. 아무튼 김민정 씨가 촬영 전에 보좌관 실상을 직접 경험해보고 싶다고, 저를 일주일쯤 쫓아다녔거든요."

"와……. 연기자들이 그렇게까지 하나요? 무슨 취재하는 것도 아니고……. 열정이 대단하네요."

"그러더라고요. 그렇게 간접 체험이라도 해야 맡은 역할에 몰입이 된다나? 그때 매일 점심, 저녁을 같이 먹고 참 많은 얘기를 나누었는데요. 제가 워낙 네모호 사건에 심취해 있다 보니까 그 얘기도 많이 했거든요. 그런데 언제 한번은 이상한 얘길 하더라고요. 서로 알딸딸하게 취했을 때였는데요."

"응? 이상한 거? 뭐라고 했는데요?"

"그날 당일에 대통령이 시간을 빡빡하게 보낸 게 아닌 것 같다고요."

"네? 무슨 말이죠?"

"그냥 그게 다였어요. 저도 놀라서 무슨 말이냐고 꼬치꼬치 캐물었는데 더는 얘길 안 하더라고요. 그런데 제 15년 여의도밥 감으로는, 분명히 뭔가를 알고 있는 눈치였어요. 그냥 그런 말을 할 이유가 없거든요. 실없는 말 하는 스타일도 아니었고요. 그런데 괜히 입 열었다간 위험하니까 망설이는 것 같았달까요? 제가 눈치 하나는 백단이거든요. 이 동네는 눈치 없이는 10년, 아니 5년도 못 버텨요. 그런데 그 날은 진짜 이상했어요."

"그렇군요. 입을 여는 게 위험할 순 있죠. 아직 그자가 대통령이니까요."

"그러니까요. 조심스러워하는 것, 이해는 되는데……. 그래도 영 찝찝하고 뭔가 아쉬워서요. 그래서 말인데요, 한 번 같이 설득을 해보면 어떨까요?"

"설득요? 같이?"

"네. 그때 이후로 또 몇 달이 지났고, 요즘엔 비선 실세니 뭐니 대통령 문제가 조금씩 흘러나오면서 지금은 레임 덕 분위기가 많이 조성됐잖아요. 배 가라앉을 당시에 비해 2년 사이에 뭐랄까, 힘이 빠졌잖아요."

"그쵸. 완전 레임덕 분위기죠."

"아마 민정 씨가 의원실 한 곳만 믿고 입을 열긴 어려 웠을 텐데, 고도일보처럼 믿을 수 있는 언론사가 뒤에서 제 대로 받쳐준다고 생각하면 조금은 용기를 내볼 수 있지 않 을지……. 기자님 만난 뒤로 그런 생각이 들어서요. 기자님 이 이렇게 의욕이 많으시기도 하고요."

"그렇죠. 의욕은 보좌관님도 만만치 않으시죠. 용기 라……. 그분이 뭘 알고 계신지는 모르겠지만, 진짜 용기를 내실 수 있게 되면 좋겠어요. 그럴 만한 믿음을 제가 보좌 관님과 함께 드릴 수 있으면 정말 좋겠고요."

"우리 한번 해보죠. 어렵겠지만 어쩌면……. 진심은 통 할 겁니다. 둘이 힘을 합해봐요."

"좋습니다. 제발……. 제발……."

우리는 남은 맥주를 마저 마시지 않았다. 내일을 기약 하며 헤어졌다.

*

〈보좌진〉에서 김민정은 7급 비서관 역할을 맡으며 꽤 탄탄한 연기를 선보였다. 7급 비서관은 김민정의 기존 이미

지처럼 여리여리한 캐릭터였다. 갑질을 일삼는 선배 보좌관 앞에서 무기력하게 당하기만 했다. 김민정은 이제 진짜 때가 됐다고 느꼈다. 강한 역할로의 변신이 필요했다. 마침 새로 들어온 역할 중에 그런 게 있었다. 검사 드라마였다. 연쇄살인범과 대적하는 열혈 여성 검사였다. 연쇄살인범은 권력 최상층부와 연결돼 있었다. 이런 극본이 으레 그렇듯, 법무부 장관은 악당들과 밀접한 관계를 맺고 있었다. 수사는 위에 올라가면 막히기 일쑤였다.

"영장, 쳐주십시오! 안 그러면 저, 옷 벗습니다."

이 대사가 유독 김민정의 마음을 사로잡았다. 이 검사는 정의롭고 매력적인 캐릭터였다. 김민정은 이 열혈 검사 역할을 맡아 이미지 변신을 할지 말지 보름을 꼬박 고민했다. 실영신에게 고민을 털어놓으니 이런 답이 돌아왔다.

"너, 지금 나한테 '너 할 수 있어' 이 말 듣고 싶어서 물어보는 거 다 알아. 그리고 그거랑 상관없이 내가 진심으로 조언하는 건데. 너, 진짜로 진짜로 할 수 있어. 그 검사 역할 한번 해보자. 제대로!"

설영진은 이날도 파마를 하고 김민정 집에 들렀다. 김민정은 "머리 한 날은 애인을 만나야지 왜 우리 집에 오냐"고 말했지만, 친구가 고민이 있다는 것을 알자마자 찾아와

준 그가 한없이 고마웠다. 설영진이 다니는 미용실은 여전히 청담동의 미앤드미였다. 설영진은 2년 전 'VIP' 얘기를 들으며 예약이 취소된 뒤 어째 더 이 미용실에 집착하는 것 같았다. C컬이 자연스럽게 잘 말렸다며 설영진은 만족스러워했다.

*

"영장, 쳐, 주십시오! 영장, 영장! 쳐, 주십시오!"

역할 수락 후 김민정은 대사 연습에 몰입했다. 촬영은 일주일 뒤부터 시작이었다. 강한 어투의 대사가 곧바로 입에 붙질 않았다. 계속 연습이 필요했다. '영장'을 스무 번 정도 외쳤을 때 갑자기 휴대전화가 울렸다. 모르는 번호였다. 평소 김민정은 모르는 번호를 잘 받지 않지만 요즘엔 혹시 몰라 받았다. 조연출이나 다른 배우일수도 있다는 생각 때문이었다. 그들의 전화를 몇 번 놓쳤더니 전화 좀 잘 받아달라는 군소리를 들어야 했다.

"네, 누구시죠?"

"안녕하세요. 김민정 씨 휴대전화 맞지요? 홍순표 방보좌관님 통해 번호 받아서 전화를 드리는데요."

"아, 네. 보좌관님이 엊그제 전화 주셨는데요. 어느 기자분 연락이 갈 수 있는데 받아주라고…… 말씀하세요."

"이렇게 전화 바로 받아주셔서 감사합니다. 안 받으실까 봐 걱정했거든요."

"아, 실은 보좌관님이 기자님 번호도 주셨는데 제가 깜빡하고 저장을 안 해놨었네요. 모르는 번호를 잘 안 받을까 봐 미리 알려준다고 하시더라고요. 그래도 다행히 제가 안 놓치고 잘 받았네요."

"감사합니다. 저는 고도일보 송가을 기자인데요. 잠깐 통화 가능하세요?"

"무슨 일이신지요? 보좌관님도 이유를 말 안 하시던데. 혹시 작품 인터뷰 때문에 그러시는 거라면, 저희 소속사랑 상의를 하셔야 해서요."

"그건 아니고요. 저는 지금 고도일보 특별취재팀에 있는데, 네모호 참사, 당연히 기억하시죠? 그 사고요. 지금 그걸 취재하고 있거든요."

전화기 사이에 잠시 침묵이 흘렀다.

"기억하죠. 그걸 잊을 사람이 어디 있겠어요. 그걸 취재하시는 데 저는 왜……."

"아, 혹시……. 그날 대통령의 행적과 관련해 힌트를 얻을 수 있을까요. 배우님께서 약간의 힌트를 주실 수도 있을 것 같다는 얘길 얼핏 들어서요."

이번 침묵은 길었다. 김민정이 다시 입을 열었다.

"혹시 보좌관님이 저에 대해서 무슨 말씀을 하신 건가요?"

"죄송하지만, 자세한 말씀은 아니고요. 그냥 작은 조각이라도 혹시 가지고 계실 수도 있다는 그런 말씀요. 딱 그 정도였어요."

"죄송한데 저는, 그에 대해서 아는 게 없습니다. 죄송합니다."

"잠시만요, 배우님. 제가 이런 말씀드리는 게 주제넘다는 거 알지만요. 또 제가 개인적인 얘기를 갑자기 드리는 게 참 어색한 일이지만요. 저는 정말 절박하거든요. 이게 무슨 기자로서 특종을 하고 말고 그런 차원의 문제가 아니고요. 대체 그 시간에 우리나라 최고 지휘자는 무엇을 하고 있었는지를 알아내야 하는데요. 그러니까 그 시간이 어떤 시간이냐면요. 아이들이 배 안에서 기다리고 있던 시간이거든요. 부모님들을 비롯해 우리 모두가, 지금 국가가 나서서 최선을 다해서 1분 1초를 아껴가면서 아이들을 구하고 있을 거라고 철석같이 믿었던 순간들이거든요. 당시 우리 모두가 동그랗게 두 눈을 뜬 채로 생죽음을 목도했잖아요. 그래서 너무 분하고, 아니 분하다는 말로는 설명이 안 되고, 어떨 땐 멍하고, 무기력하고요. 기자로서 대체 난 무엇을 하고 있었나. 왜 아무런 도움이 되지 않았나. 그런데 죽음은 되돌릴 수 없는 것 아닌가. 그렇다면 나는 무엇을 해야 하는가. 무엇을 할 수 있을까. 그런 생각 때문에 이상하게 막 잠이 안 오고 재밌는 영화를 봐도 마음속 깊이 막 웃어지지가 않고 그런데요. 그런데 이게 저만 그런 게 아니라 우리 모두가 지난 2년뿐만 아니라 평생 이 기분을 안고 살아야 하는 거잖아요. 그러니까 지금에라도 진실을 밝히는 게 정말 우리 모두에겐 필요한 거거든요."

무슨 이유에서인지 눈물이 났다. 말을 쏟아내던 중간 어느 지점에서부터 흐느끼고 있었다. 울먹임 때문에 내 말이 제대로 전달됐는지도 알 수 없었다. 어쨌든 나는 마음속 깊이 하고 싶었던 말을 갈고리로 하나하나 긁어 뱉어내고 말았다. 그것도 생면부지의, 잘 알지도 못하는 배우를 상대로 말이다. 그가 실제 어떤 단서를 하나라도 가지고 있는지, 있다면 그걸 공개할 수 있는 여건이 되는지 제대로 파악하지 못한 상황에서 이렇게 일방적으로 내 말을 뱉어내는 것이 일종의 폭력이 될 수 있다는 생각이 들었다. 그런데 말은 뱉어버렸고, 눈물은 쏟아버렸다. 전화기 너머 김민정은 한동안 말을 잇지 못했다. 이어 대답이 들려왔다.

"전화를 끊어야 할 것 같네요. 죄송합니다."

김민정과의 통화가 그렇게 끊기자 앞이 캄캄했다. 마지막 "죄송합니다"는 그러나 단호했다. 다시 전화를 걸 용기가 나지 않았다. 그저 코를 풀고 눈물을 닦았다.

*

첫 촬영이 시작됐다. 김민정은 어느 때보다도 긴장이 되었다. 강한 캐릭터는 그에게 큰 도전이었다. 「연기 변신, 성공할 수 있을까?」 「김민정 연기 인생에 변곡점이 찾아오고 있다」 기사도 많이 나왔다. 대본 속 김민정의 캐릭터는 1화부터 휘몰아쳤다. 부장검사에게 개기고 소리를 지르고 날아다녔다. 특별히 신경 썼던 그 대사의 순서가 됐다.

"영장! 쳐주십시오! 안 그러면 저, 옷 벗습니다."

상대역은 마초 성향의 50대 남성 부장검사였다.

"검사복을 벗어? 그럼 나야 좋지. 왜, 진짜 옷도 벗지 그래?"

"부장님 방금 하신 말씀, 성폭력범죄의 처벌 등에 관한 특례법에 의거해 처벌 대상이 된다는 거 알고 계시죠? 위력에 의한 공무집행방해에 성폭력까지, 혐의가 하나 더 추가되시겠어요!"

김민정은 완벽하게 대사를 소화해냈다. 촬영은 성공적이었다. 감독도 만족해했다. 촬영이 끝나자마자 김민정은 설영진에게 전화를 했다. 이날 경험과 감정을 빠짐없이 설영진에게 전했다. 설영진도 기뻐해주었다. 1화 방영일이 기다려졌다.

다음 날 오전 8시에 일어난 김민정은 헬스장에 다녀왔다. 다음 촬영 일정은 이날 저녁으로 잡혀 있었다. 샐러드를 먹고 대본을 읽으며 시간을 보내기로 했다. 2화에도 마음에 드는 대사가 너무 많았다. 이번 작품의 작가는 캐릭터를 폼 나게 만드는 데 재주가 있었다. 이렇게 적혀 있었다.

정의, 거창한 거 아닙니다. 우리 일상에서 시파, 쫌 쪽팔리지 않게, 구린 거 없게, 할 수 있는 거는 그냥 막 막 좀 해버리는 거, 그래서 마음 한구석에 부끄럽거나 쪽팔리거나 이런 느낌 남아 있지 않게 하는 거, 저는 그냥 그거라고 생각해요.

"정의, 거창한 거 아닙니다. 정의……."

"정의, 거창한 거 아니……."

김민정의 입에서 갑자기 대사가 겉돌았다. 이날 컨디션은 좋았다. 여느 때처럼 아점을 맛있게 먹었고 근력 운동도 즐거이 마쳤다. 그런데 턱 하니 목에 무언가 걸리는 게 있었다. 자꾸 그날 일이 생각났다. 2년 전 그날 미처 손질되지 못한 설영진의 머리가 떠올랐다. 그리고 손질됐을 누군가의 머리도 떠올랐다. 목에 걸려 잘 넘어가지 않았던 당근 케이크도 생생했다. 얼마 전 걸려온 고도일보 기자의 목소리도 귀에 들리는 듯했다.

"정의, 거창한 거 아닌……."

"정의……."

"정의……."

이날 김민정은 대사 연습을 충분히 하지 못한 채 촬영장에 갔다. 촬영은 그럭저럭 마쳤지만 연기가 영 마음에 들지 않았다. 그사이 1화가 방영되었다.

「김민정, 이제야 제 옷 입었다」「미친 존재감 김민정, 인생 캐릭터 만났다」.

반응은 폭발적이었다. 김민정은 서둘러 3화 극본을 열

었다. 점입가경이었다. 열혈 검사는 회를 거듭할수록 성장하고 있었다. 정말이지 매력적인 캐릭터였다. 정의로 똘똘 뭉쳐 있었다. '나쁜 놈' 부장검사의 입지는 점점 쪼그라들었다. 연쇄살인범과 그의 조력자 법무부 장관은 일선 검사인 그를 신경 쓰기 시작했다. 열혈 검사의 활약상은 더욱 커져만 갔다. 액션도 시작됐다.

드라마가 회를 거듭할수록 김민정의 마음은 점점 불편해졌다. 대사 연습이 갈수록 힘들었다. 돌덩이가 갑자기 쿵하고 심장 옆 어딘가에 자리 잡아버린 것 같았다. 돌덩이는 흔들바위처럼 조금씩 움직이며 자신의 존재감을 드러내면서도 그 무게를 가늠할 수 없을 정도로 무거워 결코 밖으로 나가지 않을 기세였다. 역할을 잘못 선택한 것 같았다. 자신이 그 정의로운 검사라는 생각을 도저히 할 수가 없었다. 급기야 대사가 하나도 머리에 들어오지 않는 상태에 이르렀다. 그렇게 멍하니 하루를 보내버렸다. 김민정은 휴대전화를 들었다. 전화를 걸었다. 홍순표 방 보좌관이었다.

"보좌관님, 그 기자분요. 믿을 만한 거죠?"

"그럼요. 제가 보장합니다. 그 뒤로도 여러 번 만나봤는데 이렇게 진실된 기자는 처음이에요. 저를 한번 믿어보시죠.”

　“보좌관님께서 그렇게 말씀하신다면…….”

　“어떻게……. 결심, 하신 겁니까?”

　“네. 제 일생에서 가장 큰 용기, 한번 내보려고요.”

　“감사합니다.”

　“죄, 죄송합니다.”

　“아니에요. 제가 죄송해요.”

　“제가 죄송해요. 정말 죄송해요.”

　둘은 전화기를 사이에 두고 엉엉 울었다.

　김민정은 이어 설영진에게 전화를 걸었다. 자초지종과 함께 지금 도저히 열혈 검사를 연기할 수 없는 상태에 이른 것을 차분히 털어놓았다. 설영진은 늘 그렇듯 김민정의 마음을 헤아려주었다.

　“그래, 하자, 민정아. 나는 네가 혹시 블랙리스트에라도 오를까 봐 그런 얘기 괜히 어디 하고 다니지 말라 했던 것인데……. 지금 네가 그런 심정이면 당연히 해야지, 할 건 해야지. 나도 도울게. 익명만 보장된다면 그 기자랑 통화도 할 수 있어. 잘 하고, 드라마도 잘 찍어보자. 사랑한다, 민정아.”

　김민정은 이제 나에게 전화를 걸었다. 전화기 너머로 그저 울먹이는 소리가 들려왔다. 우리는 그냥 아무 말도 하지 않았다. 서로 눈물을 흘릴 뿐이었다. 그래도 전화를 건 이유, 이렇게 눈물이 쏟아지는 이유를 충분히 알 수 있었다.

3화 촬영을 무사히 마친 뒤 김민정은 집 앞에서 나를 만났다. 다음 날 고도일보 1면 톱으로 「네모호 7시간, 대통령, 올림머리에 시간 허비했다」는 기사가 나갔다. 일곱 시간 행적의 한 조각이 수면 위로 처음 떠올랐다. 국민은 분노했다. 김민정의 이름은 기사에 드러내지 않았다. 취재원 보호를 위해 숨겼다. 홍순표 의원 및 그 방 보좌관의 존재도 감추었다. 보통 국회의원들은 자신의 이름을 기사에 포함시켜 홍보해주길 원하지만 홍순표는 달랐다. 혹시 이름이 나갔다가 보좌관과 김민정의 관계 등이 조금이라도 드러나선 안 된다며 본인의 이름은 감춰달라 했다. 나는 그러겠다고 했다.

네모호 보도가 나가고 며칠 뒤 고도일보의 '비선 실세' 취재팀은 비선 실세의 경제정책 개입을 특종 보도했다. 이틀 뒤 선진일보는 대통령의 업무 공백과 이를 메운 비선 실세의 부처 인사 전횡을 1면 톱으로 보도했다. 민주일보는 비선실세 일가족의 대학 부정 입학 의혹을 특종 보도했다. 김홍철의 기사였다. 그 뒤 여기저기에서 봇물 터지듯 제보가 쏟아졌다. 국회에서 대통령 탄핵이 거론되기 시작했다.
국민들은 분노하며 거리로 나왔다. 촛불을 들었다.

16.
안식 휴가

　고도일보에는 고맙게도 안식 휴가 제도가 있었다. 입사하고 만 7년을 넘기면 보름을 쉬게 해주었다. 일주일은 내리 잠만 잤다. 밥을 먹지 않아도 배가 고프지 않았다. 원룸 앞 카페는 매일 들렀다. 카페모카를 사 먹었다. 바쁘지 않아도 그게 당겼다.

　나머지 일주일은 지난 시간을 돌아보는 데 쓰기로 했다. 그게 안식 휴가 취지에 맞을 것 같았다. 김민정, 보좌관과 처음으로 한자리에 모였다. 국회 앞 지하 1층 식당에서 우리는 돈가스를 시켜 먹었다. 술은 마시지 않았다. 그 제보, 그 촛불집회, 그 탄핵에 대해 우리는 한 마디도 나누지 않았다. 그저 서로의 안부를 물을 뿐이었다. 그래도 충분했다. 이미지 변신에 성공한 김민정에겐 다양한 극본이 쏟아지고 있었다. 우리는 김민정이 연말 시상식 때 상을 타기를 기원하곤 헤어졌다.

미국의 최두호와는 카카오톡으로 근황을 묻고 답했다. 그는 최근 몸이 안 좋아 수술을 했으며 술을 끊었다고 했다. 그리고 박동철의 안부를 전해왔다. 자동차 정비술이 늘어 꽤 자리를 잡은 것 같다고 했다. 그는 언젠가 한국에 가면 꼭 얼굴을 보자고 했다. 그때가 언제일지 기약은 없었다. 연변의 장만석 사장은 그 뒤로 종종 메일을 보내 북한의 움직임과 무역 동향 따위를 알려왔다. 모처럼 그의 목소리가 듣고 싶어 전화를 걸었는데 무슨 이유에서인지 '없는 번호'라는 신호음이 흘러나왔다. 그의 안위가 궁금했지만 더는 확인하기 어려웠다.

재심에서 무죄가 확정된 강팔성은 정말로 동백꽃을 보러 가자고 했다. 빨갛게 만개한 동백꽃밭은 언젠가 한 번쯤은 보고 싶은 풍경이었으나 진도까지 내려갈 마음의 여유는 없었다. 그저 이따금 동백꽃을 매개로 안부를 묻는 것으로 족했다.

이 정도면 지난 7년의 시간 동안 나는 기자로서 목표를 이룬 것일까. 입사지원서 목표란에는 여전히 '최연소 편집국장'이 적혀 있을 터지만 나는 애초 내가 적었다 지운 문장을 또렷이 기억하고 있었다.

"죄송한 게 너무 많은 세상에서 좀 덜 죄송하고 싶다. 누군가에게 도움이 되는 기사를 쓰겠다."

그래서 나는 덜, 죄송해졌나. 그럭저럭 그리 보이기도 했지만 실상은 아니었다. 스마트저축은행 영업부장 박운택의 음성은 죄책감과 함께 마음에 남아 있었다. 더 죄송할 뿐이었다. "위안부 프로그램이 마련됐으니 콜백 달라"는 공무원 이도욱의 문자는 끝내 씹었다. 취재 내용만 생각했을 때 부재중 전화에 응하는 게 응당한 일이었으나 나는 그의 전화번호를 지워버리는 선택을 했다. 내 마음이 편한 것을 택해버렸다.

그리고 박선하. 마음속 한구석에 늘 묵직한 무언가로 남아 있던 그 이름. 나에게 처음 기자로서 보람을 느끼게 해준 그를 나는 끝내 외면했고 그 뒤로도 마찬가지였다. 방에 앉아 휴대전화를 보니 '박선하 어머님' 번호는 그대로 남아 있었다. 카카오톡을 봤는데 프로필엔 만개한 철쭉 사진이 올라와 있었다. 강남으로 이사하던 날 받지 않았던 전화가 그와 나 사이 마지막 통화 기록이었다.

무슨 정신으로 여기까지 왔는지, 어느덧 나는 박선하

의 아파트 앞에 도착해 있었다. 언젠가 고도일보로 배달된 20킬로그램짜리 쌀 두 포대와 분유 열 통, 그리고 아이용 한복을 신문사 차량 운전사와 함께 들고 가 내려놨던 바로 그곳이었다. 박선하가 여전히 이곳에 살고 있는지도 불분명하거니와 5년 만인 나의 등장이 반가울지 확실치 않았다. 오히려 경찰서 조사 등 당시의 안 좋았던 기억을 나 때문에 떠올릴지도 모른다는 염려에 벨을 눌러선 안 된다는 생각이 들었다. 다시 나의 원룸으로 향하기로 했다. 그게 그나마 박선하에게 덜 죄송할 일이 될 것 같았다.

아파트에서 나와 단지를 빠져나가려는데 어디선가 얼핏 약간은 익숙한 음성이 들려왔다. 워낙 스치듯 들은 것이라 정확하진 않았지만 나의 감은 그것이 박선하의 음성임을 요동치듯 강하게 말해주고 있었다. 고개를 돌려보니 먼발치 놀이터에 한 여성이 대여섯 살쯤 돼 보이는 아이와 시소를 타고 있었다. 남자아이였고 웃고 있었다.

당황한 나는 재빨리 발걸음을 옮겨 단지를 완전히 빠져나왔다. 그리고 단지 입구의 슈퍼마켓 앞에서 휴대전화를 꺼냈다. '박선하 어머님'을 검색해 통화 버튼을 눌렀다.

"어머! 기자님! 이게 누구세요!"

너무 밝은 목소리에 순간 '전화를 잘못 걸었나' 싶었다.

그러나 수화기를 통해 전해오는 공기 아니면 공명 같은 것이 우리가 지금 지척 거리에 있다는 것을 몸소 증명해주었다. 옆에서 늘려오는 대여섯 살쯤 돼 보이는 남자아이의 청량한 목소리도 이에 힘을 보태었다.

"어머님, 잘, 지내셨어요?"

무슨 말을 더 어떻게 해야 할지 막막했다. 그나마 확실한 건 '죄송하다'는 말을 해야 한다는 것이었다. '당신이 가장 힘들고 외로울 때 나는 결국 당신을 외면했습니다. 기자로서 성취라는 과실만 따 먹고 도망쳐버렸죠. 죄송합니다.' 대략 정리하자면 이런 말이 될 것 같은데 말이 튀어나오지 않았다. 그런데 그가 먼저 말을 이었다.

"저야 잘 지냈죠. 애도 많이 컸어요. 내후년에 학교 들어가요. 기자님 생각 그 뒤로 많이 했는데 어떻게 지내셨어요? 이렇게 잊지 않고 연락을 주시니 정말 반갑네요. 어릴 적 동창이랑 통화하는 기분이에요."

무슨 이유에서인지 목구멍으로 뜨거운 게 올라왔다. '죄송하다'는 말은 더 하기 힘든 지경에 이르렀다. 그는 이 모든 상황을 알고, 다 이해한다는 듯한 음성으로 그저 말을 이어갔다. 계속 밝은 목소리였다.

"기자님! 그때 기자님께 진짜 감사했고, 그때 기자님

계속 힘들게 해드려서 죄송했어요. 근데 덕분에 정말 좋았어요. 많은 분의 사랑을 느껴본 게 처음이었거든요. 기자님, 여전히 제 은인이세요. 다시 한번, 감사드립니다."

원룸으로 돌아와 침대 위에 누웠다. 목구멍을 데웠던 뜨거운 것이 이제는 눈가의 온도를 높이고 있었다. 박선하야말로 내게 은인이었다. 그렇게 나는 울다 잠이 들어버렸다. 안식 휴가를 이제 겨우 하루 남겨놓은 날이었다.

이른 아침 모르는 번호로 전화가 왔다. 받아보니 정치부장이랬다. 그는 인사발령 소식을 알려왔다. 사회부를 마치고 이제 정치부로 발령이 났으니 다음 주부터 국회로 출근하라는 통보였다. 안식 휴가의 마무리로 어쩐지 굉장히 적절해 보이는 연락이었다. 전화를 끊고 나는 다시 잠이 들었다.

363

신문사에 들어와 교육받을 때 선배들은 '10개를 취재해 1개를 쓰라'고 한다. 취재를 충분히 한 뒤에 쓰라는 얘기인데 갈수록 1개를 취재해 1개 이상으로 쓰는 기자가 많아 저런 얘길 한다고 했다. 나는 근데 10개가 아니라 20개, 50개를 취재해도 1개를 쓰기가 힘들었다. 얘기를 들어도 들어도 더 들을 게 있는 것 같고 취재한 내용에 확신이 금방 생기지도 않았다. 내 기사에는 항상 '지나치게 길다' '장황하다' '너무 많은 얘기를 담고 있다' 따위의 평가가 따라붙었다. 1판 마감을 마치고 3판, 5판 수정을 하기 일쑤여서 '적당히 좀 하라'는 핀잔을 듣기도 했다.

그렇게 만 12년을 꼬박 채운 뒤 나머지 19개 때론 49개의 이야기로 머릿속이 꽉 차버려 새로운 게 들어갈 틈이 없는 느낌이 들었다. 기사에 담지 못한 경험을 풀어내야겠다 생각했다. 취재 후기나 기자 수첩처럼 있는 그대로 전하는 것은 불가능해 보였다. 팩트로만 채워야 하는데, 하나 쓰다 지쳐 포기했을 것이다. 그래서 픽션화를 택했다. '소설'이란 단어는 내게 자유를 줬다. 그렇게 경험을 소재로 작가적 상상력을 왕창 보태 한 편 한 편을 썼다.

2019년 2월 첫 단편이 완성됐을 때 같이 국회 취재 부스에 있던 〈한겨레〉 이정애, 정유경 기자에게 보여주며 "어떠냐"고 물었다. 그들은 "계속 써봐"라고 말해줬다. 그 말이 없었다면 두 번째 편을 시작하지 못했을 것이다. 기사 쓰기는 익숙하지만 소설 쓰기에 도전할 만큼 글 실력이 훌륭하지 않다는 것을 누구보다 잘 안다. 그럼에도 그런 격려 때문에 퇴근 뒤 계속 노트북을 열었다. 감사하다. 그해 여름 15편의 초고를 완성했다. 이런저런 게으름을 피우다 1년 반 뒤인 2021년 봄, 책을 내게 됐다.

그사이 하루도 빠지지 않고 일상을 공유하며 내게 응원을 아끼지 않았던 노현웅, 최원형, 이완, 황춘화, 김성환 님과 사랑하는 동료 이정연, 엄지원, 최현준, 류이근, 석진환, 김경락, 양선아, 임지선, 박수진, 고나무, 오승훈, 옥기원, 서

혜미 님께 감사 인사를 전한다. 도전을 두려워할 때 등을 받쳐준 김선영, 김혜주, 신혜정, 박수윤, 안보람, 이연정, 이지연, 박희정, 송동우, 정민영 님께도 고마울 따름이다. 아, 한겨레출판 김준섭 팀장님이 없었다면 책, 못 나왔다. 장강명 작가님께도 감사드린다. 멋진 추천사로 책에 빛을 쐬주셨다. 소설에 새로운 가능성을 심어준 한석원, 이재원 님, 그리고 이 모든 과정을 함께 한 김완원, 류현경 님께도 감사의 마음을 가득 담아 보낸다.

마지막으로 사랑하는 서동현과 서현준에게 첫 책을 건네고 싶다.

2021년 봄

송경화

"유족들 보고 눈물 날 수 있는데, 거기서 같이 우는 게 좋은 기자는 아니야. 그 모습도 꼼꼼히 취재해서 담는 게 좋은 기자야." 사회부장이 주인공 송가을에게 하는 대사에 눈이 오래 머물렀다. 나 역시 같은 조언을 선배들로부터 많이 들었고, 후배들에게 많이 했다. 그런데 이 말을 조금 비틀어 생각하면 좋은 기자가 되기 위해서는 좋은 인간이기를 억눌러야 한다는 뜻이 된다. 거기서 저널리스트라는 직업을 둘러싼 근원적 긴장이 생긴다.

《고도일보 송가을인데요》는 재미있다. 시트콤, 드라마, 활극의 재미를 다 제공한다. 아마 2020년대 한국 언론의 현실을 가장 사실적으로 묘사한 작품이기도 할 것이다. 성매

매에서 검찰 개혁, 분단에 이르기까지 건드리는 사회 문제도 다양하다. 그러나 이 작품의 가장 큰 미덕은 좋은 인간이 되려면 어떻게 해야 하는지를 끊임없이 묻는 데 있다고 생각한다. 성실한 기자이자 패기 있는 소설가의 데뷔작을 격하게 환영한다. _장강명(소설가)

생생하다. 배우로서 내가 가장 중요하게 생각하는 것이 바로 '생생함'이다. 극 중의 인물이 생기 있게 살아 있어야 극에 더욱 몰입할 수 있기 때문이다.《고도일보 송가을인데요》는 인물과 사건, 상황 등 글의 모든 지점이 생생하게 살아 있다. 그래서 더욱 소설 속 세계에 깊이 몰입할 수 있었다. 마치 내가 사건들을 겪고 있는 송가을이 된 것처럼 같이 호흡하며 글을 읽었다. 기자들의 세계를 그린 많은 작품들 중에서도 가장 돋보이는 점이다.

현시대를 살아가며 직업인으로서 가지고 있어야 할 책임감과 인간으로서 가져야 할 몇 가지들을 거창하고 어렵게 알려주거나 가르치지 않고, 함께 느끼게 해준다. 생생하게 살아 숨 쉬는 실감을 느끼게 해준 이 소설에 깊이 감사한다. _류현경(배우)

고도일보 송가을인데요

ⓒ 송경화 2021

초판 1쇄 발행 2021년 3월 3일
초판 3쇄 발행 2021년 5월 21일

지은이 송경화
펴낸이 이상훈
편집인 김수영
본부장 정진항
문학팀 김준섭 김다인 하상민
마케팅 천용호 조재성 박신영 성은미 조은별
경영지원 정혜진 이송이

펴낸곳 (주)한겨레엔 www.hanibook.co.kr
등록 2006년 1월 4일 제313-2006-00003호
주소 서울시 마포구 창전로 70 (신수동) 화수목빌딩 5층
전화 02-6383-1602~3 **팩스** 02-6383-1610
대표메일 munhak@hanibook.co.kr

ISBN 979-11-6040-455-5 03810